JN024181

Yao Ming Kan

真の人間になる　上

甘耀明（カンヤオミン）

白水紀子［訳］

白水社
ExLibris

真の人間になる 上

Sponsored by Ministry of Culture, ROC（Taiwan）

真の人間になる　上　目次

装画
ゴトーヒナコ

装丁
緒方修一

台湾原住民族の現在の分布図

出典：台湾総統府原住民族歴史正義及び移行期正義委員会、HPより

第一章

第二次世界大戦終結、小百歩蛇渓に戻って死亡を知らせる

「戦争は終わったのに、死はなぜ終わらない」。そんな思いがアメリカ軍中尉マークの頭をよぎる。B24爆撃機を操縦して台湾南方の空域に入り、生死を分けるタイムリミット「黄金の七十二時間」の救助活動の真っ最中だ。雲量1、視程10マイル、同行の救難捜索機の一群が遠方の空に点在しているのが目視できる。素顔の空、初秋の微醺（びくん）を帯びた大地、眼下には生気あふれるエメラルドグリーンの高山が広がっている。マークは探し続けてきたわずかな生存の可能性がそこにあることを願った――昨日失踪した爆撃機には、捕虜だった連合軍兵士が乗っており、友人のトーマスもその中にいた。

第二次世界大戦終結後、アメリカのトルーマン大統領は、戦争捕虜こそ最初に国土を踏まねばならないと語った。そこで、復興が待たれる荒廃した戦闘区域で、捕虜の輸送作業が精力的に進められた。太平洋戦闘区域の主要な輸送ラインは、日本からアメリカ軍の後方支援体制が比較的整っているフィリピンまで、捕虜を軍用機で輸送し、そこで大型定期船に乗り換えて母国へ帰還させるというものだった。九月十日、台風ウルスラ〔英語名はファンフォン〕が襲来し、輸送隊は強い気流の影響を受けて、輸送機二機および搭乗者五〇人が行方不明となり、もう一機は機械の故障で海上に墜落した。これは第二次世界大戦終結後最大級の「火薬のにおいのしない死」だった。続く数日間、アメリカ軍は出動準備のできた飛行部隊を総動員して捜索を開始、海上の救命ボートや、遭難信号として撒かれた海洋塗料、陸上の機体の破片の反射光などを探しまわった。台湾は重点捜索地域だった。

眼下に広がる台湾の高山に、マークは親友のトーマスの姿を探していた。トーマスは日本軍の捕虜になる前は、同じ飛行部隊でB24爆撃機のパイロットだった。駐屯地だったパラオのアンガウルで、みんなでふざけてコーヒーをエンジンオイルだと言って飲んだり、蒸し暑いなかで上半身裸になって、葉巻たばこをくわえ、ポーカーをやり、思いついた出まかせの下ネタ話に興じたりした。これにすっかりはまったトーマスは、同じ笑い話を何度も作り変えては、七日目になんとかみんなの笑いを取るのだった。それから、飛行機を操縦してフィリピンの戦闘区域に行き、爆弾を落とした。すべては芝刈り機でカンザス州の故郷の庭の芝生を刈るのと同じで、死人も雑草も悲しみに号泣することはなかった。

もし戦争がなければ、パイロットたちはもっと飛行を愛し、死の副作用をひどく恐れることもなかったはずだ。ある任務で、マークは高射砲の密集区域の上空を飛行していたとき、仲間の飛行機が被弾し、火を噴いて墜落するのを目撃した。翼は折れ、その様子はまるで羽を懸命にばたつかせている金属製の蝶（ちょう）のようだった。この高射砲恐怖*（flak happy）の症状は退役して二十年経ってもなお夢の中に繰り返し現れた。夢の中で、飛行機が制御不能に陥り、懸命に方向舵（ラダー）を引くが役に立たない。死に抵抗するよりも爆撃コースに沿って前進するほうがましだ。失速して墜落すれば気を失い、死の苦痛を跳び越えることができる。

トーマスとその墜落した輸送機の乗組員たちは、こういう幸せな死に方をしたのだろうか？　マークはそうあってほしいと祈った。

だが機体はどこに墜落したのか？

「九時方向の山脈に、アルミ片の反射らしきものあり」。通信士から無線連絡が入った。

「九時方向の山脈」。機首下部の空間に配置された航法士が、地図にクエスチョンマークをつけた。

だがそれは奇萊（チーライ）山東部山麓の岩の反射だった。砕けた岩が一〇〇メートルあまりにわたって露出し、太陽の光を浴びてきらきら輝きながら、屈折した鋭い光を放っている。乗組員はただちにアルミ片の反射光の可能性を除外し、捜索は振り出しに戻った。機長のマークは無線機で指令を出し、部隊を元の配置に戻して、捜索機の方角を変更することにした。そういえば前回、高高度飛行中に事前の警告を出さずに機体を傾けたので、ちょうど小便をしていたエンジン機関士が凍結した金属製の小便器にイチモツを張り付けてしまい、まるで工場から出荷したばかりの冷凍品のようになったのを思い出した。

機体を三千フィートまで降下させて、花蓮港（かれんこう）市に物資投下の準備に入った。大通りは整然として、黒い瓦屋根がモグラの群れのようにひしめき合いながら東へもぞもぞと移動し、人が密集する駅を通り過ぎて、そのまままっすぐ太平洋の海岸まで連なっている。なんて美しい、素朴な町だろう。

＊　原注：第二次世界大戦時のアメリカ軍の航空専門用語。砲火に対して負の感情が生じる。今日の言うところの「心的外傷後ストレス障害（PTSD）」。

アメリカ機がまた来たぞ、人々が見上げながら駆け回り、力いっぱい手を振って、うれしそうにしている。乗組員は、八歳くらいの男の子がつまずいて転んだあと起き上がり、宣伝ビラの束を一つ一つ配り始めるのを目にすることもできた。

低空飛行して、エンジンが巨大な音を響かせると、飛行機は住民の注目の的になる。人々はアメリカ陸軍航空隊の星のマークを確認したあと、この鉄の鳥が後ろから霧状の糞便を吹き出し、そのあと再び上昇して、金属の反射光を残し、太平洋に向けて飛び立って行くのを見送った。

「飛行機がまた糞をしたぞ」。子どもたちが大声で叫んでいる。

飛行機の糞は戦後の連合国側の宣伝ビラで、撒かれたビラは風に乗って漂い、ぱたぱたという音が町中に響き渡った。空中で舞い踊り、疲れると自分の居場所を探して横になる。美崙渓（メイルン）にバトンタッチされるのもあれば、太平洋に巻き込まれてしまうものもある。瓦屋根の上に横になって眠るもの、アメリカ軍の爆撃により黒焦げになった廃屋に横たわるものもある。宣伝ビラは騒動を引き起こし、この日の国民運動は空から降ってきた落とし紙の奪い合いだ。子どもは喧嘩が大好きなので、奪い合いに勝てないとなると、引き裂いてしまう。だが、下駄を履いた大人たちは、たとえビラの半分でも、何も奪い取れないよりはましだと思った。胸に長い間ため込んできた行き場のない思いを彼らは今発散すべきなのだ。

宣伝ビラは優雅に漂いながら、なんとしても風をつかまえて、もっと遠くへ飛んでいこうとした。この世にはあまりにもたくさんの、あまりにもたくさんの悲しみがあるために、この地で生を受けることを望まない。

だから三万匹の蝶が飛翔しながら、町のいたるところで懸命に舞っている……

花蓮花崗山球場、延長十二回、二対二の同点。

ハルムトは四時間ずっとスタンバイしていたが、それでもまだ出番を待ち構えている。もしこのシーソーゲームでマウンドに上がることができなければ、彼の人生は終わりだ。百里離れた山奥の霧鹿部落に戻るしかない。そこには止むことのない冷たい風と、イノシシと、巡査がいた。ハルムトの人生はそこから逃げ出すことから始まったのだ。時間が嫌というほどじりじりと責め、一秒一秒がナイフのように、ザクッ、ザクッと彼の焦慮を切り苛む。辛酸を嘗め尽くしたイノシシ革の野球ボールを握り、親指でボールの縫い目をこすりながらハルムトは「ひょっとこコーチ」に訊いた。投げていいですか？　これで八回目だ。しかしコーチは首を横に振った。

ハルムトがスコアボードに目をやると、クロハラアジサシが止まっていた。アジサシの頭頂は黒く、頬は白、体は薄い灰色をしている。向かい風を受けて、羽毛がしきりにめくれている。この種の渡り鳥は九月に飛来し、雲の影一つにも驚いて付近の河口の湿地から群れをなして飛び立っていく。そのときは何周か旋回してから、ようやく未練を完全に断ち切って、南方へ太陽の光を求めて移動する。

このアジサシはひとりぼっちなのか？　何を考えている？

「ひょっとして僕の投球を見にきたのか？」だがハルムトはすぐに照れ隠しをした。「観客を見にきたのかもしれないな」

野球の試合は朝の九時から午後一時まで続いていて、もう十分すぎるくらい長かった。球場に集まった二百人余りの観客は、疲れてそこらに座り込んでいる。ハルムトは立ち上がって、体をほぐした。いつまで試合が続くかわからない、だが以前、中学の選抜試合で嘉義(かぎ)農林が台北工業と対戦したときよりも長くなることはない。その試合は三日がかりで行われ、四十回やってようやく決着がついたのだった。今もしこの宿命の対決が長引いたとしても、コーチは通常、投手交代はしない。交代によって均衡が破れるのを恐れるのだ。このときぱらぱらと拍手の音がして、十二回が終わった。記録係がスコアボードのめったに使わない延長戦のマスの中にゼロを書き込むと、観客は盛んに拍手を送っている。これでスコアボードを最後まで使いきったので、最初から記入することになった。

スコアボードの上のアジサシが飛び立った。しばらくひらひらと軽快に飛んでいたが、向かい風を受けてしきりに翼をばたつかせ、とうとうまたスコアボードに戻ってきた。球場にはさらに大勢の観客がやってきて、怒鳴り声が大きくなった。戦争で長い間ため込んでいた怒りを吐き出しているのだ。子どもが二人、スコアボードの下でチビたチョークを取り合って喧嘩を始めた。アジサシは微動だにせずに、喧騒を無視して、秋の目で試合を凝視している。

アジサシ、お前は何を考えている?

ハルムトは黒檀の木の下に戻って、地べたに置いていた網の背負い袋を開け、中から真鍮のドイツのカール・ツァイス社製十三式望遠鏡を取り出した。もとは双眼鏡だったのだが、右目のほうが壊れたので、左側だけにして使っている。望遠鏡から、アジサシの腹部の黒い斑点がとてもはっきり見える。細長くて赤い脚、それに白い頬のところで光っている黒い目の角膜。その目が彼を見ているのかどうか確認したかった。

だが結局はただの美しい憶測にすぎなかった。アジサシは、自らの美しさを誇り、ただそこに止まっているだけなのだ。

ひょっとこコーチが近づいてきて、ハルムトの肩をたたき、少し投球練習をしておくように言った。この裏の回は彼が投げることになったのだ。「試合はもうすぐ終わる。勝ち負けは問題ではない、何球か投げてみんなに見せてやれ」。その時が来た。ハルムトは望遠鏡をしまうと、チームの選手を相手に投球練習を始めた。一球ごとに最高の状態をキープした。無駄のないきびきびした動き、鋭い球速と球威、それを目にした観客が拍手で彼を取り囲んだ。ハルムトはマウンドに上がる日を夢見て、ゆうに四年待ったのだった。

三年前のミッドウェー海戦〔一九四二年六月〕で、日本帝国海軍は大きな打撃を被り、政府はそれ以降、スポーツの競技大会を禁止した。これは懲罰だった。ハルムトは自分の人生の中で最も重要な野球の試合を逃し、そのあと次々に大切なものを失った。今日は戦後初めて中学の秋季紅白試合が復活し、社会職業団のチームに優秀な新人が選抜される日でもある。もし塩糖団〔塩水港製糖会社花蓮港製糖所〕、鉄団〔花蓮港鉄道部〕、税務団のチームに入る機会があれば、そこで臨時職員のポストも得ることができるだろう。このあとに予定されている職業団の試合は、午後二時きっかりに始まるので、中学の試合は勝っていようが負けていようがそこでゲーム終了となり、ハルムトは注目の的になれるかもしれなかった。この機会を千載一遇のチャンスと思いながら、グローブの中のボールを軽く握り、ボールを投げ、肩甲骨と上腕骨の間から力を押し出すと、ボールは光の弧を描いて、ばしっ、と練習相手のグローブの中に落ちた。

いい手ごたえだ、かすかだが、一筋の電流がハルムトの指先に流れた。一息ついて、水筒を持ち上げ水を飲んだまさにそのとき、突然、雑嚢（ざつのう）〔布製の肩掛けかばん〕がなくなっているのに気づいた。ハイヌナンがその中に入っている。浅葱（あさぎ）色のガラス容器に入れ、自分が野球をしている姿を見せようと球場に持ってきたのだ。ハイヌナンはとても弱々しく、とても軽かったけれど、ハルムトにとっては永遠に、永遠に、ずっしりと重い心そのものだ。ハルムトは野球をそっちのけで、犯人を追いかけた。相手は絶対にそう遠くへは行っていない。高砂（たかさご）通りを通って山の麓へ向かった。転がるように走って、十字路で足を止め、周囲の道の動静をうかがった。新城通り、常盤通り、筑紫橋通り、入船通り、弥生通り、どれもいつもと変わらないが、ただ探している跡形だけが見当たらない。気合を入れ直してさらに突き進み、春日通りで止まった。盗塁をきめたときのように、肺泡が拡張して肋骨を押し上げる感覚がする。と同時に、戦時中は禁止されていた紙銭を焼くにおいが鼻をついた。

近くの路地の入り口を覗いてみた。するといたのだ、そいつは自転車に乗って、一〇〇メートル先の筑紫橋通りを、南に走っている。ハルムトは大声で叫んだ、「止まれ」

だめだ、そいつは素早く路地の出口のところを通り過ぎて行き、通行人が何人か振り返ってこっちを見ただけだ。

ハルムトは追い続けた。走りながら考えた、あいつはいったい俺の呼び声が聞こえなかったのか、それともわざと無視しているのか。二人は、一〇〇メートル間隔で並行して通っている二本の大通りを前進していた。ハルムトには次の路地の入り口で相手を呼び止めても効果があるかどうか自信がない、遠距離からそいつに命中させる以外には。これしか方法はない。

ハルムトは黒金通りまで突っ走って、そこで急停止した。ここは日本風の大通りで、日本人はここに郷愁を複製し、銀行、呉服屋、*会社、菓子や雑貨の商店それに市役所もある。アメリカ軍に爆撃されたこの大通りに、最初に復活したのはラーメンとぬか漬けのにおいで、木の下駄の音が響いている。ハルムトの荒い息の中に味噌とせんべいのにおいが充満した。一〇〇メートル先に目を凝らすと、男がちょうど一〇メートル幅の筑紫通りを通りすぎようとしている。

見つけたぞ。

ハルムトはとっくに身構えていて、助走し、体を横に向け、大きなうなり声をあげて、右手を力いっぱい振り下ろした。握っていたイノシシ革のボールは八二メートル飛んで、一本の完璧な弧を描いた。その距離は軟式野球のセンターがフェンス際まで飛んだボールをキャッチしたあと、ホーム・ベースに投げてランナーをアウトにする距離だ。

ボールは地面で弾んで、その男に命中した。相手は意表を突かれて自転車のバランスを崩し、よろけて電柱にぶつかると、案の定ひっくり返ってしまった。起き上がったとき、ズボンに泥の固まりがべっとりこびりついている。それは内心に受けた屈辱が外に現れたもので、男ははたき落とせ

＊ 原注：呉服（日本語）とは和服のこと。起源は中国三国時代にさかのぼり、東呉が日本との商業貿易で織物や衣服の縫製方法を日本に伝えたことによる。

ないとわかるとすぐにはたくのをやめ、同時に大勢の人前で彼に大恥をかかせた元凶を素早く見つけ出した。

ハルムトが近づいてきて、静かにその男を見ている。

男は上に半纏を着て、下は七分丈の黒いズボンをはいている。自転車の後ろの荷台にはハルムトの雑嚢が掛かっている。男の日よけ帽子が落ちて、顔が現れた。秋の太陽が男の怒りに火をつけ、その怒りの大きさは、彼の職権の大きさに比例した。彼は花蓮港庁警務課課長の樋口で、「地方警視」の類の隊長職にあった。いつもは制服を着て、腰に三尺の白鞘の長刀を差し、ふんぞり返って道を歩いているので、この普段着で自転車に乗った男の姿がハルムトの記憶を混乱させたのも無理はない。

ハルムトはさらに近づいた。どうしても取り戻さなければならないものがある。普段なら、彼は声も小さくへりくだっていただろう。樋口隊長の権力は大きく、勝手に容疑者を捕まえて勾留することも、往来で盗人を殴打することも意のままだからだ。噂では、彼は菓子を盗み食いしたハエを捕まえて針で板に刺し、髭と脚を一本一本引き抜いたそうだ。

「ボールはお前が投げたんだな」と樋口隊長は言った。

「そうだ、あんたは僕の雑嚢を持って行った」。ハルムトは自転車の後ろの荷台にある雑嚢を指しながら、「それには僕のとても大切なものが入っている」と言った。

「お前、俺に食ってかかるのか」

「当然だ、だがあんたは……」

「お前以外、こんなふうに食ってかかる奴はいない、黒熊を殺した高砂族(たかさご)〔山地に住む原住民族の総称〕めが」。樋口隊長は気持ちを抑えながら言った。彼は自転車の荷台から雑嚢を取って地面に放り投げ、倒れた自転車を起こしてその場を離れた。大通りには人が大勢いるので、自転車を押して歩いている。

「あんたは僕の物を盗んだ、止まれ」。ハルムトが大声で叫んだ。「盗む」というきつい言葉を使うのは、相手を侮辱するのにほぼ等しい。

「俺は今まで盗みなどしたことはない」。樋口隊長が腹を立てた。

ハルムトは相手の言葉を信じた。そう、警察が物を盗むはずがない。これは誤解で、きっと誰かが樋口をからかって地べたにあった雑嚢を彼の自転車に載せたに違いない。しかし、樋口に対するハルムトの積年の恨みは深い。罵る機会を逃すものかとばかりに、大声で言った。「盗んだじゃないか、あんたは僕のとても大切なものを盗んだ、謝れよ」

「でたらめ言うな」

「コソ泥め」

ハルムトは内心びくびくしていたので、これ以上言い争いはせず、ただ不動の姿勢をとってこの難局に立ち向かうことを選んだ。思えば樋口隊長とはいろいろな因縁があった。夜、広い稲田で追いかけられ捕まったこと、恋文を届けに行っただけで警務課へ引っ張って行かれ侮辱されたこと、野球をして逮捕されたこと。思い返すと、ハルムトの胸の中に底知れぬ憤懣が渦巻き、血流が噴き上げてくるのを感じた。頭の中でウォンウォンという音がこだまし、ますます大きくなり、ますます膨張して頭を圧迫してきた。何かが頭のてっぺんで怒号を発している気がする。それは本当だった。ちょうどこのとき、B24爆撃機が一機、低空飛行をして通りをかすめて行ったのだ。四基のタービンエンジンが高デシベルで怒号を発し、機体の影がハルムトの顔をよぎって行った。まもなく宣伝ビラが落ちて来た。軽やかに、ゆったりと、風の中で舞い、陽光の下でうれしそうに遊んでいる。三万匹の白い蝶がやってきたのだ。町の中が騒々しくなり、みんなは顔を上げて追いかけ始めた。ただハルムトと樋口隊長だけが鋭く対立したままで、彼らの間には怒りと軽蔑と白い蝶があるのみだ。

にらみ合っているとき、気の触れた一人の女が、宣伝ビラの取り合いで大騒ぎをしている人込みの中から、しなやかに近づいてきて、樋口隊長の帽子をかすめ取り自分の頭にかぶせた。そしてハルムトの雑嚢を拾うと、二人の間で軽やかに踊り出したのだ。この赤い服を着た女は町の生きた幽霊で、世界がどう変わろうとも、ただ踊っていた。声を上げ楽しげに、いかれた日々を過ごしている。樋口隊長は気の触れた女から帽子を取り返そうとはせず、失くしたものだとあきらめた。その場を離れようとしたとき、彼はまたもう一人の女から呼び止められた。それは駅の南側の歓楽街に長く暮らしている高麗〔鮮朝〕の女で、色っぽい身なりをして、「金鶴香水(きんつるこうすい)」をたっぷりつけているので、全身が香炉のようだ。高麗の女は無理やり台湾に連れて来られたことを常日頃から恨み嘆いていたが、表面上は警察に対して恭しく接し、店でからかわれてもなおしつこいスケベな手のご機嫌をとらなければならなかった。しかし、警察に対する恨みを陰でこっそりまな板の上で発散させ、漬物を切るときでさえ路地に響き渡る大きな音をたてていた。

「坊や、その袋には何が入っているの?」高麗の女がハルムトに尋ね、それから手招きをして、気の触れた女にその雑嚢を持ってこさせた。女は誰が自分によくしてくれるか知っている。いつも店の外のごみ箱をあさって腹を満たしていたが、その酒場の女たちは食べ物をよく皿に置いて分けてくれるのだ。

「ガラスの入れ物だ」。ハルムトが答えた。

高麗の女が雑嚢を開けて中を調べると、その通りだった。彼女が容器を取り出して、何度かゆすってみると、さらさらと音がするので尋ねた。「この入れ物は重い心配ごとを抱えているんだね?」

「開けちゃだめだ」

「ええ。坊や、心配事は開けてはいけないってこと、もちろん知ってるよ」

「そう、それは友達の遺灰なんだ。彼は死んだ」

「これはあんたが大切にしている物、だからこんなに一生懸命になっている」。高麗の女はちょっと黙って、それから言った。「戦争で勝った人間なんていない、でも負けたほうはたいていひどくみじめなものよ」

樋口隊長はとてもみじめだった。高麗の女が急に体をかがめて、まず靴を彼に投げつけ、それから近くで見ている人たちを大声でしかりつけて追い払った。日本の敗戦以来、たとえ植民地化された多くの台湾人が光復の喜びにあふれ、身分が逆転したとしても、報復や衝突はほとんどみられなかった。だがもし機会があれば、日本人に思い知らせてやろうという気持ちはあった。高麗の女はその機会を見つけたのだ。歓楽街に紛れ込んで暮らしている女たちは「黒猫」と呼ばれていた。このとき女はネコ科動物の本能を発揮し、生まれつきの強情な性格も手伝って、獲物を捕まえたらまずいたぶってから噛み殺そうとした。騎楼（チーロウ）*1の隅まで追い詰められた樋口隊長は、おとなしくねずみの末路を甘受した。

ハルムトは雑嚢を取り戻すと、花崗山に走って帰った。急いで投球に戻らなければ。だが走れば走るほど息切れし、走れば走るほどスピードが落ちた。背中は好き放題に噴き出した汗でびっしょり濡れ、たまらず塀に寄りかかって息を整えた。ハルムトは傷も負っていた。先ほど八〇メートル余り全力投球したときに、右肩を痛めてしまったのだ。道路脇の、大きな木陰を作っているパンの木にハルムトは寄りかかった。大きく分厚い木の葉が涼風を送ってくる。木の葉に細かく裁断された青空を見あげながら、今すぐにやりたいのは祈ることだと思った。だがもうずいぶん前に神を失っている。

彼はぼそぼそ独り言を言っていたが、再びこうつぶやいた……

今は午後だ、君は何を考えてるの？
僕はかつて君がいた花崗山を思いだしている
喜びも悲しみも美しかったのに
今は、喜びも悲しみもとても寂しい
今日、秋がひどいいたずらをしたんだ
僕はあやうく君を都会の果てで失うところだった

そこには僕に気づかせてくれる波がない
波の真似をして海岸に向かって泣き叫びたい
君がもし心配なら、もし心配なら、僕に会いに戻っておいで
群れからはぐれたアジサシに姿を変えて戻っておいでよ……

ハルムトはパンの木を離れ、丘の上の球場に駆け戻っているときも、まだつぶやいていた。「聞こえたかい？　花崗山から拍手の音が聞こえてくる。僕は戻って応戦しなければならないんだ」。球場に戻ると、ひっきりなしに聞こえてくるどよめきは、ハルムトの帰還を必要としていないかのようだった。膠着状態にあった試合に動きがあり、相手の白チームが二塁に盗塁を決め、好機を迎えていた。この程度のチャンスはたぶんすぐに消えてしまうだろう。どの試合にもつねに曇花一現[*2]のような最高に美しい失敗があり、拍手で幕を閉じるものだ。けれど、そもそも試合に出なければ彼には曇花になる機会さえない。

コーチがハルムトを叱りつけた。いざ交代というときになったら、影も形もないじゃないか、さあ急いでマウンドに上がれ。先発投手の体力はすでに尽き、悪戦苦闘しながら十数分間持ちこたえていた。次に登板するハルムトがのんびり遅れて来たように見えたので、多くのナインがチッチッ

＊1　二階の天井部分が通路にはみ出してアーケードのようになっている建物。
＊2　ほんの一瞬現れてすぐに消え去ることのたとえ。曇花の別名は月下美人。

とブーイングで迎え入れた。ハルムトはすぐに戦況を理解した。ノーアウトで、相手のバッターがフォアボールで出塁し、続いて二塁に盗塁している。この「盗塁プロペラ」と呼ばれているタロコ族の選手は、野球はずぶの素人だが、持ち前の体力を頼りに盗塁を決めたのだ。

マウンドで何球か投球練習をしてから、試合が再開した。相手が得点すれば試合はそこで終了になる。ハルムトは右肩を痛めていたが、しかしこれは最後のチャンスだ。もっと傷がひどくなったとしても、それと引き換えにまったく新しいチャンスを手にするほうを望んだ。試合が始まった。うなずいたり首を振ったり、サインで捕手と何度かやり取りをする一方で、グローブの中に隠したボールをそっと握り、指のかけ方とボールの縫い目の位置を確認して、球筋を決めた。速球で勝負するにしてもいくつか小さな変化をつける必要がある。ハルムトは全力投球をして、バッターを一人仕留めたが、同時にさらに激しい右肩の痛みが返って来た。

もしこの回を投げ終えるつもりなら、球種を変えなければならない。というのも肩の傷がひどくなって、これ以上速球を投げられないのだ。球速をさらに上げることができないなら、スローボールでいこう、バッターが幻を見たと思うくらいのスローボールを投げる、これが彼の作戦だった。ハルムトは指をボールの縫い目にかけると、深呼吸をして、桜の花びらがひらひらと散る速さをイメージしながら、ボールを押し出すように、そっと投げた。ボールはとてもゆっくりと飛んで、いつもよりさらにのんびりとホームベースを通過した。

バッターは空振りして、目を見開いた。キャッチャーと審判も驚いた。彼らはボールが回転せずに漂いながら向かってくるのを目撃した。ボールの縫い目さえ見えたほどだ。ピッチャーが投げたのは速球ではなく、理解不能な怪しいスローボールだった。審判はタイムと叫び、ボールを調べはじめた。重さは特に変わらない。ボールの革の色が普通の牛革より黒く、一〇八針の赤い糸の縫い目は不揃いで、表面には打たれたり地面を転げたりしてできた擦り傷があるが、これはハルムトが長い間奮闘してきた証でもある。

「このボールはなんとも変わってるなあ」と審判が言った。

「それは祖母が作ったものです。イノシシの革でできていて、試合で何度も使いましたが問題なかったです」とハルムトは説明した。

戦時中、物資が乏しく、自家製のボールはごく普通に使われていて、どんな動物の皮を使ってもよかった。戦時中に殺された動物園の黒熊の革で作ったボールが球場で使われたこともある。犬や猫の皮でも、浅瀬に乗り上げて死んだサメでも、皮をはぎ取ってボールを作ることができた。審判はハルムトのボールの表面に何の問題もないことを確認すると、質問を変えた。「イノシシの革のほかに、ボールの中の見えないところは何が入っている？」

「アベマキです、その樹皮が入っています」

アベマキはコルククヌギとも言って、標高がそれほど高くない地域に分布する植物だ。実は殻斗(かくと)に包まれ、樹皮は柔らかく弾力のあるコルク層が発達している。審判は結局、鍵はボールではなく、珍しい投球法にあると考えた。そこでハルムトにボールの握り方を披露するよう指示し、ようやくこの件は解決した。しかしひょっとこコーチは異議を唱えた。「俺は一度もこんな投球法を教えたことはない」。中学生がこんな球を投げるのは疑いなく邪道だ。

「これは『桜吹雪の球』と言います。ボールは回転せず、風に乗って移動します。指関節球とも呼ばれています」。ハルムトは続けてこの投球法をどうやって覚えたかを説明した。「これは神風特攻隊の久保田先生が教えてくれたもので、こっそり何度も練習しました」。特攻隊の名前を出したので、みんなは黙り込んでしまい、模範試合で使用するのを黙認することにした。

だがハルムトには、これは模範試合などではなく、ターニングポイントとなる重要な人生の試合だった。彼は再びマウンドに上がり、深呼吸をして、雑念を振り払い頭の中を空にした。この世で最も美しいのは桜の花ではなく、桜の花びらがひらひらと舞う散り際である。風に乗ってひらひらと舞う、これが「桜吹雪の球」だ。ハルムトは久保田先生の教えを心の中にゆっくりと沈殿させた。散る桜はわびさびの心があり、不完全な花は、瞬く間に散っては、風に乗り消えていく。それは昔から伝わる一種の精神哲学だ。ハルムトは曲げた指の関節でボールを握り、あまり力を入れずに、身体運動に伴う慣性力を使って押し出すように手の中のボールを離した。球速は非常に遅く、ボールのほうも散って落ちるのを心得ていて、バッターが焦って振ったバットをすうっと通り過ぎた。観客は審判の後ろに集まってこの奇妙な球種の目撃者となり、驚嘆の声を上げた。

ハルムトは自分に言い聞かせた。もっと冷静になれ、相手をきっちり三振に抑えるんだ。彼は全力でバッターに向かい、背中にささったトゲである二塁走者を完全に無視した。このタロコ族の走者は立霧渓(タッキリ)出身の原住民で、野球の腕は箸で小豆をはさむくらいひどかったが、盗塁は地面ではねる小豆より巧みにやってのけることができた。ハルムトは自分に言い聞かせた、もう一球ストライクを取れ、これで終盤戦を締めくくることができる。昨日の台風できれいに洗い流された青空に一枚の宣伝ビラが飛んでいる。何か大きな心配事でもあるのか、ぐずぐずとこの世に落ちるのを嫌がっている。ハルムトはその形から風向きを観察した。突然、宣伝ビラがめくれ、風向きがはっきりした。

風が吹いて来た。海岸から花崗山を越えて来たので、塩の味がする。ハルムトが「桜吹雪の球」を押し出すように投げると、ボールは風といっしょに飛んでいった。そしてボールに少し気合が入ったあとホームベースを飛び超えて、再びゆらゆらと魅惑的に、恥ずかしがっていると言ってもいいくらい、バットにつかまるのを避け、ひと筋の寂しい姿を残して落ちていった。

三振、スリーアウト。だが、試合はまだ終わっていなかった。

ボールはまだ飛んでいた。ますます低く飛び続け、のんびりかまえて、捕手のミットに収まりたがらない。そして地面に落ちたあとさらに遠くへ転がって、アコウの木の下で止まった。捕手がボールをキャッチしなかったので、振り逃げができるのだ。試合は続行し、我に返ったバッターが一塁へ走り出した。捕手はマスクを捨て、振り向いてボールを拾いにいき、マウンドからホームベースに向かってカバーに走って来たハルムトにボールを投げて返し、ランナーをタッチアウトしようとした。

素晴らしい本塁攻防戦が繰り広げられた。ハルムトは小百歩蛇渓（しょうひゃっぽだ）*の累々たる渓石（けいせき）の力で、立霧渓

* 原注：今日の新武呂（Samuluh）渓で、主要流域は台東海端郷。Samuluh の意味の一つに「小百歩蛇」がある。

の夏の洪水をすべてせき止めた。彼はボールを受け取ると、体をひねってタッチアウトしたのだ。だが激しく衝突して数メートル飛ばされ、地面に倒れたとき、ボールがグローブから転がり出た。

「Safe ――」球審が戦時中は禁止されていた英語で叫び、両腕を開いた。

いいぞ、観客は狂喜して叫び、花崗山は沸き立った。

地面に倒れているハルムトは敗れた。秋空を見つめていると、あのアジサシがとうとう飛び立っていき、落ちて来た宣伝ビラが一枚、彼の顔を覆った。


ハルムトが顔にかぶせた作業帽を取って、もう一度空を見つめたのは二日後の午後のことだ。いつもより遅めの昼寝をして、目を覚ましたとき、自分はどこにいるのだろうと思った。まだ生きている、だが生きていて何もいいことはない。川の生き方は単調だ、海の波もそうだ、毎日寄せては返す繰り返し。自分の人生だって一日一日とただ過ぎ去っていくだけだ。

マルと呼ばれている黒犬の鳴き声が聞こえる。ずっと遠くで誰かと喧嘩しているようだが、相手は水鳥かもしれない。ハルムトは完全に目が覚めやらず、心の中でたった今見たばかりの夢を反芻していた。夢の中に生死はなく、人が大勢出てきた。誰だかはっきり見えないが、誰なのかはわかる。夢の中はどうやっても突き破れないぼんやりしたところがあって、どこかおかしいと感じるけれど、夢はその痕跡を残さずに続いていく。夢の中でも見つめることがあり、黙って見つめ合っていると、どちらが死んで、どちらが生き残ったのかなんとなくわかるので、涙がひたすらぽたぽたとこぼれ落ちる。

　涙を流しているときに、ハルムトは目が覚めた。北回帰線の南の川辺で眠っていたのだ。カジノキの下の静かでゆったりとした時間の中に横たわり、盛り上がった砂が彼に昼寝の床を提供していた。マルは遠くにいる。木の向こうの空を見つめると、青焼きのエナメル質が、眼に染み込んでくる。近くの秀姑巒渓（しゅうこらん）の水の音が、おしゃべりを止めず、彼の夢の中の涙を真似して、いつまでも流れ続ける。夢はみな嘘だ、しかし涙は本物だ。もし山の小川が眠らないなら、涙はその上を流れ、涙の川は夢で何を見るのだろう？　灰色の岩肌をした化石を夢に見るのか、かつて雲だった自由自在を夢に見るのか、それとも単に大地の起伏に沿って心配事を歌っているだけなのか。

　ハルムトは体を起こして、体の砂を払い、幾筋かの炊煙（すいえん）に飾りつけられた地平線を見やった。五年前、彼は機関車が煤煙（ばいえん）と蒸気を引き連れて、見渡す限り青々と広がる田野（でんや）を突っ切り、地平線の中に刷り込まれていくのを見つめたことがある。あとには丸くカーブした薄い煙が残っていた。そのときの彼とハイヌナンは、小百歩蛇渓の中で最も有望な少年で、線路に沿って歩いていた。線路が途切れることはなく、彼らの歩みもそうで、最後はすべてが太平洋の海辺にある夢の都市で停止した。今、戻ってきたのはハルムトだけだ。ちょうど二日前、彼は試合を台無しにしてしまい、どの職業団チームにも選ばれなかった。花蓮港市の海に面した小さな丘の上で、とうとう夢を失い、故郷に帰らなければならなくなった。雑嚢を肩にかけて、南へ歩いている。真っ黒な五歳の犬を連れて、ゆっくりと前進しながら自分を地平線に押し込めていた。

　それは第二次世界大戦終結後に迎えた最初の初秋のことだ。汽車の駅は瓦礫の中に倒れ込み、線路は南へ果てしなく伸びているが、ときおり爆弾で鉄の巻きひげのようにひん曲げられた光景が現れた。それもきまって修復が難しい橋梁区間で断線している。ハルムトは、ズボンの裾を巻き上げ、地下足袋(じかたび)を両肩から下げて、川を渡った。同行の黒犬が先に泳いで渡り、岸辺で水を振るい落として、飛び散った水滴が渓石の下に水溜まりを作った。ハルムトが石を踏んだ足跡も乾いたころ、一羽のまん丸いカワビタキが再び自分の縄張りに戻ってきた。体を震わせ、長い糸のように切れ目なく続く鳴き声が水の音を突き抜ける。ハルムトが振り返って望遠鏡でのぞき見をすると悠然と応え、次の客が川を渡ってやってくるまで居続けて、ようやくススキの中へ飛び込んで身を隠した。望遠鏡で後を追っていた彼はそれを見失ってしまったが、白く光るススキの遠い向こうに、見え隠れするものがあるのに気づいた。廃棄処分になった列車の車両が線路の上に倒れている。アメリカ軍の戦闘機に遭遇してやられたものらしい。

「前進だ、マル」。ハルムトは望遠鏡を下ろして、命令した。「米軍が襲って来たぞ」

ハルムトがススキの海に飛び込んで、一筋の切れ込みをいれると、そのあとすぐそよ風になでられて傷口がふさがった。ススキのつぎは見渡すかぎりの稲田だ。メジロの一群がハルムトに驚いて、入り乱れて飛び回ったので、近くにいる人たちの注意を引いた。爆撃を逃れて都会から田舎に疎開しているこれらの人たちは、まだ都会に戻る気になれず、秋の収穫が終わるのを待ってから戻るらしかった。都会から来た一人の農民が遠くに目をやると、少年と黒犬の走る姿がだんだん遠くなり、かすかに光る線路に沿って走っていくのが見えた。やがてその影もぼんやり見えなくなり、列車の車両に溶け込んでいった。

ハルムトは車両の床板に仰向きになってあえいでいた。秀姑巒渓の最後尾をいよいよ離れようとしていた。渓流は河床でも犬のしっぽのように激しく揺れ、あたりに高緯度の針葉樹林のにおいが漂っている。ハルムトは黒犬に頼むから舐めないでくれと言った。黒犬はしっぽを振ることしか知らない。そのとき、ハルムトは何かが来たと感じた。それは慌ただしく車両すれすれに掠めて通り過ぎた巨大な物体だ。爆撃機が来た、早く隠れろ、と彼は叫んだ。だが、間に合わない、車両はススキが群生する線路の上に座礁し、錆が出て朽ちはてているので、動けない。ハルムトが木製の二人掛け椅子によじ登り、外をうかがうと、薄くコケの生えた窓ガラスを隔てて、巨大な群れが第二波の攻撃を展開しているのが見えた。激しく翼をばたつかせたあと、二十羽あまりのメジロが車両の屋根に停まって、平和なメロディーをさえずり出した。

椅子に座ったまま、ハルムトは長い時間を無駄に消耗した。美しいことを考えたいと思っているのに、この客車で起きた最後の死が絶えず心に浮かんでくる。時間が流れるように過ぎていき、陽光が銃弾で空いた穴から漏れて、明るい痕跡を落としている。光の跡は太陽が山脈で遮られるまで傾き続けた。ハルムトが車両の屋根に上ると、鳥は飛び立ってしまった。花東縦谷（かとうじゅうこく）の地平線を俯瞰して、この世界はまた一日死んだ、と彼は思った。自分自身の日々もそうだ。君はどこにいる、思い切り叫んでみても、残念ながらこの世界はあまりにも大きすぎて、返事をくれようとしない。そこで心の中で訊いてみた……

今は夕方だ、君は何を考えてるの？

ますます灰色になっていく空に、星が一つ生まれた
それは君かい？
君は辛いんだね
目じりにたまった流れ雲が
汽車のいない地平線の懐に流れ込む

星よ、見えたかい？
僕は平原についた泣きぼくろ、車両の中にいて、
まだ乾いたことがない……

夜が、空の流れ雲を覆い隠した。
ハルムトは明かりをつけて、車両の中に座り、意麵(イーミエン)〔油で揚げた卵入りの麵〕と油葱酥(揚げネギ)を混ぜ合わせた即席麵を食べはじめた。地平線に何軒か家の明かりが現れた。ちらちら光っているのもあれば、そうでないのもある。満天にもっとたくさんの輝く星がひしめくまで、毛布をかぶり車両の屋根の上に横になって空を見ていた。二つ目の夢の中で凍えそうになって目が覚め、それから車内に戻って眠った。車両の中で人が死んだ、それは今横になっている場所かもしれない。噂では機関銃の弾が体を打ち抜いたそうだ。頬を床板にくっつけたとき、灰色の月桃の種をたくさんみつけた。薄荷(はっか)の涼しい味がするまで噛んでいると、鼻が通ってきて、車両に鉄錆のような孤独のにおいが充満しているのに

気づいた。それは鉄器が死んだ後の死臭だ。死とは何か知りたかったが、ようやく十七歳になったばかりの彼には、自分があとどれだけ生きればそれを知ることができるのかわからない。彼の世界には野球しかなく、野球は人を死なせたりしないが、しかし夢を死なせてしまった。

翌日、彼は早起きをした。外はまだ輪郭がわからないほど暗く、一筋の夜明けの光が東側の山の稜線を匍匐(はふく)している。二本のろうそくを車両の中に残して、そこを離れ、露で湿った枕木に沿って走り出した。黒犬は遠い先を走っている。視界からますます遠のいていく車両を振り返って見た。ろうそくの明かりが消えるのを見届けてから心おきなく去って行こうと思ったのだ。視線が途切れるほど遠く離れたアカギの下に立ったとき、朝日が山脈からあふれ出てきて、万物を暗い夜の中から乱暴に放り出した。車両が姿を現し、ガラスが反射し、ろうそくの光が死んだ。ハルムトはこのときようやく自分が小百歩蛇渓の流域に来たのを意識した。ここの水の音はどことなくブヌン的で、昼に川辺で横になって眠るのにもってこいだ。体を受け入れてくれる砂浜を持てたので、夢の中の涙がぜんぶ柔らかに流れ出た。

何度も、彼は声を上げて激しく泣いた。心の底に引っかかっている涙を外に流すために、彼には誰も知らない片隅に身を隠すことが必要だった。間もなく、黒い影の固まりが彼の涙の中を泳いで入ってくるのが見えた。マルが何かくわえて帰ってきたのか？　黄色い顔をしたトモエガモのヒナだ。トモエガモはいつも水面を泳いでいるが、飛行能力も優れていて、翼をばたつかせる音が大きく響く。しかし農民は籾(もみ)を食い荒らす害鳥だとみなして、捕まえると、十字に組んだ竹に体と翼を縛り付け、死体を張り付けにして警告をした。時には農民会が、トモエガモがヒナを育てている場所を前もって探り当てておき、そこに突進して母ガモを驚かせ飛び立たせてから、一族皆殺しのやり方で巣に残されたヒナを叩き殺したりもした。

「マル、それはお前のメシだ」。ハルムトが大きな声で言った。

マルはあどけない目をして、翼をばたつかせてもがいているヒナをくわえている。この都会育ちの犬は、この前に生で食べたものといえば刺身で、厨房の暗がりから聞こえてくる声に向かって吠えたてるくせに、走り出てきたネズミには腰を抜かしていた。マルはほとんど自分を猫だと勘違いしていて、冬のお日様に当たり、ゆったり静かにはいつくばっているのが好きだった。

「マル、猟犬になるんだ！　カモを殺せ」

黒犬はあどけない目つきをして、しっぽを振って、くわえているヒナを離した。

「だめだ、殺せ」。ハルムトはヒナの首を握り、どんどん力を入れて締めつけた。それが息絶え、緩い糞を垂れるまで締めつけてから、ようやく言った。「そいつを食え」

黒犬は意味がわからず、しっぽを振っている。

「今それを食え、これからそうするからな。小百歩蛇渓にもう戻ってきたんだ、もしお前が猟犬になれなかったら、ガガランをがっかりさせるだろ」

ガガランはハルムトの祖父である。

ガガランは言った、名前には霊の力があり、人に呼ばれるとよみがえる。川は緩慢を好むので、力のこもった名前を着てようやく逆流して上ることができる。だから小百歩蛇渓は上れば上るほど高くなり、激しい水の音を霧鹿霧鹿（bulbul）と発して谷を突き抜け、そこで我々霧鹿部落が生まれた。ほどなくして小百歩蛇渓はタイワンビワ[*1]（Lidu）で険しい山登りの息切れを治療して、そこにもう一つ部落ができた。その後、川は二手に分かれ、一つは石灰の多い[*2]（Halipusu）ところを突き進み、もう一つは狭い谷[*3]（Masaboru）を切り開いたので、川にその名前が付いた。

「お前たちはどちらを選ぶ？　石灰の多い服を着るか、それとも峡谷を打ち負かす服を着るか？」

訊いたのは祖父のガガランだ。

「僕は峡谷の服を着る」。先に答えたのは兄のパシングルだった。

「お前は勇敢な子だ」。ガガランは向きを変えてハルムトに尋ねた。「お前は？」

「石灰の多い服」

「どうしてだ？」

「水鹿がそこで石灰をなめていた、やつらは石灰を食べるのが好きなんだ」とハルムトは言った。

「お前は勇敢で聡明な猟師だ、水鹿の塩壺がどこにあるか知っているとはな」

「違うよ、僕はただ水鹿を見てるのが好きなんだ」

ガガランが大声で笑い、パシングルも笑った。ハルムトは怒って口を尖らせた。ガガランが言った、川は人間よりもっと勇敢だ、川は二つの名前をどちらも選んだのだよ、彼が双子を生かしたよ

＊1　原注：利稲部落のこと。南横東線最大の部落。
＊2　原注：哈里博松渓、ブヌン語から。新武呂渓の支流。
＊3　原注：瑪斯博爾渓、ブヌン語から。新武呂渓の支流。

うに。こうして川は二つに分かれ、川は滝のように流れる汗を背負って、標高三千メートルの回望（フィワン）山[*1]を登ったのだ。ガガランは苦労して双子の孫をここまで連れてきたとき、振り返って、彼らが歩いてきた延々と続く警備道を眺めながら、川が鹿の角のような分岐点でした選択についてこんな質問をしたのだった。それは四月の頃、高山に春が訪れようとしていた。だが気温は、騒ぐのが好きな双子が身を寄せ合って暖を取るほど寒くて、静かに一羽のチャイロウソが飛び立つのを見ている。ガガランは彼らにチャイロウソの行く先に注意するよう言った。そこは小百歩蛇渓に沿って切り開かれた警備道で、その関節には痛風結節ができている。監視のために設置された向陽（コヨ）駐在所、哈利（ハリ）卜松（ブス）駐在所、戒茂斯（ハイムス）駐在所、馬典古魯（マテグル）駐在所、利稲（リト）駐在所、霧鹿（ブル）駐在所などがそれだ。痛風結節は血を流すこともあり、鮮血は駐在所内の満開の桜だ。日本人の美点はブヌン人の傷であり、ブヌンの血が流れている。

「あの日本の花は船に乗ることができるの？　船酔いするかな？　歩いてここまで来たのかな？」

八歳のハルムトの疑問はカワエビの卵ほど多く、その上とにかく兄を挑発できればよかったので、しかめっ面をして訊いた。「兄貴はきっと知らないね」

「船に乗ることができる、でも山には登れないから、背負われてやってきたのさ」

「見たことあるの？」

「あるさ、僕は日本の女の人が竹竿の上に座って、山に登ってきたのを見たことがある」

双子は長いこと言い争っていたが、ガガランはタブーのない子どもの口喧嘩を楽しんで聞いていた。なぜならもう少ししたら彼らは蕃童（ばんどう）教育所[*2]に入学することになっているからだ。子どもが身につけた伝統の記憶は、文明によってゆっくりと毒殺され、耳はいろいろな金額の銅貨の音を聞き分けることができるようになっても、粟（あわ）のさらさらという音は聞いてもわからなくなる。双子は長い間口喧嘩をしていたが、同じ疑問に行きついてしまい、こう尋ねた。「木は本当に歩けるの？」

木は道を歩くことができる、この真理は汗が下に流れ、小百歩蛇渓が上に向かって登っていったのと同じだ。ガガランはそう力説した。「昔のことを話したほうがよさそうだな。さあ行くぞ！山を下りる。歩きながら話そう」。ガガランは両手にそれぞれ孫の手を引いて、もう一度木が歩く物語をした。いずれにせよどれもずっとずっと昔のこと、すべての焚き木が家まで歩いてくることができた。コルククヌギがどの家の近くにも植わっているように、それらは家の焚き火のところまでやってきた。そのとき動物たちも家にやってきて、鍋の中に住んだ。そのころの粟はとても肥えていて、一粒で鍋いっぱい煮ることができた。そのときの火もとても利口で、木炭の隙間に住んでいて、干し草を食べさせるとまるで一群の蚤（のみ）が飛び出てきたように仕事をした。そのころの万物はみんなブヌンの家に来て友人になった。鉄の杖が来るその日まではそうだった。そいつは跳んだり跳ねたりしながらやってきた。大きな耳を持ち、耳たぶに穴をあけて、風変わりな耳輪をしていた。さらに細長くとがった、しゃべれない口も持っていた。ブヌン人はそれを家に招き入れて雨やどりをさせた。万物は警告した、鉄の杖を中に入れてはいけない、それは悪霊のバンバンライカズ

＊1　原注：卑南主山（びなんじゅ）のこと。ブヌン語Sakakivan。
＊2　原住民の児童に対する初等教育機関。教師は日本人警察官が兼務した。「蕃」は原住民族を指す日本語。中国語は「番」。

(Banban-laingaz) だ。ブヌン人は二つの鎌を持って、交差させて擦り合わせ、恐ろしい金属音を出して追い払おうとしたが、意外にもその音は万物を驚かせ、これ以上鉄の舌に歌を歌わせるなと大声で叫んだ。鉄の杖は怖がらなかったので、悪霊ではないことが証明された。種まき祭になったとき、ブヌン人は面白がって杖の耳たぶの穴を引っ張った。ブヌンの男が耳たぶに穴をあけるのは悪霊が耳を引っ張るのを防ぎ、さらわれないようにするためだ。では杖が耳たぶに穴をあける目的は何か?

　ガガランは話し続けた。万物は種々雑多な騒音を発して、ブヌン人が鉄の杖の耳たぶの穴を引っ張らないよう懇願した。火は炭がはじける音をたて、粟は地面をたたき、焚き木は転げ回り、動物たちは涙を流して泣いて懇願した。ブヌン人は請け負った、他人の耳を引っ張るのは悪霊だけだ、あれは悪霊ではなく人だから心配無用だと。そして鉄の杖の耳にあいた穴を引っ張りにいった。ごほん、鉄の杖が激しく咳をして、その細長い口から鉄の痰が飛び出し、イノシシに命中した。粟は驚いて縮みあがり、焚き木と動物は逃げ出した。イノシシは死んでしまったが、血は死なずに傷口からこんこんと湧き出して三石*かまどの炎を溺死させ、あちこちに流れていきながら、生臭いにおいをさせてみんなに言った、銃が来たぞ。

　十六世紀のオランダ人は海から銃を持ってきた。銃に駆り立てられてブヌン人の移住が始まった。獲物を追い、耕地を探して腰を抜かした粟を慰め、三千メートルの山脈を超えて、日の出の方向へ移動した。もし一族の者が安心して糞を垂れる土地を見つけることができたら、そこは地味が肥え、植物がよく育つ場所にちがいない。そこで、多肥皀樹渓に肥皀の泡のようにたくさん部落をつくることにした。人口が増えると、秋の落葉が幾重にも積もり、山道が柔らかいときに、再び祖先の霊の承諾とご加護を得て、子孫は小百歩蛇渓へ移り住んだ。山路の石段でキフジ、ヤナギイチゴ、ビワ、オニガシ、ヤマニクケイ、ガマズミとともに暮らし、部落の名前も小百歩蛇渓とした。

この数年で世界はめまぐるしく変化した。今、ハルムトは家に帰る警備道を歩いている。文明は彼に神話はみんな嘘っぱちだと教えた。川の流れは逆流しないし、穀物の粒は先祖が包皮に隠して、地底から盗んできたものでもない、それに女の膣に歯が生えているわけがない。しかし銃が鳴り響いた物語は、彼の記憶を射止めた。祖父がイノシシの血は四方に流れ、最後はノウルシ、ナンキンハゼ、アカギ、ケヤキの家の中に入った、と言ったのを覚えている。気温が下がるにつれ、木の葉の中のイノシシの血が徐々に凝固して、赤い色に変わる。そこまで思い出して、彼は道端の木を見渡した。木の葉は標高に従ってますます血の色が濃くなり、タイワンモクゲンジの実は鮮やかな赤色をして、森林の肝臓になっている。また、ガガランの話では、不意に一陣の風が吹いてきて山いっぱいのウラジロアカメガシワの葉が裏返り、魚の浮袋のような白い葉裏を見せると、台風がやってくる知らせだという。彼はこの種の二十四節気の言い伝えはあまり信じなかったが、英語の授業のときにウラジロアカメガシワを Turn In The Wind（風の中で回転する）と訳したのを思い出した。急に風が吹いてきた。山道から渓谷を見下ろすと、裏返っている小川の水はどれも明るく真っ白で、うれしそうな音を立てている。

＊　大きめの石を三角に並べた上に釜や鍋を置き、その下で薪を燃やす。

山道と河床の高さの落差が大きくなったとき、霧鹿部落に到着した。ここには数万年前から、下方へと侵食し続けた自然の芸術品がある。川のカーブは大きくうねり、山脈と互いに譲りあわずに、ゴーッという激流の音をたてている。ハナドリの気ぜわしい鳴き声に、ヒメマルハシのチッチッという鳴き声が飾りをつけ、これらが組み合わさって自然界のブヌン祭になり、粟の豊作歌を楽しんでいる。ハルムトは空気中に炊煙のにおいをかぎ取った。粗野で、かすかにツンときて、人の鼻腔を拡張させる。そして、ところどころに水溜まりのある、しょっちゅう鶏が走り出てくるぬかるんだ道を通り過ぎ、駐在所がある「監視の丘」へ向かった。このときしわがれた鳥の鳴き声が聞こえてきたので、声をたどってみると、自分の家が目に入った。そこは部落の中で一番温かみのある記憶の場であり、あの高くて大きな野胡桃（タイワンクルミ）*1の木に、陽光が蜜のように降り注ぎ、オナガの声が樹冠から聞こえてくる。

長い旅から戻ってきた者は、まず先に警察に報告しなければならない。これは伝統だ。彼は有刺鉄線と石垣でできた塀の中に入った。警察犬がとびかかって攻撃してきたが、鉄の鎖に強く引っ張られて監視小屋の傍までしか届かない。敗戦後は警察犬だけがまだ忠実に職務を尽くして吠えたてている。ハルムトは庁舎の玄関口で、気をつけ、敬礼をして、大きな声で報告に来たことを伝えた。庁舎では数人が四角いテーブルを囲んでいたが、彼に構おうとする者はいない。ハルムトは数分間立ったまま、近くの営業停止している雑貨店を眺めていた。ぴたりと閉められた戸に詩の断片が貼られている。「春夏秋冬（しゅんかしゅうとう）　月又花（つきまたはな）」。彼はごく自然に下の句を心の中でそらんじた、「征戦歳餘（せいせんさいよ）　人馬老（じんばおゆ）*2」。小さい頃、雑貨店の亀蔵爺さんのお菓子につられて暗記した漢詩だ。当時は詩句がごつごつして読みづらい感じがしたのに、今、大遠征から帰還し、血と汗を流したおかげで、読んで理解できるようになっていた。文字一つ一つが寂しく心の中に落ちる。

「入って来たまえ、いつまでも立っていなくてよろしい、君が必要な装備をいくつか選びなさい」。一人の巡査がハルムトを事務室に呼び入れ、テーブルの上の各種登山用具を指しながら言った。

「君が必要なものは何だ？」

「僕は登山に来たのではありません、『寄留(きりゅう)退去』の手続きをしに来ました」

日本の警察は厳密に人口を管理しており、しばしば家に戸籍調査にやってきて、その場で人数を数えて合致しているかどうか調べた。「寄留退去」とは寄留していた外地から戸籍地へ戻ることを指し、駐在所に行って手続きをしなければならなかった。ハルムトの申し出に、巡査は手を振ってこの制度はしばらく停止になったと言った。

ハルムトはうなずいて、何か手伝うことはないかと尋ねた。幼いとき駐在所の庁舎や官舎を上へ下へあちこち駆けまわったことがあったからだ。板のくぎ一つ一つを熟知していたし、ビールのコップと清酒のコップをどうやって洗うかも知っていた。鰹節の味噌汁の作り方や豆腐の作り方も知っていたし、小麦粉をからめたタニノボリをどうやって油でぱちぱち音をたてて揚げるかも知って

*1　日本のオニグルミに似た山地に自生するクルミ。台湾クルミとも呼ばれるが、本書では以下すべて「クルミ」とした。

*2　乃木希典『満洲雑吟』「法庫門営中の作」（明治二十八年）「東西南北幾山河　春夏秋冬月又花　征戦歳餘人馬老　壮心尚是不思家」より。

いた。そして、あの花畑に逆さまに挿して囲いにしている酒瓶が何本あるのかも覚えていた。かつて巡査の妻たちから裁縫を習い、まったく混じりけのない本場の、敬語をふんだんに含んだ九州弁を学んだ。それにそこには亀蔵爺さんの雑貨店「耳さん」があって、店の中の玩具と商品を、目をつむっていてもすべてどれがどこに並べられているか知っていた。部落を離れて何年にもなるが、ハルムトにとってここは相変わらず重要な場所だった。

「手伝うことはない、帰りたまえ！」巡査は追い払う前に、こう尋ねた。「君はどこから戻ってきたんだね？」

「花蓮港市です」

「あのあたりで何か最新の消息はあるか？」巡査の目がきらりと光った。

「台北に台湾省警備総司令部がまもなく成立します、国民政府が台湾に来るようです、でもこれはいちばん新しいニュースではないかもしれません」

「そうか！　まだほかにあるのか？」

「まだ新しいニュースがあります」

「早く言え」

「でも僕はニュースを見ることができません、背中に貼ってあるんです」。ハルムトは恭しく言った。「上着を脱いでよろしいでしょうか？」

何人かの巡査と警手がぽかんとしていると、ハルムトが上着とシャツを脱いで、背中の上の黒い漢方の膏薬を見せた。この傷は野球の試合で負った打撲傷だ。戦後はガーゼが手に入らなかったので、医者がアメリカ軍の宣伝ビラを貼って固定していた。ビラには日本人とアメリカ人が踊って平和を祝い、空から軍艦巻き、握り寿司、稲荷寿司が降っている絵があった。巡査はそれを見てひどく空腹を覚え、腹がグーッと鳴った。それからようやくまじめな顔になって数行の小さな文字に注意を払った。「原子爆弾」成功などと書かれていて、日本軍が全面降伏したとある。新しい希望に満ちた国民政府が台湾を接収するとも書かれている。

数人の巡査は何もしゃべらず、ときおり喉から小さく「ほう」と相づちを打った。少しの気まずさと万感の思いが心に引っかかっているのだ。一つの時代が終わり、もう一つの棘に満ちた時代が到来しようとしていた。互いの目の中には暗い不安しか見えず、厳粛な気持ちになっている。テーブルの上の灰皿にたまったもみ消していない煙草のにおいでさえいかんともしがたいふうだった。このとき、駐在所の所長の城戸八十八（きどやそはち）がちょうど外の便所から戻ってきた。ハンカチで手の水滴を拭きながら、みんなのいるところに顔を出して、うなずいて言った。「なんとそいつは原子爆弾と言うのか！」

「いったい原子爆弾って何ですか？　確か天皇陛下が玉音放送で、米国が残虐な最強の爆弾を投下したとおっしゃっておられましたが」。ある巡査が尋ねた。

「一つの爆弾で何万という広島の人を殺すとは、米国人は実に残虐だ」

「そんなもんじゃないだろう！　噂では三十数万人とか言っていたぞ」

「正確な情報がないのに、でたらめを言うもんじゃない」。城戸所長がみんなの中から体を起こし、振り向いて登山装備の整理にとりかかった。一組の懐中電灯の電池を取り出しまた入れてから、こう言った。「原子爆弾は恐ろしいものだ、非常に大きな爆弾のはずだ、米国人は航空母艦のような飛行機を発明したに違いない」

「所長、こういうのもいいですね、空飛ぶ航空母艦」

みんなは笑いのツボを刺激され、しきりにクスクス笑っている。城戸所長は大きく咳払いして注意を促した。笑い声が広島で亡くなった人たちに対するひどい侮辱に思えたのだ。その場に急にひんやりした空気が流れ、どう話をつないでいいかわからない。城戸所長はこのときハルムトの後ろ姿を見て、首周りを遮る帽垂れのついた作業帽をかぶっていても気づき、「君、帰ってきたのか」と大声で呼びかけた。

ハルムトの栗色の肌とやや背の高い体つきは、簡単に見分けがついた。今しがたの笑い話で、ハルムトはある哀しみに沈んでいた。彼は言いたかった、死の爆弾が、アメリカ機から撒かれ、密集した大通りに沿って投下されるのを自分は見たことがあるのだと。それは空中でシューシューという死のうめき声を発し、爆撃後は阿鼻地獄の怒りの炎を人間の世界にもたらし、すべてが灰と化す。ハルムトは話したかったが、その勇気がない。彼らは爆弾の恐ろしさがわかっていないのではないかと思ったが、それを描写してやったとしても、一群のムササビがクジラについて議論をするようなものだ。

「君、戻ってきたんだね、だが気分が悪そうだが」と城戸所長が言った。

「原子爆弾にやられたような顔をしているな」と一人の警官が言うと、みんなの笑いを誘った。

ハルムトは頭を上げて言った。「僕は皆さんが原子爆弾のことをこんなふうに言うのは嫌いです」

「ただの話じゃないか」
「亡くなった人たちが安息を得られません」

日ごろは大声で話す巡査も、このときは誰も反論しなかった。ハルムトの口答えに、巡査は話を継ぐことができない。掛け時計の振り子の音が聞こえるくらいその場の空気は静まり返った。人生の中で記憶を呼び覚ます小さな出来事はどこにでもある。部落から伝わってくる子どもたちの戯れる声も、台所から漂ってくる豆腐を作るにおいも、あるいは、胸がいっぱいになっただけのときもそうだ。ハルムトの両手はかすかに震え、小さな声で言った、ハイヌナンが死んだ。

ハイヌナンは死んだ、しかし世界はどこも彼の影でいっぱいだと、ハルムトは知っている。

数年が過ぎていたので、巡査たちのハイヌナンの記憶は次第に薄らいでいたが、今回の死亡のニュースで陰影が増した。誰かが何かを思い出したように壁に目をやると、何枚かの額に入った写真の中に、十二歳のときのハイヌナンが写っていた。写真の中の彼はしゃがんで、イノシシ革のミットでボールをキャッチしている。バットを振っているのは同級生のハルムトだ。場所は小百歩蛇渓でいちばん大きな蕃童教育所のグラウンドで、後ろには警察官がわざわざ横に一列になって立っている。ハイヌナンとハルムトは駐在所が育て上げた優秀な子どもだった。二人は都市部の子どもより聡明で、セルロイドとセロハン*の違いを区別することができたし、また田舎の子どもより鋭敏で、小豆の山の中からたった一つのゴキブリの卵鞘をつまみ出すことができ、さらに日本軍八八艦

* 原注：賽璐珞は昔の合成樹脂で、今日のプラスチック製品に似ている。賽璐玢は、今日の玻璃紙。

隊の十六艘の軍艦名をそらんじることができたので、文句のつけようがなかった。キズといえば蕃童の身分だけだ。

ハイヌナンの死の知らせに、みんなは静かになり、一人が煙草に火をつけて、しきりに煙草を吸う音をたてているが、喉も戸惑って小さな溜息をついている。別の誰かが耐えられなくなってハイヌナンはどうして死んだのか尋ねると、みんなはようやくハルムトのほうを向いて答えを待った。噂話が好きな本性丸出しだ。ハルムトは、人目もはばからずに心から泣き続けたが、時間が彼の感傷のためにちょっと止まってくれたことは一度もない。彼がいつまでも何も言わないので、とうとう我慢できなくなってほかのことをしはじめる人もいた。

ハルムトは気持ちが落ち着いたあと、駐在所で自分が生きているのを感じた。だが記憶ははるか遠くの花蓮の爆撃現場で止まったままだ。徐々に、有刺鉄線に引っかかっている紙が風で震える音が聞こえてきた。茶の入った木桶の蛇口からぽたぽたと水が漏れ、ラジオが雑音のある聞き取れない声を出している。光線が窓台の近くの地球儀に反射し、さらに遠くでは警戒したアカゲザルが鉄の鎖を引っ張っている。巡査たちは引き続き縮尺二万五千分の一の地図を取り囲み、一人が赤鉛筆で丸を付けた範囲を手で指して、いろいろな捜索の可能性について議論を始めた。突然、電話が鳴って、庁舎は急に静かになった。城戸所長は受話器を取ると、大きな声で「もしもし」と言い、相手の話に静かに耳を傾けながら、ときおり「かしこまりました」と返事をしていたが、電話を切る前にかしこまってこう言った。「霧鹿駐在所の全警察官は全力を挙げてやり遂げます」

「警務課はどう言ってますか?」ある警官が尋ねた。

「総督府警務局から電報が来たのだよ」。城戸所長が言い終えると、一同騒然となった。何と言っても警務の最高部署から命令が来たのだ。彼はみんなが静かになるのを待って言った。「確かな裏付けが取れた、米軍の大型飛行機が山地に墜落した」

「なんと米軍だったのか」。みんなは驚きの声をあげた。

「だがまだ現場に到着して捜索していないのに、どうして米軍だとわかったのだろう」

「米国がすでに飛行機を派遣して墜落地を確認している。我々には地上捜索を望んでいる」

「なるほどそういうことだったのですか」

「ここでみんなに言っておく、警務局の命令を受け、即刻、霧鹿捜索隊を結成する」。城戸所長はリズミカルな言葉遣いでよく響く声で言った。「我々は準備を整えなければならない。山の下の憲兵隊も手伝いに来ることになった」


事の次第はこうだ。台風が過ぎ去った晴れた日、ブヌンの猟師が高山に登っていると、雲の汚れ一つない空に黒い点が現れて、ゴーッと音を立てているのを目撃した。それは伝説の鉄の鳥の旋回だった。猟師が山頂に着いたとき、鉄の鳥はちょうど低空飛行をしていた。鉄の鳥は何を探しているのか？　すると猟師は空気中に金属が腐乱した鼻を突くにおいをかいだ。においをたどって前に進むと、人がほとんど足を踏み入れない地区で、バラバラになった大きな鉄の鳥を発見した。猟師

＊　旧日本海軍で、艦齢八年未満の戦艦八隻と巡洋海艦八隻を主力とする艦隊のこと。

は急いで山を下りて報告した。警察はブヌンの猟師が言う「毛の生えていない大きな鉄の鳥が、雷といなずまにより高山でバラバラにされ、中から金色の毛のはえた白い皮の人間が振り落とされた」というのには疑問を持ったが、生々しい証拠は現場から持ち帰った鉄の鳥の翼膜（よくまく）で、英語が印字された帆布（はんぷ）の袋だった。それはアメリカ軍の落下傘の袋だったのだ。巡査は慌てて上級に報告した。

アメリカ軍の飛行機が墜落したらしいという情報を、軍部は重く見て、さっそく霧鹿の警察に現場に行って確認するよう求めた。そしてこのときになって、アメリカ陸軍航空隊がようやく航空機の墜落を確認したという情報を日本政府に通知し、地上での捜索を求めてきたのだ。霧鹿捜索隊が結成された後、城戸所長はもう一度テーブルに広げた地図の前に立ち戻り、弥勒菩薩（みろくぼさつ）の文鎮（ぶんちん）を布陣のコマ代わりにして、それをまず小百歩蛇渓のいちばん奥の山の下に置き、憲兵がそこに結集することを示した。捜索隊は明日の正午に霧鹿部落を通過し、両者が合流したあと、登山口でもある戒茂斯（ハイムス）駐在所*へ行くのである。そこで一夜を明かし、それから事故現場に向かうのだ。

巡査たちは城戸所長の手から弥勒菩薩がゆっくりと地図の上の海抜三千メートルの荒涼とした山岳地帯に移動するのを見ていた。弥勒菩薩は寛容な微笑みを浮かべている。しかし巡査たちは眉間をしかめ、墜落範囲が赤インクで囲まれた広大な範囲に及ぶため、数日の捜索では、黒熊の糞便をすべて探し出すことくらいしかできないのではないかと思った。

「捜索が困難なのに加えて、さらに厄介な問題がある」。城戸所長は言った。

「憲兵隊が出動しましたね」

「ああ、警務局が非常に重視しているだけでなく、軍部でさえこの度の墜落事件を重く見ている。我々は全力をあげて米軍の事故現場を見つけ出さなければならない」。城戸所長は気が重くなった。

「ブヌンの猟師に頼んで、もう少し正確な墜落位置を確認しませんか」

「猟師は戒茂斯駐在所の警察に報告して、こう言ったらしい、大きな鉄の鳥は悪霊だ、もうそこには行きたくないと。だが彼は位置を報告している」

「それがおかしいんですよ、ブヌンの猟師は、『山頂の湖を過ぎて十番目の山の、松の影がある樹林付近で、熊のにおいが充満しているところだ』と言っとるんだそうです。こんなあいまいな言い方じゃあ、まったく夢の世界のようだ」。一人の巡査が笑いながら言った。

「海に落とした針を探すような捜索だ、さらに時間がかかりそうだな」

「いっしょに捜索に行かないか?」城戸所長は振り向いてハルムトに言った。「君は山のことをよく知っているから、我々の助けになるのだが」

ハルムトは、今日の涙の使用限度をすでに使い終わったので、もう泣かなかった。しかし悲しみが中断することはない。彼は顔を上げて、城戸所長が「任務には報酬を出す、一日あたり二円、賃金の支払いを保証する」と強調して言うのを静かに聞いていたが、首を縦に振らなかった。太平洋戦争末期、政府の財政は底を突き、公務員の給料未払いが頻繁に起こっていたので、ここで賃金を

＊原注：戒茂斯はもともとブヌン部落で、Haimus（山肉桂）の意味。部落の人はかつて一九一五年の大分事件に参与したことがある。関山越嶺道（かんざんえつりょうどう）が開通したのち、そこに日本は戒茂斯駐在所を置いた。今日の南横公路の傍のすでに廃棄された栗園派出所が元の住所である。

支給することを強調したのは誘い水だ。でもハルムトは首を振った。城戸所長に対してはっきりと首を横に振ったのだ。今何をすべきかわからなくても、この件はやりたくないということははっきりしている。悲惨な航空事故現場には行きたくなかった。

「だが私は、君が蕃童教育所にいたとき、毎年夏になると、君のお爺さんが君を連れてあの一帯の山に登っていたから、そこの山の状況にとても詳しいのを知っているよ」と城戸所長は言った。

「そこには長いこと行っていません、僕は山のことも、そのときのことも忘れたい……」

彼だけが知っていた、山にはどこも彼とハイヌナンの思い出があるということを。

ハルムトはずいぶん長い間行っていなかったが、そこの湖と氷堆石（ひょうたいせき）の野営地を忘れることはできない。日本統治時代の学校は三学期制で、毎年二番目の長期休暇のときに、ハルムトは祖父に連れられて山に行き、足の裏がしびれるまで歩いてようやく標高三千メートルの月鏡湖（げっきょうこ）*に着いた。そこはブヌン神話に出てくる円形の湖で、月が湖畔の石に腰掛けて自分の傷ついた顔を湖面に映しているので、水がきらきら輝いていると言われている。ハルムトは祖父とそこで夜を過ごし、狩りをし、あわせて生きるための技能を磨いた。

「僕はどこにも行きたくありません」。ハルムトは城戸所長が彼を捜索に誘うのは、何かで忙しくしていれば心の痛みが和らぐだろうと配慮してくれているのはわかっていた。でもどこにも行きたくなかった。おとなしく家に帰りたかった。それでリュックをさっとつかむと、すぐに出ていった。

秋の太陽の下にいきなり出たので、温かい光線が次々に彼の体を覆った。誰かが事務室の中でわざと大きな声でこう言っているのが聞こえた。「あいつはまだ十七歳だ、何にもわかっていない」、「こんな失礼な奴は、大成しないな」、あるいは「思い出したぞ、あいつは泣きべそで女みたいになよなよした子どもだった」。そしてさらにいくつかの侮蔑的な言葉に入れ替わり、あざけり笑いを引き起こした。ハルムトはそうした嘲笑から離れ、有刺鉄線と「監視の丘」をあとにした。マルが坂を駆けのぼってきて、ご褒美にしっぽを振ってくれた。

ハルムトの家は「監視の丘」の近くにあり、そこの何軒かの竹の家は二十数年前に強制的に山を下ろされた監視対象の世帯だ。クルミの木の下は、木陰が交差して重なりあい、家はそれで守られている。家の前で祖父のガガランが陶製の甕(かめ)で鶏糞を煮ていた。液状の鶏糞は臭くて、ハルムトは小さい頃から嫌だったが、それと合わせて嫌だったのが、風邪を引くと祖母がきまってざっと焼いたヘクソカズラを、額に貼って治してくれることだった。ヘクソカズラも鶏糞と同じ嫌なにおいがした。

ガガランはハルムトが来るだろうととっくにわかっていた。家の猟犬とマルが対峙して吠え合うと、部落じゅうがよそ者が来たと知った。ガガランは立ち上がって薪を積み上げたところに行き、俗にシオノキと呼ばれるヌルデを探して、室内の右側にある三石かまどに放り込んだ。繁殖力が旺盛な炎は大喜びだ。長らく家を離れていた家族が帰ってきたとき、火を盛んに焚くのがしきたりな

* 原注：ブヌン語の意味は「月の鏡」(cidanuman mas buan)、あるいは「月の影」。ここでは略称として月鏡湖とした。今日の登山の人気スポットの嘉明湖(ジャーミンフー)である。

のだ。シオノキは燃えるとぱちぱち音をたてるので、小さな子どもは大喜びする。サイダーの気泡がコップの底から連なって上がってくるときの弾ける音を聞くのによく似ている。ハルムトも小さい頃からこの音を聞くのが好きだったし、火の粉がでたらめに噴き出すのを見るのも好きで、傍で眠ると、火の粉のような流星が霧鹿部落にどっさり落ちてくる夢を見るのだった。ガガランはすべて知っていた。

ガガランはもう一度陶器の甕の前に戻ったが、喜びは隠しようもない。ハルムトが自分に向かってにこにこ笑っているのが見えると、鶏糞をかき混ぜる棒のリズムも狂ってしまう。何年も会っていなかったけれど、心がほんわかして二人に言葉はいらない。ハルムトがリュックからガイシを十個取り出して、贈り物にした。やや大きい二つは帰り道ではぎ取ってきたものだ。日本人はかつて山の麓に延々と電気柵を張り巡らし、ブヌン人が山を下りて首狩りをするのを防いだ。ガイシは裸電線の方向を制御する絶縁体だ。ハルムトは石でガイシを砕いて、粉にした。祖父と孫はそれぞれ自分のことをやっているが、時間を気にすることはない。心にごまかしはなく、そのうえ目的は一つだ――鶏糞を煮て白色火薬の素である硝酸をとりだし、ガイシには黄色火薬の硫黄が含まれているので、これらにシオノキの炭の粉を混ぜ合わせると、黒色火薬になるのだ。昔から、猟師はこの伝統の秘法で弾薬を作っていた。以前は山奥で日本の警察に隠れて作っていたが、今はお天道様の下で作っている。

一時間が過ぎた。液体の鶏糞が陶器の甕の縁に結晶体の白色火薬を作った。それをこそいでガイシの粉末と木炭の粉と混ぜ合わせ、比率通りに木臼に入れて均等に延ばせば火薬が完成する。祖父と孫は、黒い粉が太陽の光を浴びてゆっくりと乾いてくるのを見ていると、心の中のものも乾燥してきたような気がして、気持ちが和らいできた。ハルムトはリュックから強い酒の小瓶を取り出して、自分が先に口を当てて飲んでから、祖父に渡した。

「この変なものはなんだ?」

「これは『飛行機酒』だ。爺ちゃんは神風特攻隊って聞いたことある? 若者が飛行機を操縦して大きな船にぶつかっていくんだ。一機の飛行機で、部落くらい大きな船に衝突して壊すんだよ」

「部落をどうして船の上に作るんだろうな、山に作らんで」

「わかったわかった! でも上に部落を作れるくらい本当に大きい船で、ニューヨーク部落だってその上に置くことができる。こういうのを航空母艦って言うんだ」

「部落をどうして船の上に作るんだろな、山に作らんで」

「ニューヨークから海を渡ってやってくるには数か月かかるだろ、だから船の上に部落を作るのさ」

「船の上に森があり動物がいて、猟ができるのか?」

「それはノア号の航空母艦だ」

「どうりで日本人が負けるはずだ。飛行機を飛ばしてニューヨーク部落にぶつかって行けばいいものを。部落は逃げはせん、どうして走る航空母艦とやらにぶつかって行くんだろ」

「同じじゃないよ」。ハルムトはまた一口飲んで言った。「イノシシを仕留めるのと同じさ。イノシシは動く、動かないものは仕留めるに値しない」

「そういうことならわしにもわかる」

「さあ、飛行機酒を飲んでみて」。ハルムトは酒を勧めた。「神風特攻隊は出陣の前に、天皇陛下から賜った清酒を飲む。飛行機も飲む、もっと濃い酒で、それがこれさ。飛行機は酔っぱらってから、航空母艦にぶつかっていくので痛くない。飛行機酒は特別な酒だから、爺ちゃんに飲ませたくて取っておいたんだ」

「火を吹いているみたいだ」。祖父は一口飲むと、ひどくせき込んだ。口の中が唐辛子だらけで、いやはや口の中に銃を一発ぶっぱなされたようだ。「空に飛びあがりそうだな」

「やっぱり爺ちゃんと飲むと痛快だ」

第二次世界大戦末期、優勢のアメリカ軍が太平洋を封鎖したため、占領地のインドネシアから物資を運んでいた日本のタンカーはことごとく爆撃に遭って沈没した。そのため砂糖工場の副産物である糖蜜でアルコールを生産し、飛行機の燃料にしていた。ハルムトたち二人が瓶に口をつけて飲んだ強烈な「飛行機酒」とは、その燃料油のことで、記憶にフラッシュを浴びせる。彼らがこうして家の入り口にしゃがんで部落を眺めるのはずいぶん久しぶりなので、話したいことは山ほどあるのに、どう話したらいいかわからない。酒瓶が空になるころになってようやく口をふさぐものは何もなくなった。

「爺ちゃん、世界は変わった。日本人が負けたこと、知ってる？」

「知っとる。だから外に出て火薬が作れるようになった。日本人は負けた、わしらはこれから正々堂々と狩りができる」

「でも僕は自分も負けた気がする、頭からつま先まで見事に、徹底的に、負けて、ものすごく気分が悪い、まるで小百歩蛇渓の体の中に石が入っているみたいだ」

「川の体の中に石が入るわけがない、川は上って行くものだ」

「僕は川の泣き声を聞いた、帰ってくる途中で」

「小百歩蛇渓は上へと上って行く。お前が聞いた泣き声とは、実は汗が流れる音だ。どんな川も谷を切り開いて行くのに泣いたりしない、これまで一度もない」

「でも……」

「川の体の中に石が入っているわけがない、それは野球のボールが沈んだのだ」

　そのあと何もかもが停止し、時間の流れは最も深いぬかるみにはまって凍結した。祖父と孫は家の入り口にしゃがんで、陽光がゆっくりと部落を離れ、軒を縁取っていた夕日のラインを持ち去っていくのを眺めている。クルミの木の影がますます傾き、最後は米蔵に隠れてしまった。ガガランがパイプでたばこを吸い始めると、ぱちぱち音がした。刻みたばこは自家製の、お日様で乾かしたトウモロコシの髭で、辺鄙（へんぴ）な山地の主食である植物を無駄なく利用したものだ。この髭から干からびた煙のにおいがして、それが攪拌棒のように、ハルムトの記憶を深くかき混ぜ、祖父との思い出を呼び覚ました。

　ついに部落に戻った。記憶はにおいからよみがえってくる。ハルムトが戻ってきたとき、布を織っていた祖母は羊角鉤（ヤンジャオゴウ）〔羊の角を使ったかぎ針〕を持って出迎えた。彼女はホームグラウンドを男たちのおしゃべりに譲って、自分は夕食の準備にとりかかった。黙々と粟を踏んで殻を取り除いているとき粟はさらさらと喜びの音を立てた。鶏を絞めて、かまどの火で毛を焼き落とすときの焦げたにおい、これもハルムトの記憶を深くかき混ぜた。夜のとばりが下りようとする頃、霧が山から歩いてやってきて、忙しい農作業から戻ってくる女たちにくっついて部落に入りこんだ。ハルムトは母親と叔母さんが遠くから歩いてくるのが見えた。背負いかごの中は野菜と農具でいっぱいで、手にモグラを提げている。女たちの挨拶は特別で、その興奮したきらめく笑い声から、みんなはすぐに何か良いことがあるのだとわかる。モグラは腹に昭和草（ベニバナボロギク）を詰めて焼く。カタツムリは粘液をまずグァバの葉を燃やした灰で取り除いてから煮込むので、そのスープには猛烈に食欲をそそる植物の渋みがある。これらに、大鍋の真ん中にラードを添え、それが溶けていい香りがする粟ご飯がつくと、もう最高だ。ブヌン人はふだん粟を主食としていて、肉を食べるのは大きな宴会のときだけだ。

　夕食の前、ハルムトはクルミの木に登って実をもいだ。ブヌン人は家の傍にクルミを植えている。子どもたちが大好きなおやつになるし、植物性油脂の補充にもなる。クルミは四月に棒状の、子どもたちが毛虫と呼んでいる柔らかい花穂（かすい）を咲かせ、九月に実が熟して大きくなる。綿毛がすっかり落ちて表皮が褐色を帯びた実をハルムトが選んで、軽くひねると、蔕（へた）が割れた。クルミの殻は自然に腐らせると三か月はかかる。でもハルムトは待っていられない。いろいろな思いが詰まったクルミの殻を早くむいて食べたかったので、夕食後に三時間かけてクルミの殻をむき、火の傍に置いて焼いた。これは小さい頃に覚えた果実に早く火を通すやり方だ。月が中天にかかり目を見開いて部落を見ているとき、眠れないハルムトは耐えられない思いを封じ込めてベッドから起き出した。どんよりと暗い片隅を照らしている火の明かりだけをたよりに、クルミの殻だらけになったかまどのところへ行き、薪を足した。くべたのはシマサルスベリで、この木はよく燃えて煙が出ないので、咳き込んでみんなを起こすことはない。炎が踊っているのをぼんやりと見ていた。火は疲れを知らず、とても優雅に、つま先立って薪の上で軽やかに踊っているが、ハルムトがそれに合わせていっしょに踊っている影は祖父のベッドの上に重く沈んで映った。

今は深夜だ、君は何を考てるの?
僕は炎が裸足になって
自分の光に刺されるのを見ている
灰をかぶって眠るのが嫌なんだね

僕は山に戻った
川は涙を嫌う
でも虹になって
すべての記憶を失くした小さな水の粒に変わり
空に身を横たえて死んでいくべきだと思うんだ

祖父のガガランがとうとう騒がしい炎のせいで目を覚まし、ベッドの上で体を横にして、孫の後ろ姿を見ていた。彼は知っている、もし炎を半時間見続ける人がいたらきっと心配事がある、都会から戻ってくる人がいたらきっと心配事をかかえていると。珍しく家族が集まったというのにハルムトは押し黙ったまま時間をかけてクルミの殻をむきたがった。クルミをあぶりたいのではなくて、心配事を言い出すタイミングを待っているのだ。クルミの実は殻がとても固くて、金づちで力いっぱい叩いても、カチンカチンと鉄の音がするだけで割れない。唯一の方法は、それを火の傍に置いてあぶり、プチっと蒸気を噴き出すまで待ってから、叩いて二つに割ると仁(じん)を取り出すことができる。ガガランは起き上がり、かまどに近づいて、薪をくべ、炎に腹いっぱい食べさせた。今このとき、火の光と肉親の情が付き添ってやれば、ハルムトは自分で口を開くことができるだろう。まもなく何人もの家族が火の傍に集まってきた。みんなは静かに体を寄せ合い、ハルムトに暗黒に抵抗する勇気を与えた。

「明日、イノシシを殺す」。ハルムトが言った。

　イノシシを殺すのはブヌンの重要な文化だ。婚礼や祭祀のとき、きまってイノシシを殺す。イノシシを殺すとは代名詞であり、重要な事が発生したことを示唆している。男女の感情が深まると、「彼らはイノシシを殺せるようになった」という言い方で「彼らは結婚に同意した」の代わりにし、重要な祝祭日のときも「イノシシを殺すときになった」と言って期待を表現する。このほかにも、双方が誤りを認め、謝り、後悔したとき、あらゆる恨みをとくためにイノシシを殺すことから始めるのだった。

　ブヌン族は大家族が共生していて、分け隔てはしないし、他人行儀な挨拶もない。ブヌンの言葉に「おねがいします」「ありがとう」「すみません」といった文明の礼儀はなく、一族で助け合い、堅苦しい挨拶はしない。ハルムトがイノシシを殺すと言うと、ガガランは自分がいっしょに引き受けなければならないのを知った。彼は起き上がって午後に乾かした火薬を取り出すと、少量を石の上に振り出して、明日の狩りでイノシシを殺す準備を始めた。「誰のために殺すのだ?」

「ハイヌナンの家族」

「あいつがどうした?」

「僕たちは野球をしに花蓮港市に行ったとき、互いに守りあうと約束したのに、僕はできなかった」。ハルムトはついに自分の両目をたき火から離した。涙のたまった目が赤くなった。「彼は死んだ」

ガガランが火薬に火をつけた。火薬は巨大な光を放ち、濃煙が巻き上がり、最後は石の上に黒くて丸い跡を残した。手でさすってみると、燃えカスがあまり多く残っていない。うまく調合できた火薬だという証拠だ。残りカスが多いと、猟師は銃身の掃除に追われてしまう。

「炎が踊っているのを見ていれば、すぐに眠くなる」。ガガランは三石かまどの傍に体を曲げて横になり、炎のほうを向いた。これは猟師が野外で夜を過ごす方法だ。「夜明け前に出発する」

ハルムトが目を閉じると、瞼にかまどの中のオレンジ色の光がゆらゆら揺れた。家の女たちはさほど遠くないところにいて、朝早く出発する猟師のために朝食を準備している。天日で乾燥させたトウモロコシの粒を杵でつぶして、お粥をつくるのだ。ニイタカアカマツのマツヤニを燃やしているランプから鼻を突くにおいが漂い、かまどの中のクルミの殻を焼く酸っぱいにおいと混ざりあっている。日常のにおいだ。音もそうで、杵を突く音がときに力強く、ときに弱々しく続き、壁の上の動物の骨は壁の隙間から潜り込んでくる風の中でかすかなうめき声をあげている。これら歳月の痕跡がだんだん彼を眠りへと誘い、心配事を口に出して緊張が緩んだのか、今夜は眠る前にハイヌナンに詩を読んで聞かせたりしなかった。夜が明けたら、世界は少し良くなっているかもしれない。

夜が明けたとき、イスタンダ（Ish-Danda）の三人は「褐毛柳（アリサンヤナギ）」と呼ばれている一族の狩猟場に出かけて行き、獲物が綿毛のついた柳の種子のように多いことを期待した。「占い鳥」のメジロが飛んだ方向も鳴き声も縁起がよかった。三人は車座になると、村田歩兵銃とウインチェスター歩兵銃を手に、銃を祭る儀式（pislai）を行って、イノシシたちが銃身の前に来るように祈り、ブヌン人は禁忌を守ると約束した。禁忌を守っているガガランがまず先に夢占いをした。動物が走る姿、黄色いバナナ、渦巻き状の雲はどれも今までの経験では縁起のよい兆候だ。ガガランは孫に昨晩何を夢に見たかと尋ね、野球をしている夢を見たハルムトが先頭を歩くことになった。これは三人の中で最も良い個人の夢だったからだ。野球は動物の睾丸だ、間違いなくいい夢だ、とガガランは説明した。

「禁忌は大切だ。特にお前、ナブよ、自分の尻をしっかり守れ」。ガガランが言った。

同行している猟師はナブ（Nabu）という名前で、半年前に年長者の前で放屁するという禁忌を犯したため、イノシシを殺して謝罪しなければならなかった。ナブは優秀な猟師で、いつも三匹の猟犬を連れていたが、ときどき知らず知らずのうちに禁忌を犯した。「勘弁してくださいよ、伯父さん、俺はあなたにイノシシの肉を差し上げようと思って、わざと屁をこいたんです」

「だがお前は何度も禁忌を犯した」

「イノシシを贈ったじゃないですか！」ナブは手をちょっと振って、ハルムトに列から遅れないように合図してから言った。「きっと俺は小さいときに禁忌を犯したにちがいない。鶏の腸を食べたから、腸が鶏の鳴き声を出すようになったんだ」

「もしお前がいい猟師でなかったら、俺の前で何度も屁をこくのは我慢ならんのだがな」

「でも、教えてほしいんですが、伯父さんはどうして俺が屁をこいたってわかるんです？　ヤギが一粒一粒糞を垂れるみたいにこっそり屁をひねり出す俺の腕前は生まれつきで、音だって蟻さえ聞こえないほど小さいのに」

「お前に教えるもんか、言ったら今後ただでイノシシの肉が食えんようになるからな」

ナブは歩みを止め、遅れたハルムトが追いつくのを待った。「お前は前を歩くんだろ！　どうしてどんどん後ろになるんだ。ひどく不機嫌な顔してるけど、もしかして昨日部落に帰ったあと尻が軽くなったもんだから、今日は列の後ろでこっそり屁をこく算段か」

「いい加減なこと言うな」。ハルムトは取り合う気がしない。

「やあ、すごいじゃないか、お前は都会から口答えする腕前を覚えてきたんだな」。ナブはそう言うと、振り向いてガガランに訊いた。「どう思います、口答えは禁忌ですか？」

「違う」

「じゃ俺も今後……」

「口答えは許さん、それから、屁のことはもう話すな、他のにしろ」

「どうしてこうなるんです？　今日俺はもともと山に登るつもりだったのに。墜落した米国の飛行機を探しにいくはずだったんです。もし山の下の憲兵が出遅れて、明日ようやく到着するなんて言わなかったら、俺は今ここであんたたちにつき合うことはなかったんだ」

「噂では米国人はみんな落ちて死んだそうだ」

「俺は手伝いがしたいだけだ。そうでなかったらどうして死人を見に行ったりするもんですか」

「じゃあ気をつけるんだぞ、禁忌を守れ」

ガガランが禁忌を強調するのはそれが先人の知恵の結晶だったからだ。狩場で放屁したり、くしゃみしたりして、人が思わず音を出せば、情報を落として動物に秘密を漏らすことになる。赤いくちばしの鳥を撃つのを禁止するのは、おなじく赤い口を持っているハイビス〔ブヌン族の伝説の聖鳥〕を間違えて撃たないようにするためだ。つまり禁忌には根拠があるのだ。

まもなく彼らは狩場に到着し、けもの道に分け入って前進した。九時の太陽の光がゆっくりと木の葉の露をなめて乾かし、彼らの湿った脚絆も筋肉を強力に動かしているうちにだんだん乾いてきた。高齢のガガランは自嘲して「最近足に生姜が生えてきおったよ」と言った。この種の退行性関節炎は坂を上る速度を遅くするので遅れているハルムトとおしゃべりをすることができた。

「あれは何という名前だ？」ガガランはもう一度黒犬の名前を尋ねた。「あれの名前はわしの頭に一匹の魚を住まわせたようでな、ずっとわしの記憶を混乱させるんだよ」

「マル」

「そうか！　マルという名前はじつに愛らしい。わしにはわかる、あれは三石かまどの火が好きなようだが、これから家に住むことになるのか?」

「マルは猟犬じゃないからな」

「我が家は歓迎するよ、猟犬にすることはない」

「山で生きるのに、猟犬にならなかったら、生きていけない」。ハルムトの手には突きヤリがあるだけで、ほとんどそれを登山杖として使っている。

「じゃあマルは何ができる?」

「僕にもわからない、本当だ、爺ちゃん」。ハルムトは祖父の威圧的な言い方が好きではない。

「マルは役立たずで、クズだと思う」

これで二人は黙ってしまったが、むしろ胸にたまった感情を消化するのには都合がいい。足が灌(かん)木(ぼく)の茂みと擦れあう音がする。速くなったり遅くなったりする呼吸に合わせて、彼らは何度も心配事を話す機会を探ったが、ついにこう考えた、やはり心の中にしまっておくのがいいのだと。山の北側まで回ってきたとき、陽光はまだこの湿った地崩れした場所に届いていなかった。在来種のフジウツギ、ウラジロユノキ、ウコギの植物の種子がまずこの地に到達して、ゆっくりと発芽し、この地崩れした場所を緑色に変えている。ナブと猟犬は興奮した。ナブはしゃがんでイノシシが鼻で土を掘り起こしてミミズを食べた跡を調べ、猟犬は動物のにおいをかぎながら進んだ。まもなく陽光がこの地まで届き、空気中にクモの糸がゆらゆらと揺れ、イノシシの糞と青草の渋いにおいが混ざり合った。ガガランは乾燥した土地で狩りをするのを好んだ。露は雷管(らいかん)〔筒内に起爆薬を詰めて発火させるためのもの〕を湿らすからだ。しかし彼はこの機会を放棄せずに、銃をハルムトに渡して装填(そうてん)させた。

ハルムトは銃口から順序通り薬包、火薬仕切り(クッションワッズ)を入れ、それから鉛の弾頭を押し込んで、固定用の弾頭栓で塞ぐところまでやり、雷管はガガランが取り付けた。ハルムトは装填はできるが、銃を発砲したことがない。ガガランはどうやら孫に銃を使わせようと思っておらず、農業に向いていると考えているらしかった。

「わしが自分のことを役立たずだと思ったときは……」ガガランは言いながら、しゃがんでイノシシの足跡を調べている。

「わしが山の中に入るのは、実は自分の心の中に入っておるのだ、そこに本当の自分を見つけることができる」。ハルムトは祖父の最後の言葉を代わりに言った。「これは真理だ」

「その通り、ほら見てみろ、犬だってわかっておる」

「でもそれは爺ちゃんの真理で、僕のじゃない」

「お前が都会に行って学んだ腕前とは、口答えすることか。前はそうじゃなかった」

「僕は本当の気持ちを話すことを学んだ」

しゃがんで動物の足跡を確かめていたガガランは、何度もその言葉を反芻した。彼の視線は何組かの細長い雌イノシシの足跡で止まり、遠くの雄イノシシの足跡を見逃してしまった。だが後者の歩幅は大きく、足跡のくぼみは深く、丸く分厚くて、危険な奴だった。ガガランは思いを巡らしていた――ハルムトはもう昔の子どもではなくなった、火の傍にしゃがんでいつまでも自分の見た夢を話す練習をしていた頃とは違うのだ。今、この少年と話をするのが難しくなっているのに、彼は何を言うべきか？　何を言うつもりなのか？　一人の猟師はひと月山と話をしないでいられるが、一人がもう一人と話をしないのはとてもぎこちない。沈黙していたのはひとえに、どうやって慰めるか、皮肉を言うか、または引き続き何も言わないでいるべきか、ありったけの知恵を絞って考えるためだった。

猟犬が突然続けざまに吠え、それからすぐに樹林に入って、逃げるイノシシを追いかけ出した。これがハルムトとガガランに新しい話題をもたらしたのは、言うまでもない。深い森の底の灌木は密集していて、太陽の光が入らないところが多いので、猟犬を頼りに追跡して捕獲するのが得策だ。ナブは狩猟区域の外側に立って、命令を下している。口の中から続けざまに単音を発して、あるときは猟犬に追いかけるよう鼓舞し、あるときは自分が発砲しやすい隅までイノシシを追い詰めるよう誘導している。ガガランも銃を持ち手ぐすね引いて待ち構えた。イノシシが姿をみせると、ハルムトに少し後ろに下がって、間もなく始まる激しい戦闘の前線から離れるように言った。

ハルムトは片手にヤリを持ち、もう片方の手でマルを押さえていた。マルはペットで、猟犬ではない。マルは山の中でどんなものにも興味を示し、一匹の百歩蛇でさえマルの好奇心を刺激した。こいつの致命的な毒に当たれば、百歩行かないうちに死ぬという言い伝えがあるというのに。ひとしきり犬が激しく吠える声が続いたあと、一匹の怒った褐色の大きなイノシシが低い草むらから飛び出てきた。激しい戦いが始まった。ナブが銃を撃って反撃し、そのすさまじい銃声が、マルを震え上がらせた。

ナブは銃を肩に載せて撃ったので、長距離に照準を合わせることができたが、欠点は硝煙でいっとき視界が曇りやすいことだ。この一三〇キロはあろうかというイノシシは非常に巨大で、大砲の弾のようにナブに向かって飛んできた。ガガランが即座に反撃し、銃の照準器を外した。短く改良した撃針は茂みの中でもツルやツタに巻きつかれないので、密林の短距離からイノシシを撃つことができた。腰に銃を構える射撃法は硝煙で目が見えなくなることはなく、さらにただちにナイフを抜いて殺しに行くことができる。ガガランは人生の中で多くの誤算をしたが、今回もそうだった。少し前に孫と話をしているとき、大きなイノシシの足跡まで詳しく調べなかった。そのうえ突進してきたイノシシに発砲したが、前足に当たっただけだった。彼がナイフを抜いて応戦したのは後ろにいるハルムトに少しでも多く反応する時間を与えるためだった。

突然のことだった。ハルムトは突きヤリで突き刺した。他に選択肢はなく、ただ真正面の大きなイノシシと格闘するしかなかった。だがイノシシは体格が大きく、分厚い首でヤリの攻撃をはねのけ、取っ組み合いを選んだ。結果、ハルムトはイノシシとともに谷間に転がり落ちて、どこにいるのかわからなくなった。我に返ると、イノシシの体が鮮血にまみれ、首と背の剛毛は怒りで膨れ上がり、猛り狂ってハルムトを見ている。まさに妖怪の化身が目の前に現れたかのようだ。彼らの間にはマルがいて、鳴き声は軽快でよく通り、探りを入れるような、好奇心旺盛な鳴き声だ。すると、大きなイノシシはマルに向かって突進し、谷を這い上がって消えて行った。これらすべてはたった一分の半分の時間に起こったことだ。

凄惨な戦いだった。戦場を調べると、二匹の重傷を負った猟犬が林の中で悲しそうに鳴いていた。一匹はイノシシの牙で腹を突き破られ、一匹は胸元を突き抜かれている。猟犬たちのか細い鳴き声は、傷が痛んで呻いているのではなく、自分の努力不足と責任を果たせなかったことに対する詫びのように聞こえた。ナブは非常に不満だった。苦労して訓練したこの二匹の猟犬は間もなく息を引き取ろうとしている。熟練した二匹は、イノシシを追っているときは、途中でキョンやキジに出くわしても気を散らしたりせず、ひたすら獲物を追いかけて捕らえることができるのに、結局は都会から来たクズ犬の巻き添えを食らってしまったのだ。マルも悲惨で、イノシシに突き飛ばされて空高く反転し、体には牙の刺し傷と流血が残った。

ガガランの優しい祈りは、すぐに不安な気持ちを静めてくれた。猟犬をさすりながら、ガガランは言った。「お前たちはイスタンダの家族の最もよき友人であり、たき火の傍の最も暖かい慰めだった。お前たちは四本足の猟銃であり、猟師の最もよい仲間でもあり、いつ何時も人間の狩猟のために力を尽くした。しかしイスタンダの家族はお前たちを守らず、助けが必要なとき、事前に大きなイノシシの足跡に気づかず、お前たちを危険な目に遭わせた。わしは大いに恥じ、詫びを入れたい。お前たちの苦痛を思いやり、お前たちが祖先の霊のもとへ帰りご加護を得んことを祈る」

そう言い終えると、ガガランはブヌン刀で二匹の忠犬の苦劫（くごう）を解いてやり、そのあと刀をハルムトに渡して猟師の無念を晴らさせようとした。だがもうハルムトが皮のベルトでマルを絞め殺したのが見えた。ハルムトは最初から最後まで一本のクスノキに向いていた。彼の感傷は短く、すぐに死体をそこに埋めた。ハルムトは黒犬がここで死に、ベルトに血痕を残しただけなのをうらやましくさえ思った。

帰り道、誰もが話すのを拒み口を固く閉ざしている。部落に入るとき、ガガランが網袋に入れて背負っている動物の死体が生臭いにおいを発したので、飼い犬が吠えたてた。ブヌンの猟師は歌で戦功を報告し、獲物を族人とともに分けあうのだが、ガガランはそうしなかったので、貪欲な猟師だと誤解されてしまった。侮辱を受けても黙って進むしかない。ガガランが背負って持ち帰ったのは二匹の猟犬の死体だった。食べものを大切にする精神に法り、これらはこの後の数日間イスタンダの家族の最も屈辱的な食事になるのだ。どうりでナブがずっと不機嫌な顔をしているわけだ。

「みんなの視線がひどく厳しい、猟師として最も恥ずべき日だ」。ナブは言った。「まさか俺らはただあざけ笑われ、チスパンガ（cisbangaz）にひどい目に遭わされるだけなのか」

チスパンガとはひどい侮辱語で、獲物を捕れなかった猟師、失敗者、あるいは役立たずの犬を意味する。いったいナブがハルムトをあざけっているのか、それとも戦いで死んだペットの犬をバカにしているのか、正確に判別できなかったが、彼が前にマルをクズ犬、つまりチスパンガだとしきりに笑っていたので、このとき誰かが言い返せば、反対にその人がナブに大きな口をたたく機会を与えてしまうことになる。そこで、ガガランとハルムトは黙って歩いた。

「恥ずかしいとは思わない、ただ辛いだけだ」。ガガランがついに口を開いた。

「僕もだ」。ハルムトが言った。

「俺が思うに、お前は木のように黙って道を歩き、かつ俺と距離を保つべきだ」。ナブが言った。

「そう決めるのは正しいと思う」。ガガランは厳しい口調で言った。「ナブ、お前は遠い昔に木という木を罵って歩いた女にそっくりだ。今わしはお前と距離を置くべきだと思っている。猟師は獲物が捕れない日を大切にすべきであり、そうしてようやく大猟の貴さを体験できる」

「これはハルムトの失策ですよ、あいつが少なくとも謝るべきだ」

「わしらはこれまで日本語のように、お願いします、ありがとう、すみません、と言ったことはない。一つの家族であれば、互いの生活をわが身に引き受ける責任がある」。ガガランはここまで言うと、振り向いてハルムトに言った。「狩りは失敗したが、わしたちが責任を放棄していいことにはならない」

「伯父さんはハルムトが責任を負うべきだと言いましたね」。ナブは言った。

「これはお前に任せる」。ガガランは犬の死体をナブに渡すと、ひどく怪訝そうな顔をしたナブを残して、孫と部落の外へ歩いていった。

警備道の両側は本来なら樹木をきれいに伐採して、敵の待ち伏せを防ぐべきであったが、戦争のために管理費用が不足し、今はもとの姿の木陰の道に戻っている。ハルムトはこういう林が好きだ、一人ぽつねんと歩かないでいい。これは彼のそのときの率直な気持ちだ。傷ついていたので覆い隠すものが必要だった、うっそうと茂る植物で覆い隠されている山道のように。

ハルムトはまたよくわかっていた、人として、負け惜しみという種類の細菌の攻撃に立ち向かう免疫力を持つべきだということを。ナブに軽蔑され、たとえガガランがかばってくれたとしても、やはり感情が高ぶっていたので、落ち着くまでしばらく時間がかかりそうだ。しかし次にハイヌナンの家に行って死亡報告をするのはもっと大きな困難だった。頭の中はさらに多くの感情が再度かき混ぜられ揺れ動いている。心ここにあらずで、道の曲がり角に来て風の音が大きく響いても聞き流していた。

ガガランが強い向かい風が吹く坂に足を踏み入れた。そこにはトキワススキが沸騰するように激しく揺れ動いている。ガガランの髪は灰色だったので、自然にススキに溶け込んでいる。風が草むらを二つに分けたりまた抱き寄せたりして、永遠にめまぐるしく変化し、あたかも時間の隙間に身を置いているようだ。ハルムトはススキを摘んで、輪の形に折り込み、この昔からの風習がハイヌナンの家族の幸福を祈願し霊を慰めることができると信じた。昔ながらの風の音のつぶやき以外、こうしている間に言葉はなく、それがかえってハルムトを温かい気持ちにした。数分前までまだ自分は何の価値もないと感じていた。なぜなら都会から連れ帰った、唯一彼の話を聞いてくれる黒犬が死んだからだ。だが、二人がもう一度警備道に戻ったとき、ハルムトの歩みはしっかりしてきた。その一歩一歩がとてもつらく、ハイヌナンの家に通じているのを知っていたけれども。

ハイヌナンの家は部落の近くにあり、ボロボロの竹の家だ。家族も少ないが、かまどの火は消えたことがない。ガガランは入り口を入ると、黙って、薪の山からヒノキをとってかまどの火の中に放り込んだ。人の気持ちを静める香りが広がり、火も大きくなった。大きくなった火はガガランとハルムトが持っている幸福を祈願するススキの輪をさらに明るく照らした。そのあと、客間でずっと機織りをしていた青白くやつれた顔の老婦人が機織り機を止め、おんおんと声を上げて泣いた。彼女は彼らが人の死を知らせに来たこと、そして死んだのは都会を流浪している孫のハイヌナンだということがわかったのだ。その泣き声で家族が入ってきて、みんなが悲しみに暮れながらかまどの周りに集まると、ハルムトはようやく言った。「僕はNasハイヌナンのことを伝えに来ました」

Nasはブヌン族が死者の名前に付ける敬称だ。ハルムトは初めてハイヌナンをこの呼び名で言ったので、のどに嗚咽が込み上げてきた。手の中のススキの輪をひねりつぶし、もう一度涙をこらえて、ようやくハイヌナンとの都会での生活を話しはじめた。どのように学校に通い、どのようにアルバイトをしてお金を稼ぎ、どのように野球をし、どのように本を読んだか、言うべきことは全部話したが、言うべきではないことは固く口を閉ざした。ハイヌナンの死因に話が移ったとき、とうとう涙がはらはらと流れ落ちた。彼は覚えていた、ハイヌナンを背負って海辺で火葬したこと。その道のりは果てしなく長く、死者の血が流れ落ちて彼の背中を湿らせた。海の水が行ったり来たりする岸辺で、ハルムトは漂流木で遺体を焼いて灰にした。広々とした太平洋を眺めていると、それまで海は生きていて、波しぶきでおしゃべりをしている気がしていたのに、その日から海は死んだ。ハイヌナンの遺灰のほとんどをそこに捨てたからだ。少しの遺灰を部落に持ち帰った。ハルムトはここまで話すと、その浅葱(あさぎ)色のガラスの容器を差し出した。遺灰には甲子園の黒土を混ぜ込んでいたので、混沌息壌(こんとんそくじょう)〔魔法の土、神話に出てくる土の怪物〕になっている。まるで生命の終わりではなくて、まさにこれから始まるかのように。しかし彼はどう始まるのか見つけようがなかった。

「あの子は色が真っ黒で、やんちゃだったけど、今はこんなに真っ白に変わって、静かにここにいる」。あのサイ（Savi）という機織りをしていた老婦人が言った。「あの子は私のスカートの中に二年間隠れていたから、警察は見つけられなかった」

「あの子は勉強をするのに家のお金をもらおうとしなかった、あの子は一生懸命働く子だ」。ハイヌナンの母親が言った。

「干し肉があると、僕たちに分けてくれた」。ハイヌナンの従弟が言った。

「あの子はいつも農作業を手伝ってくれた」。ハイヌナンの叔母が言った。

「いつもにこにこしていた」

「いつも大きな声で言っていた、いっしょにやろう、って」

「いつも一生懸命三石かまどの中に薪を足してくれたから、火は消えたことがなかった」。もう一人、ハイヌナンという名前の人がいて、彼の祖父だった。ブヌンの伝統に従って、彼は自分の名前を孫につけたのだ。今、彼はガラス容器の中の遺灰を手に取り、かまどの火の中に撒いた。「イエス様、あなたがあの子を家に連れて帰ってくださったので、私たちはまた家族が一つに集まることができました」

ハイヌナンは不慮の事故で亡くなったので、家の中で葬儀を行ってはならず、霊魂は永遠に流浪しなければならなかったが、今こうして家族に受け入れられ、消えることのないかまどの火の中に戻り、炎の中のどこにも彼はいた。ハルムトは驚き、うれしかった。ハイヌナンが受け入れられたと感じて、胸の中に暖流が起きた。そのうえ祖父のハイヌナンを見ているとうっとりしてきて、目の前にいるのはまさにハイヌナンで、ただ年を取っただけのような気がした。そう思うと、ハルムトは涙が止まらず、手でぬぐいながら、ハイヌナンと都会に行くべきではなかったと自分を責めた。もしそれさえなければ、彼らは今も何事もなくかまどの傍にいることができたのだ。

「火を見ながら、答えてくれ」。祖父のハイヌナンが尋ねた。「お前たちは都会で楽しかったか?」

「楽しかったとはいえません、僕らは夢を失ったからです。でも、ハイヌナンがいっしょでなかったら、僕の人生の中でいちばん無意味な日々になっていました」

「それなら絶対に幸福だったのだ、なぜならハイヌナンもお前という友達をとても大事にしていたからな」

「彼はそういうふうに思っていたのですか？」

「あの子はそう思っていたし、そのうえ行動で示した」。祖父のハイヌナンはここまで言うと、火の傍にいる障害のある一人の中年の男の人を指した。「あれはわしの息子、わしのハイヌナンの父親だ。足は不治の病に罹り、家族の不幸の象徴と見られていた。イエス様の教えのおかげで、我々はようやく真の力を得て、あれの病気を受け入れた。ずいぶん前だが、孫のハイヌナンはお前たちが双子だと知ったあと、怖がって学校に行こうとしなかった。わしらは今でも覚えているが、あの日の午後あの子はお前と友達になるのをやめようとさえしたのだよ。あの子はこう言った……

「人の話では霧鹿部落にたっぷり細菌に呪われた双子がいて、今その呪いが当たって、兄が死に、弟のハルムト一人が残された。彼は僕の友達だし、いっしょに野球をしたいけれど、でも呪われた細菌に感染するんじゃないかと怖いんだ」

「細菌とはなんだ？」

「小さな粉末で、自分を不運にも病気にするし、他人も病気にするんだよ」

「父さんは二歳のとき奇妙な病気にかかり、足はそれ以降ワラビの髭のように縮こまってしまった」。父親は、杖の助けを借りなければ歩けない自分の小児麻痺にかかった右足を指して言った。

「人はこれを呪われた奇病で、わしにはおいそれと近寄れないと言う。お前は毎日わしに近寄っているが、細菌がいると思うか？」

「神様の前で誓います、父さん、いません」

「我々ブヌン人の右肩の上に立っておられる聖霊イエス・キリストの前で、ハイヌナンよ、お前はどうしたいのかわかったか？」

「わかりました、僕は明日彼を訪ねていっていっしょに遊ぶ。僕は子犬になってワンワンって吠えることだってできる」

「行きなさい！　明日まで待つ必要はない。今すぐお前の大切な友を訪ねていきなさい、時間には限りがあるんだよ」

それを聞いて、ハルムトはさらに激しく泣いた。彼はついにわかった、あの日、なぜ肌が真っ黒なハイヌナンがカジノキの皮で作った野球のボールを持って、霧鹿部落に走ってきたのかが……

第二章

あの頃を思い出す、太陽の光、野球、彼と彼はともに輝いていた

ハルムトとハイヌナンの物語を、最初から始めるべきだろう。

それは一九一五年のことだ。小百歩蛇渓出身のガガランが、六つの山を越えて、多肥皂樹渓[*1]の大分部落に着いた。空気中にワラビの胞子、ヒノキの香りと霧が充満していた。このときガガランはハンノキの皮を噛んで眠気を覚まし、足についたヒルを取って食べ、ニラできれいに擦った小銃を両手に持って、灌木の茂みに隠れ日本族に対して首狩りをしようとしていた。彼は遠く北方にある十本目の渓流で大事件が起こったのを知っていた。日本族の大酋長である佐久間左馬太[*2]が、二万人余りの族人を動員して、巫術を使って銃を連続発射させ、さらに別の大砲には三つ山向こうの家屋を打ち壊させて、凶暴なタロコ族を消滅させたのだ。今、その日本族がやってきた。ブヌン人を

＊1　原注：花蓮の拉庫拉庫渓（Luk-Luk）のこと。ラクラクはブヌン語で三つの意味があり、ここではその中の「たくさん石鹼の木（肥皂樹）がある」の意味を取る。

＊2　原注：日本の台湾統治時期の第五代総督。原住民族に対して強力に武力で「理蕃戦役」を発動した。総督在任中、一九一四年に大軍を率いてタロコ族を自ら制圧したが、負傷し、翌年に死去した。（一九一五年にガガランが関わった「大分事件」とは日本の「理蕃政策」に対するブヌン族の最大の反抗。詳細は下巻「解説」を参照。）

猛獣とみなし、高電圧の鉄条網で高山の中に囲い込むと、さらに山道を作って中に分け入り、山の中にとりでを築いて、武装解除を強制した。運び込まれたばかりの新鮮な文明が千年来のブヌンの生活をきれいさっぱり洗い流すのは確実に見えた。

ガガランは多肥皂樹渓を守り抜かなければならなかった。さもなければ次は自分の部落がある小百歩蛇渓がやられてしまう。彼は数人の族人といっしょに暗がりを這って進み、理蕃道路をにらみながら、豹(ひょう)のように規則正しい呼吸をしていた。もし首狩りを仕損じたら、銃殺されるのは必至だ。ブヌンの男子は十三歳の成人の儀式のときに左右の犬歯を抜く。そこでガガランは、逮捕されたときには笑って歯の欠けたところを見せようと考えていた。遠方にいるブヌン人が先に自分を狙撃して、「身を殺して仁を成す」手助けをしてくれるかもしれないと思ったのだ。突然大きな銃声がして、山林の中はいたるところでバン、バンという音が響いた。ガガランは振り返って反撃したが、日本警察に撃たれてけがを負った。ガガランは大笑いして、力いっぱい歯をむき出した。涙が流れるほど狂ったように笑ったのに、誰も彼がなぜ笑うのかわからなかった。

狂った笑いが彼を救った。ガガランは本当に狂っていると見られて、銃殺されたブヌン人に比べ幸運にも特別に拘禁されただけで済んだのだ。十五年の刑を終えたガガランは日本警察によってはるばる遠方から部落に護送された。小百歩蛇渓の警備道が完成し、それは一〇〇キロの長さの大きな鉄の鎖のように、すべてのブヌン人をおとなしくつなぎとめていた。イスタンダの一族はガガランが首狩りをやったおかげで強制的に戒茂斯(ハイムス)部落から、警察の監視下にある霧鹿(ブル)部落に移住させられ、罰として数挺の重機関銃と日露戦争のときの戦勝品のロシア製3インチカノン砲が要害の高地から威嚇していた。山河は昔と同じなのに、警備道はあまりに新しいので、彼の足取りと気持ちはそれに慣れるのが難しい。最も屈辱的だったのは拘禁中に強制的に日本語を覚えさせられ、彼のブヌンの舌が死んでしまったことだ。部落には大勢の人が集まって、日本の高官が鉄の虹のほうに歩いていき、最後の一枚の板で峡谷の下の小百歩蛇渓の景色をさえぎるのを見ている。四方からブヌンの歌が響き、鉄橋の竣工を祝っていた。世界は変わってしまった、ひらひらと枯れて散り続ける冬の落葉のように変わってしまった。ガガランの涙もひらひらと落ちた。

一か月後、ガガランが長い間不在だった家に、めでたい出来事が起こった。息子の嫁が木の葉を敷き詰めた土間に横になって出産し、女祈禱師が一人の男児を取り上げたのだ。ガガランは伝統に従って自分の名前を与え、孫にもガガランと名付けた。二人は同じ名前をもつアラ（Ala）の関係となり、これから気持ちもさらに親密になるはずだった。しかし「後ろから大胆にも一人の小悪魔がくっついてきた」。女祈禱師は手にゴマ油を塗って、もう一度産道から嬰児を一人取り出すと、「二人を処分しなさい」と言い残して帰って行った。

ブヌンの伝統によれば、双子を産むのは禁忌で、二人とも殺さなければならない。この残酷な始末は、ガガランの身に託された。長年監禁されたことは、恥ずかしいと思わなかったが、肉親に対してはやましい気持ちがあった。そこで家に帰ってから一か月間口をきいていなかったのだが、その沈黙を破り、ついにブヌンの舌で言った。「二人に腹いっぱい乳を飲ませてやれ」。ガガランは鹿皮のマントを着て「監視の丘」に行き、入り口に立って大きな声で駐在所内の巡査に報告した、しばらく部落を離れますと。巡査はどこに行くのかと訊いた。彼は正直に「小悪魔を殺すのです」と言い、同意を得た。彼がそこを離れるとき巡査が笑いながらこう言っているのが聞こえた。狩猟のことを悪魔を殺すと言うなんて、あいつの日本語はどんどんひどくなっているぞ。

腹いっぱいになって眠っている二人の赤ん坊を見ていたガガランは、情が移り、一人だけ殺すことにした。連れて行かれた赤ん坊は、のちに名前がついて、ハルムトと言った。ガガランは赤ん坊のハルムトを背負って十の山を越えたところまで来ると、気の重い殺意について思いを巡らしていた。山を見ても山が見えず、川を見ても川が見えず*、ついには自分を名も知らぬ山河の後ろに置き忘れてしまい、ズアカチメドリの鳴き声でようやく我に返った。

ガガランは自分が涙を流しているのに気づいた。涙は彼の殺意がいかにやむをえないものであるかを物語っている。ガガランは逮捕される前に何度か警察を狙撃する機会をうかがったことがあるが、一度もおじけづいたことはなかった。なぜならもし発砲しなければ、次に倒れるのは自分の家族だからだ。しかし本当に殺人を犯そうとすると非常につらかった。彼は樹齢二千年のベニヒノキの洞のなかに、ハルムトを置いて、何度もつぶやいた、ミホミサン、ミホミサン。これはもともと上の世代の者が下の世代の者に与える祝福の言葉だったが、のちにだんだん人と出会ったときや別れるときに使われるようになった。「あなたの生命力が引き続き旺盛でありますように」という意味だ。狩猟と移動を常とするブヌン人は時々刻々危険な立場に身を置き、道は遠く険しく、日にちを知る暦も持たない。そこで再会を期することに、その思いを託すようになった。ミホミサン、お前の生命力が旺盛であることを願う。ミホミサン、もう一度再会できるように。ミホミサン、ミホミサン。ガガランは天の神のディハニン（dihanin）に向かって神話が現実のものになるよう祈った。

彼がそこを離れたあと、死んだ人間が、蛇が脱皮して復活するように、アカゲザルやセンザンコウや鳥に変わり、新たな別の身分になって森で生き続け、いつの日か再会できるように。

ガガランは赤ん坊を置いて、背を向けてそこを離れ、洞は灌木の茂みで隠しておいた。そしてがむしゃらに道を探したが、高くて大きなベニヒノキはまるで森林の大きな腕のように彼を引っ張り、三時間かけても、どうしてもその山を抜け出ることができなかった。道に迷ってしまったのだ。もう一度木の洞まで戻って避難し、高く響き渡る赤ん坊の泣き声といっしょに夜を過ごした。ガガランがチョッキの前留めを外して裸のハルムトに暖をとってやると、小さな肉の塊が彼を温めてくれている気がした。その子は彼のぺしゃんこで味もない乳首を吸っている。ガガランがカワウソの皮袋に入れている食料のトウモロコシの粉を、口に含んで湿らせ、自分の乳首に塗ると、泣いていた赤ん坊はすぐにおとなしくなって静かに吸い始めた。

彼らは抱き合って眠り、夢は深く甘かった。夢占いによればどれも吉兆だ。夜が明けた。太陽の光が木の葉を突き通って、森の底辺をまだらの影絵に塗り替え、空気中にはひんやりしみ出た苔のにおいが漂っている。猟師のガガランは自分が母親になった気分だった。そのうえ帰り道は迷ったりせずトントン拍子に進んだ。彼が家の門をくぐったとき、懐でまだ生きているハルムトが腹を空かせて激しく泣き、母親は感極まって泣いた。家族の気持ちは複雑だった。

＊ 宋代の禅宗青原行思大師が語ったとされる人生の三段階「人生三重界」の第二段階。看山是山、看水是水。看山不是山、看水不是水。看山還是山、看水還是水。

夏の赤子祭りになったが、誰もガガランの家を訪問してこの双子の小悪魔のために祝福してくれる者はいなかった。ガガランは自分で祭事を執り行なった。双子は吉祥ではないので、ブヌンの伝統を踏襲して祖父あるいは肉親の名前を使うことができない。ガガランが二人につけてやった名前は、パシングルとハルムトだ。これは孤独な名前で、使い終わったら永遠にのちの世代に与えて伝えていくことはできない。だが、この二つの禁忌(タブー)の名前は山林の中では孤独ではなかった。これらは森の重要な構成員である殻斗科(かくと)の木で、一つはオニガシ（bacingul）、もう一つはコルククヌギ（halmut）という、とても大きなどんぐりの実をつける木からとったものだった。赤子祭りが始まった。かみ砕いたセキショウブを双子の頭上に塗った。これは邪気を避けるためで、植物の香りは悪魔にとっては反対に毒気となり、邪気を払うことができるのだ。また彼らの口に粟(あわ)の発酵飯を塗って、子どもが言うことをよく聞き、話せるようになるのを祈願した。太陽の光がぽっちゃり太った二人の顔に満遍なく降り注ぐと、家族の者がみんな近寄ってきて言った、おや、小悪魔が威張っているよ。二人の赤子が思いっきり世界を破壊する方法は微笑むこととよだれをたらすことだ。ガガランは彼らがハンノキのように劣悪な土壌の中でも生き続けて、凄腕の猟師になることを願った。一人は雲豹(うんぴょう)のすばしこさを持ち、もう一人は黒熊の知恵を持つように。

しかしパシングルとハルムトは猿のように腕白だった。家の中を勝手気ままに這いまわり、手の平と膝はいつも真っ黒で、手あたり次第何でも口に入れて食べるので、口の角にはいつも垢がこびりついていた。ガガランが煙でいぶされて黒くなった百余りの水鹿(スイロク)の頭蓋骨を壁から下ろして彼らに齧(かじ)らせてみたが、それでも足りないふうだった。双子はいつも「どうして？」と尋ねるので、ガガランは神話でたいていの疑問を解いてやっていたが、さすがにある神話の英雄だけは彼らが真似するのを禁止した。もみ米をこっそり包皮に押し込んで人間界に持ち帰って植えた英雄のことだ。ところが二人は、これを止めれば、今度はあれと言う具合に、実験精神が旺盛で反乱を起こした。彼らはまさに小悪魔で、あちこちで物を破壊しては、何でもかんでも手につかんで火の中に放り込むのだ。おかげで装飾の水鹿の骨やイノシシの頭、祖母の貝殻の耳飾り、木のチリレンゲはことごとく炭になってしまった。彼らはさらにトウモロコシを火の中に投げ入れた。するとポンとはじけて炎が一山の白雪をつくり、食べることができたので、双子は跳びあがって喜んだ。

ガガランは折を見て木が自分で歩いて家にやってきた伝説を話して聞かせた。木は三石かまどに飛び込んで、暖かさを生み出し、ブヌン人に与えた。嘘ではない、木は自分で道を歩くことができたのだ。想像してごらん、木々が土の中からクモのような無数の長い脚を伸ばして、歩いて部落にやってくるのを。これらの木は、あるものは雨の日にやってきた。ビワとヤマモガシの木は、体に水をいっぱい蓄えているから、どうやっても火をつけるのが難しい。シマサルスベリとソウシジュは羊の皮の雨合羽を着てきたので、それを脱げばすぐ火が着いて、体を乾かさなくてよい。ヒノキとアカマツは癇癪（かんしゃく）もちで、いやしんぼで、なまけもの。ぶよぶよ太っていて、体の中は脂肪が多いので、火に触れるとすぐに怒って煙を出す。シオノキは猟師のいい友達だ。人間に塩を与え、その木炭で火薬をつくることができる。「そのうえスズメのように話をするんだよ」。ガガランがシオノキを火の中にくべると、ぱちぱちと音をたてた。これには双子は目を見開いて、祖父の話はぜんぶ本当だと思った。木は本当に彼らにしきりに話しかけている、ミホミサンと。

双子はしきりにミホミサンと叫んで、でたらめに手を振った。このとき兄の手が思わずガガランの褌の前垂れの中へ伸びて睾丸に当たったので、驚いて訊いた。「この丸いのは何？」

「パシングルだ」

「僕はそこに隠れてるのか！」パシングルは大笑いした。

ハルムトが慌てて手をガガランの前垂れの中に入れ、なにがなんでもガガランのもう一つの睾丸を奪おうとした。「こっちは何？」

「ハルムトだ」

「僕もそこにいるんだね」。ハルムトは大笑いした。

ガガランがいちばん大きな声で笑った。鼻たかだか、老人が孫をからかう企みは大成功だ。八歳になる前、双子はこの遊びをとても上手にやることができ、楽しく遊んで、彼らが小学校に上がる日までやっていた。だが、残念ながらこの遊びに人が一人欠けてしまった。


四月初め、駐在所の緋寒桜の花が散るとき、霧鹿蕃童教育所の新学期が始まる。そこはよく整備された甲種学校で、小百歩蛇渓流域の原住民の子どもは全員がここで学んだ。標高二千メートルあまりの哈利卜松部落から来る子もいれば、険しい谷間の大崙部落から来る子もいた。彼らは明け方の四時に松明を持って部落を出発し、朝食がわりに焼き芋を食べながら、擦りむいた膝頭をさすって歩いた。遥か遠くの真っ黒な山から漂ってきて、日の出前の国旗掲揚式に間に合うように急いでいるブヌンの火を、霧鹿の警察は勝ち誇った顔で眺めていた。児童の中で就学しない者がいれば、巡査が強引に通学させた――台東庁警務課は九百名あまりの警官で編成されており、その半分以上の力が原住民の馴化(じゅんか)に注がれていた。彼らは脅迫半分、忠告半分で部落に隠れている最後の子どもを見つけ出したのだった。霧鹿部落近辺出身のハイヌナンが、二年遅れでようやく学校に上がったのは、祖父が文明と水はともに毒を持っていると信じていたからだ。文明は劇薬であり、文字の毒害は、二度と心が自然と共存しなくなるところにある。それゆえ古い伝説の中の祖先は、思い切ってこれらを洪水の中に捨ててしまい、救おうとしなかった。そこで、日本警察の捜索の度に彼を祖母のスカートの中に隠し、成長してスカートで隠しきれなくなってようやく泣きながら転がり出てきたのだった。ハイヌナンは肝っ玉が大きくて、駐在所で飼っている凶暴な猿を怖がらなかったし、学校のトイレの幽霊も怖がらなかった。最初の授業のとき、彼がトイレに行くと、農芸課が飼育しているヤギが隣の便所にいるのが見えた。ハイヌナンは初めて猫の目を盗んだ動物を見たのだが、少しも怖くなかった。しかしさらに隣のトイレのドアを開けたとき、ブヌンの悪霊を見てしまった――二人のハルムトがしゃがんで大便をしているのを見るや、びっくりして大泣きしてしまったのだ。これがハイヌナンとハルムトの最初の出会いであり、後々の笑い話になった。

三人は事務室に連れて行かれ、先生は何事が起ったのかと尋ねた。とにもかくにも、ブヌン語しか話せないハイヌナンは先生の言っていることがわからず、何が起こったのか理解するのを拒否した。彼は目をつぶって逃避した、なぜなら目を開けると瓜二つのブヌンの悪霊が見えるからだ。

ハルムトはハイヌナンに言った。「僕らは双子なんだ」。そしてパシングルは二人のブヌン語の会話をその場の日本人巡査に通訳してやった、まるで人類学者が文明の衝突を解説するように。彼らの祖父のガガランは牢屋で十五年かけて日本語を学んでいたので、自然と孫にも教えていたのだ。

「俺に話しかけるな、お前たちは不吉だ」。ハイヌナンは言った。

「これは見たことがあるだろ、僕にそれが何か言ってみろ」。ハルムトは黒板に一匹の犬の絵を描いた。

「俺が知らないなんて思うなよ、それは犬だ」。ハイヌナンは手で一方の目を覆った。こうすれば二番目のハルムトが見えないからだ。

「これはどうだ？」ハルムトがもう一匹犬を描いた。

「それも犬だ」

「お前はCinusdusaan（双子）の子犬が怖いか？」

「そんなことあるもんか」

「Cinusdusaanの水鹿が怖いか？」

「とんでもない」

「たくさんのCinusdusaanの聖鳥ハイビス*が怖いか？　あいつらは一つの巣に五、六羽はいる、怖いだろ」

「いいや」

「それじゃあ今でもまだCinusdusaanが怖いか？」

「怖くなくなった」。ハイヌナンはもう一方の目を見開いて、疑り深そうに訊いた。「お前らは生まれたらすぐに殺されるんじゃないのか？　お前たちは父さんも母さんもいないんだね、だから殺されなかったんだ」

「お前、やっぱり頭に病気があるから、学校に治療しに来たんだな。十八年たってやっと実をつける阿呆のブンタンだ」。ハルムトは怒り、それから兄にこっそり合図を送って、二人はハイヌナンの両耳に近づき、そっくり同じ言葉を言った。「僕らをいじめるな、さもないと取り巻いてみている恐ろしい先生たちが、お前の家に殺しに行くぞ、皆殺しだ！」

蕃童教育所の教員は、警官が兼任している。ブヌン人の印象では、警察は人を殺す、だからこの言葉はハイヌナンを震えあがらせた。双子がこうして早々ににらみを利かせる腕前は、祖父が教えたもので、孫が学校でいじめに遭わないためだった。しかし学校は人をいじめるものだ。人がいじめるだけでなく、さらに恐ろしい伝説があった。たとえば、便所にしゃがんでいると切断された腕が伸びてきて男の子のあそこを引きずっていくとか、黒板の裏の隙間に小さくて平べったい幽霊が隠れているとか、廊下の柱にできる夕日の影には二つ目がついているなど。というのも学校で大虐殺が起きたことがあるからだった。百人ほどの日本人警察と随行のアミ族が部落にやってきて食塩と針と糸を支給し、謀反を起こしてはならないと警告したのだが、これが思いがけず民族間の軋轢を招いてしまい、アミ族はこの機に乗じて二十名余りのブヌン人を虐殺した——その亡霊が学校の夜間部で学んでいるというのだ。それで学校に寄宿している子どもたちはたとえベッドでおもらししても、絶対にベッドから離れようとしなかった。

＊　原注：紅嘴黒鵯（クロヒヨドリ）のこと。ブヌン族の神話に出てくる聖鳥で、火種をくわえて人類を救ったとされる。

ある噂はもっと恐ろしくて、子どもたちは全員その経験があった。誰かが彼らの腕に奇妙な記号を植え付けて、支配しようとしているというのだ。そのため四月末の天然痘の接種の際に、新入生はパニックを引き起こし、上級生たちは窓に張り付いて大声で叫んだ、日本人が悪いまじないをやっているぞ。悪いまじないとは恐ろしいブヌンの呪術で、人を陥れようとするものだ。そのため十数人の子どもは列を作って死を待ち、最前列の子がまじないをかけられた後、大声で泣いているのを見ていた。ハルムトは自分は死ぬのだと思い、目を閉じて死を受け入れた。校医はアンプルのビンの口を折り、種痘用のナイフにワクチンをつけて、ハルムトの右腕の切り傷をつけたところに塗布した。種痘を終えた彼が涙をすっかり拭き終えたとき、最後列のハイヌナンが人殺しと叫びながら、校門に向かって逃げ出し、日本人の警察につかまっているのが目に入った。それに続く場面は、学校の語り草になった。死んでも従おうとしないハイヌナンは三人の警察に取り押さえられて、わめき散らす口と泣きわめいて止まらない涙がまだ抵抗を続ける中、種痘が終了した。そのあとも数分間声を上げて泣き続けたので、高学年の生徒たちから日本呪術の歴代最高傑作だとあざけ笑われた。

種痘が済んだら、長袖シャツを着て、包帯をした小さな傷口をしっかり保護しなければならない。傷口がふさがり、一か月後には綺麗な種痘の跡が浮き出てきた。太陽の光が部落に差し込み、クルミの花穂（かすい）がとうとう枯れて、落花が幾層にもかさなったとき、これらの花はまるでこの世に落ちて、このとき病気をしていたパシングルを慰めているかのようだった。パシングルはたびたび発熱し、骨の痛みがあり、体には不思議なうっ血が現れた。小児白血病にかかったのだが、病気は悪いまじないのせいだと高学年の生徒たちから笑われた。パシングルは授業に出ることができず、家でカマドの火をじっと見つめていたので、顔は真っ赤に染まっていたが、頭の中は空っぽだった。放課後ハルムトとハイヌナンが家に帰ってきて、一人は檳榔(ビンロウ)の葉鞘(ようしょう)を持ち、もう一人がカジノキの皮を持って、かわるがわるコマを鞭打って回し、止まらないようにしているのを眺めていた。パシングルの病気が早く治るよう祈願しているのだ。

パシングルは幸せな笑みを浮かべ、辛そうに立ち上がると、自分はよくなった、もう学校に行けると言ったが、誰も彼を笑う者はいなかった。そのあとパシングルは死んだ。囲炉裏の中に倒れ込んで、打ち壊された炎に砕かれた。火の花びらは妖艶で、満開の山芙蓉のようだった。兄さんは本当に美しい。その年の冬の山芙蓉もとても美しくて、ハルムトはそのどちらも覚えている。

パシングルは祖母が編んだ苧麻(チョマ)の服に着替え、ガガランのベッドの下に埋められて、平たい石板と泥で覆われた。このときガガランが童謡『TAMA LAUNG はどこに行くの?』をしめやかに歌い出した。歌詞は、布を織って服を作り、寒さに震える子どもに着せてやる話だ。彼らはいっしょに最後の歌詞まで歌うと、悲しみをこらえきれなくなった。その歌詞はあたかも墓穴にしゃがんでいる小さな男の子、パシングルを描写しているようだった。彼はとうとうそこへ行ってしまい、もう二度と戻ってこないのだ。

なぜ機織りをするの?

子どもに着せてあげるためよ。

なぜ彼に着せてやるの？

寒いからよ。

みんなでいっしょに美しい滝を見に行こう……

みんなはもう二度といっしょにいろんな事をできなくなった、滝に遊びに行くという、こんな簡単で幸せなことでも、必ず欠けた人間がいるのだ。それが家族の者に涙を流させ、純真無垢な男の子が、体を曲げてしゃがみ、両手で顎を支える姿勢で家の中に埋められるのを見ていた。その様子はとても愛らしくて、まるでみんなに「悲しまないで、僕はよくなったよ」と言っているようだった。パシングルは家族が強制的に移住させられた後、異郷に植えられた最初の霊魂だ。霊魂は発芽し、びっしり根を張って家を包み込み、みんなを丸く取り囲んで、霧鹿部落は徐々にイスタンダー族の永遠の故郷になった。

葬儀に子どもは参列できないため、ハルムトは粟蔵に閉じ込められ、行きたいと泣き叫んだ。泣き疲れて眠ってしまい、ようやく目が覚めたときには、空は明るくなり、世界は変わっていた。喪に服する期間は機織り、狩猟、耕作が禁じられる以外、すべてがいつも通り行われた。ハルムトはまだ死を理解していなかったけれど、パシングルが祖父のベッドの下の泥の中に隠されているのを知っていた。大人は彼が近づくのを許さなかった。毎晩夜が更けると、ハルムトはみんなが寝静まっているすきに、こっそり近づいて土の中の兄に向かって話しかけた、怠けてないで、かくれんぼなんかしないで、早く起きて学校に行こうよ。ガガランはベッドに横になって寝たふりをしていたが、涙は目を覚ましていて、パシングルが毎回煙草を巻くのを手伝ってくれ、火をつけて煙が出はじめてからようやく彼に渡して吸わせたのを思い出していた。ガガランはまたこんなことも思い出した。猟から帰ってくるたびに、孫は駆け寄ってきてまといつき、うるさく彼のポケットから山の果実を取り出したものだ。こんな甘い実のような情景が、もう消えてしまったのだ。ガガランがもっともつらかったのは、二人の孫が彼の両足の間で体を寄せ合って火にあたり、ガガランが神話を話すのを聞き、また彼自身も起きたばかりの孫から夢の話を聞くことが二度とできなくなったことだ。日々夢を共に味わうのは夢占いを好むブヌン人の親密な行為であり、幼子の話し言葉の訓練にもなる。それを思うと、涙がさらに激しく流れ、ベッドの月桃のマットレスにカビが生えてしまった。一人の孫を失ったことは、ガガランにとって一つの睾丸を失ったに等しかった。

ハルムトは学校に行かずに、家でかまどの火を見ていた。いつまでも絶えない火の舞を見ているときだけ、誰かがまだ生きている気がするのだった。突然、粟祭りで使用する祈りのボールが火の傍まで転がってきて、火がその交互に編み込んだカジノキの樹皮の模様を明るく照らした。ボールはとても美しく、ハルムトは入り口のほうに目をやって、誰が投げたのか確かめた。ハイヌナンがドアの陰から黒くてきらきらした目をのぞかせ、しきりに舌を出して犬の鳴きまねをしている。それはハルムトの一生で最も鮮明に覚えている情景のひとつだ。怒って駆け寄ったハルムトは、偽物の犬を追い払おうとした。だがこのとき、わざわざ歩み寄ってきたハイヌナンが勇気を振り絞って「呪われた双子の細菌人間」を訪ねてきたことを知る由もなかった。

「わん、わん、わん」。ハイヌナンは吠え続けていたが、急いで突っ走ってきたので、ひどく息を切らせて、犬の鳴きまねをしながらしきりに呼吸を整えている。

「もう吠えるな、お前はウソの犬だ」

「俺は子犬だ、お前が細菌を持っていない人間だと知っている、誘いに来たんだ、お前と学校に行きたくってさ」。ハイヌナンは犬の真似をして部屋の中を這い、それからかまどの火の傍に止まっているカジノキの皮のボールを差し出した。「この野球のボールはお前にやる。もう悲しむな、いいね？　学校に野球をしに行こう」

それはハイヌナンがいちばん好きな玩具だ。それを今ハルムトにくれると言う。ハルムトは受け取った。玩具をもらって悲しみが消え、いっしょに学校へ行った。

「俺がお前の兄貴になる、だから悲しむな」。ハイヌナンはもう一度言った。

「いやだ」

「俺はただウソの兄貴だ、本当になるんじゃない、どうだ？」

「そうか！　じゃあいいよ」。ハルムトはちょっと考えてから、また訊いた。「じゃあ、ボールは本当に僕にくれたの、それともウソでくれたの？」

「本当だよ。お前と指切りして約束してもいい、俺はお前が本当に好きだからやるのさ」。ハイヌナンはさわやかに答えた。「それから、お前はその短いスカートを脱がないといけないな。それを着て野球する奴なんかいないぞ」

「わかった、脱ぐよ」

ハルムトは野球のために、伝統的な男のスカートを脱いだ。彼がこの服装を好んだのは疑いなく生まれつきのものだった。二人は小指を出して指切りをした。子どもの言葉に禁句はない。指切りげんまん、ウソついたら、一万回の拳骨(げんこつ)と、一万本の針を飲ます。誓いは一生涯有効だ。

月末の二日間はいつも野球のコーチが山に来て、子どもたちと野球をした。

このコーチの名前はサウマといい、アミ族で、台東電力株式会社の職員だ。山に来て子どもたちに野球を教えるのが彼の楽しみだった。選手たちは警備道でコーチを待っていて、長いこと待ってようやく、道が曲がりくねり、山が高くなったり低くなったりするところで、人がリュックを背負い、肩に息子のモモちゃん*を乗せて、ゆっくりと歩いてくるのが見えた。太陽の光が彼の体の上で光の輪を作り、物静かな美しさを浮かび上がらせている。

「がん…ば…れ!」小さな選手たちが大きな声で言った。

「がん…ば…れ」。サウマが声を返し、彼の息子がもう一度叫んだ。

まもなく、双方は山道で出会うのだが、ちょうどうまい具合に、いつもかぐわしい香りがいっしょだった。あるときは実が一面に落ちているアコウの木の下で、あるときはススキが赤い穂を出したばかりの山辺で、あるときは満開のジンジャーリリーがひっそりと佇むほとりで出会ったが、何もないときは、きまって子どもたちの笑顔がいちばんかぐわしかった。子どもたちは一斉に駆け寄ってきて、サウマを取り囲んで跳んだり跳ねたりしたが、いつも彼らの顔には何かを失うことのな

＊ 原注：桃子醬（モモちゃん）はあだ名。醬(チャン)は日本語の直訳で、子どもに対する呼称。

い、また誰かのご機嫌を取ったりしない笑顔があった。コーチはこのときようやく、加わったばかりの笑顔の中に、ハルムトとハイヌナンがいるのに気づいた。彼らは人だかりの外側に立っていて、手をつなぎ、体をぴったり寄せ合っている。

ハルムトとハイヌナンは野球が好きで、野球チームに入りたがっていた。それはそれほど難しいことではなくて、サウマが選手を募集し選ぶ条件は「女の子に関心のない男子に限る」というものだったから、噂を立てられるのが怖い男子生徒がこぞって加入していた。ハルムトとハイヌナンは、野球のために一生涯女子とは手を繋がないと誓いを立てた。伝統に従えば、彼らは猟師になるので、小さいころから胸元に弾弓(パチンコ)をかけていなければ笑われたものだが、今では弾弓をかけるだけでは笑われ、手の中にはかならず野球のボールをしのばせていなければならなかった。

残念ながら二人には三年生になる前にグラウンドデビューする機会はなく、キャッチボールとスイングの練習しかできなかった。高学年がチームに分かれて試合をするとき、ハルムトとハイヌナンは外野の左右両翼に立ち、ボール拾いをした。勝敗が決した試合の後、残り時間があるときだけ、一年生の男子はようやくチームに分かれて練習試合をすることができた。高学年の生徒はかっこよく技術を指導してくれた。たとえばどうやってバットを振り、ゴロを取り、盗塁するかなどのスキルを教えてくれたが、いったん取り囲んでみている女子生徒がみんな行ってしまうと、すぐに本性をあらわして、お前たちの球拾いはイノシシがミミズを探しているみたいだと嘲笑した。でもハルムトとハイヌナンはこんな時間が好きだった。グラウンドで負った傷を受け入れ、嘲笑されようが皮がむけようが、野球は彼らの痛みを癒す良薬だった。

秋の九月に入ると、陽光は軽く浅く流れ、植物の葉の表面に足を休めて優しく光っている。サウマは霧鹿部落に到着する前に、ムージャンズ*が満開で、ハチと蝶がゆらゆらと飛び回っている木陰の下に足を踏み入れた。胡椒と生姜を混ぜたような花の香りがする。ハイヌナンはそこに長い時間立っていた。日本の浴衣を着ているが、服にも微笑にもかすかで上品な香りが浸みこんでいる。ハイヌナンはコウキで作ったバットを差し出して、伝統にのっとり耳に穴をあけたばかりの男の子にサウマから渡してほしいと頼んだ。その子ならたまに男用のスカートをはいているので彼にもすぐわかる。「コーチから言ってください、これはあなたが彼に贈るものだと」。ハイヌナンはたどたどしい日本語で説明した。

「僕たちからハイヌナン兄さんに渡してあげるね」。父親に肩車されているモモちゃんが言った。

「俺がハイヌナンだ、彼はハルムトだ」

「兄さんたちはとてもよく似ている、どっちも真っ黒くて、足がとても速くて、いつもいっしょにいる」。モモちゃんが言った。「僕にはどっちがどっちかわからない」

「耳たぶに穴をあけているのが、ハルムトだ」

「どうして女になったの？」

「女？　いや違うよ！　あいつは男だ」。ハイヌナンは自分の日本語が下手なのに腹を立て、うまく話を続けられない。「もう俺には訊かないでくれ」

＊　木姜子。和名は山蒼子（さんそうし）。実の形は山椒に似て、レモンの香りがするので、アロマオイルにも使われる。

サウマはバットを受け取ると、木目に沿って撫でた。そのバットは暖かく湿り気があり、きめ細かく削って磨かれていて、ザラザラしたところや、手に刺さるところはどこにもない。そのうえ小春日和の淡い息吹をかぐことができる。このようなバットを制作するのは時間がかかるだけでなく、愛情も注がなければならないだろう。知らず知らずに愛してしまい、もうあと戻りはできない、ますます愛は深くなり、どんどん深みにはまっていく。*サウマは笑い、目の前の山水がみんな優しくなった気がした。さらに道を進み続け、「がんばれ」という声がますます近づいて来て、とうとう小道の途中で野球チームと合流した。

「贈り物を持っている、お前たちの中の一人にあげよう」。サウマはバットを振って、その美しい贈り物を見せた。

全員が大きな声で言った。「ほしい、ほしい」

「これは僕をいちばん世話してくれる人にあげる」。モモちゃんはみんなが我も我もと手を挙げるのを見て、プンプン怒って言った。「アミ族の女子はおしっこをするところに歯が生えているって言ったことがある人は、みんなもらえないよ」

男の子たちは大きな声で言った。「俺は言ってない、言ってない」

「言ったことがある人は、大きな声で言ってないって言ってごらん」

「言ってない！」部員たちは大きな声で言ったが、罠にかかったのに気づいていない。

「君だ、これは神様が君にくれた贈り物だ」。サウマは後ろで黙っている男の子のほうを見た。耳に小さな木片がぶら下がっている。それは穴を開けたばかりの耳たぶの穴の形を維持するためのものだ。

男の子たちは大声で叫んだ、不公平だ、「スカート鬼」にあげるなんておかしい、その鬼は左肩に住み着いているマクワン・ハニツ（makuang hanitu）だ。ハニツというのはブヌンの精霊で、誰の肩にも二人いる。一人は右肩に立っている善良なハニツ、もう一人は左肩に立っている邪悪で貪欲なハニツだ。ハルムトはバットをもらったので、スカート鬼だと侮辱されるのは平気だったが、邪悪なハニツという呼び名は嫌だった。野球のためならスカートを脱いで、漢人に倣（なら）ってズボンで足を包んでもよかったが、この汚名は脱ぎ捨てることができないからだ。

「公平なものは何もない。お前たちがやらなければならないのは、暗くなるまで草むらでボール探しをするのではなく、一生懸命野球をすることだ。こんな強い願いがこもったボールなら太陽の方角に向かって飛んでいくことができる」

彼らはまもなく霧鹿部落、そして小百歩蛇渓最大の野球場に近づいてきた。夢はそこから生まれるのだ。あらゆる夢はまだ狡猾、戦争、痛みに触れたことがなく、崖の縁に咲く純真無垢な百合の花のように、深い谷間を少しも怖がっていない。バットをもらったハルムトは、大喜びして、どんな神様が、彼に贈り物をくれたのかと尋ねた。

サウマはちょっと間をおいた。子どもたちも答えを待った。なぜならこれは信仰する価値があるからだ。それからサウマは言った、「サンリウ[*1]（sangliw）という名前の植物で、とても淡い香りが

＊「情不知所起　一往而深」明代の劇作家・湯顕祖（とうけんそ）『牡丹亭』「題記」より。

する神様だ」

「それは何ですか？」

「それがどんな神様かは説明できないが、神様は私にはとてもはっきりしている。だが君には謎だろうな」。サウマは足を止めて、また言った。「この世界にはたくさんの謎があり、君は永遠に解けないかもしれない」

「おそろしいです、解けないなんて」

「あの木を見てごらん、あれは謎だ」。サウマは遠方の山の尾根を指している。目を見張るような大樹があるが、こんなに距離が遠いと木の種類まではわからない。「千山（せんざん）に登り万水（ばんすい）を渡らないとその木まで到達できない。おそらくある人は一生そこまで登っていこうとは思わないかもしれないし、ある人は辛苦を尽くしてそこにたどり着き、ようやく発見するかもしれない、その木は遠くから眺めているほうが美しいと」

「とても難しいです」

「だから、君はその謎を解きにいくことを選択してもいいし、眺めていてもいい。しかしこの世界に、こんな追求する価値のある謎が無ければ、人生はとてもつまらない」

「それなら少しはわかります」

「人は一生家の中にいるのが最も安全だ。しかしなぜ、好き好んで苦しみを増やして危険を冒すかといえば、ただ遠くに謎を解きにいくために過ぎない」

「俺たちわかりました、夢のためです」

「いつか、みんないっしょに花蓮港へ行って、大きな船を見ようじゃないか」

みんなは歓声を上げ、花蓮港に船を見にいく約束を交わした。船を見にいく約束には意義がある。太陽が山脈の向こう側に落ちて暗い夜が霧鹿台地にやってくると、霧も降りてくるので、サウマはグラウンドの傍で火を焚いた。火の光はその顔を照らし、この伝説的な人物を再びぱっと明るく浮かび上がらせた。サウマは花蓮能高団（NOKO）[*2]のメンバーだった。このチームは原住民を中心に構成され、日本に試合に行ったことがあり、東京府庁、明治神宮などを見学し、しかも甲子園球場で天王寺チームに勝ったことがあった。日本はこの時ようやくこの猿語を話し、強肩をもち、俊足の蕃人たちを見直して、彼らを不世出のアミ族チームだとみなした。

サウマは説明した。不世出の意味は世にまれで、並ぶものがいないほど優れているという意味だ。サウマはこのことを話すたびに、「不世出」を廊下の柱に刻んだので、濃い色のヒノキの柱に三つの白い文字の跡が浮かび上がり、あたかも子どもたちの心の中にも刻まれたかのようだった。廊下

＊1　原注：小梗木姜子（リトセア・ヒポファエア）のこと。サンリウはそのアミ族語。

＊2　原注：日本統治時代に、初めて原住民によって構成された野球チーム。甲子園で初めて野球の試合を行った純台湾人のチームでもある。一九二七年に解散した。（能高団の前身である高砂棒球隊は一九二一年に結成され、二三年にメンバー全員が花蓮港農業補習学校に入学、能高団と命名された。本作にそのモデルとして登場するサウマも働きながら同校で学び、主戦投手として活躍し、鉄腕投手と呼ばれた。一九二五年七月二十一日に甲子園球場で行われた天王寺中学との試合では七対二で能高団が勝利した。なお、能高団の日本遠征は理蕃政策の成功を誇示する目的も兼ねており、試合だけでなく日本観光を通して「野蛮人が文明化した」ことを示す機会とされた。本作に登場するサウマはあくまでフィクションであり、一部史実に合致しないところもある。）

の柱には二十ほど同じように彫った跡があり、数えきれないほどの冷たい霜、湿った苔、風雨を経ても、文字の跡はまだ古くなっていない。新年度にまた新しく彫るので、一つ一つが焚き火に照らされて、グラウンド全体で最も魅力的な鮮明さを誇っている。子どもたちがサウマを「不世出先生」と呼んでいる理由はここにあった。子どもたちはどんなに望んだことか、将来いつか山で、あるいは海辺で、こんなふうに期待を複製して、誰かが自分たちのことをこのように呼ぶ日が来ることを。

サウマは言った、自分は昔、谷川のほとりに住む野生児で、人より勝るところと言えば肩の力が強く、水面を掠めて飛ぶ秋のカモを石で打ち落とすことができるくらいだった。のちに花蓮港の中学に通い、放課後は海岸で船頭のアルバイトをした。当時はまだ港ができておらず、物資を運ぶ蒸気船は外海に停泊したので、船頭は「駁仔（ボア）」と呼ばれる小船を漕いで荷物を卸していた。波がしらを数えきれないほど越えながら、彼の腕の筋肉は太平洋の波と格闘した。暇な時間があると、石ころをボールに見立てて投げる練習をしたが、いつまでやっても疲れを知らなかった。海に向かって投げると、波がまた拾って戻してくる。浜辺の石を全部投げ終わって、最強の投手になるぞと誓った。そしてついに速球が認められて、原住民を主力メンバーとする野球チームに誘われ、主力投手となった。

炎と海の波は双子で、自然界の最も美しいリズムだ。サウマが海の話をしたとき、炎が子どもたちの目の前で揺れ、本当に海辺に行っているような気がした。そしてサウマは気づいたのだ、炎から最も遠いところにいるハルムトとハイヌナンはこの話を理解できていると。新入生はあまり日本語を解せず、つまらなそうにその場にいたが、日本語のわかるハルムトがハイヌナンに通訳をしてやっている。そのため二人はぴったりくっ付いていて、ハルムトの口がハイヌナンの耳たぶの産毛に当たると、唇はかすかな電気を吸って、くすぐったく、甘い味がした。それはハルムトの興味をかきたてる味で、一つの言葉が一つの気持ちに換算されて戻ってきたものだ。

この場面はサウマに幻覚を芽生えさせた。ハルムトとハイヌナンはこんなにも違うのに、海の波と炎のように、こんなにも似ている。今後サウマの視線はこの二人により多く注がれるような予感がするのだった。毎日午後の自由時間には、二人はまじめにグランドをランニングし、ガジュマルの木にぶら下げた砂袋を懸命に棒で打ち、どんなボールも素手で受けとめた。どんなに時間がかかっても草むらに紛れ込んだボールを見つけ出し、どんなに時間がかかってもグラウンドをきれいに掃除し、何が何でも体の最後の一滴の汗まで絞り出そうとしたが、それでも根気と闘志を絞り尽くすことはなかった。練習が終わると、彼らは九十度のお辞儀をして、誰もいないグラウンドに大きな声でありがとうございましたと言い、大きな山もこだましてありがとうと言った。そしてようやく彼らは頭を上げて光線のない学校を見つめ、それから、ボロボロのベース、ボロボロのボール、ボロボロのグローブと皮がむけた膝を見つめたが、心の中の希望は相変わらずまっさらに輝いていて、さらにますます明るくなっていた。これからも、二人は毎日がこのように始まっては終わり、かつ何ものをも恐れずに、寝ているときは夢の中で野球をし、目が覚めているときは夢を抱いて野球をすることができるようにと願った。

翌日、よく晴れ渡った太陽の光のもとで、高山の桜の花が満開に咲き誇り、山道は去年の様々な落葉が積み重なって湿りけのある腐ったにおいを漂わせている。山を下っているサウマが徐々にこのにおいから遠ざかり、靴がだんだん亜熱帯樹林に近づくと、ふたたび日の当たる乾いた崖のふちの、ムージャンズの木の下までやってきた。梢には果実が実り、食いしん坊の鳥たちは陽光よりもここにとどまるのが好きで、いつも歌を歌っている。見送りのハルムトが、このとき先生を呼び止めて、長いことしまい込んでいた贈り物を差し出した。それは小さな茶碗で、必ず木の葉で包んでおかなくてはならないものだ。この茶碗はムージャンズの葉にできた虫こぶだった。幼虫を育てる場所にしようと、虫が葉を刺激して作ったカップ状のものだ。サウマは何度も見て、なかなか面白いと思った。葉に小さなカップが粘りついているようだが、どうやってできたのかわからなかった。しかし自然の手だからこそ作ることができたのは絶対に確かだ。この世の道理を、人類が解明しつくすことができるとは限らないが、審美の目で見つめるのを妨げはしない。

「これは月がくれた清酒の杯(さかずき)です」。ハルムトは言った。「ずっと昔、空には二つ太陽があり、世界はひどく暑く、我々の祖先に射落とされた一つの太陽は月になった。月は祖先に美しい杯を贈りにきて、雨合羽を着ている木の上に置き、日焼けした大地を慰めた」

「そのときもう日本の清酒の杯があったのか?」

「そうですよ!」

「私が訊いているのは、数百年前、あるいはもっと前に、君の祖先が太陽を射に行ったとき、もう清酒の杯があったのかだよ」

「これは祖父のガガランが話してくれたことです。それによると、清酒の杯に注いだのは傷を負ったブヌンの血で、だから赤い色をしているんだそうです。もし注いだのが傷を負ったブヌンの涙なら、白に変わるそうです」

「この話はちょっと悲しいね」

「そんなことないですよ！　もし傷を負わず、涙も流さなければ、杯はなかったのですから」

サウマは笑った。おそらく子どもには彼の祖父の心の内がまだ理解できないのだろう。そこで質問を変えてみた。「じゃあ私はこの杯をどう使えばいいかなあ？　血を注ぐのかそれとも涙か？」

「食べるんです」

「毒はないのか？」

ハルムトが先に食べて証明すると、サウマが続いて食べた。二人の口の中に酸っぱい渋みが広がり、甘い汁が混ざった。ハルムトは、猿がKuhaku（ムージャンズ）の実を冬の間のおやつにしていて、その「清酒の杯」も食べるのを観察したことがある、だから杯には毒はないのだと説明した。サウマは野球しか眼中にないこの子どもが、自然に対してさらに深い観察力を持っているのに気づいた。二人は山道に立ち、そこから冬の世界を見ながら、ムージャンズの虫こぶを食べた。だがモモちゃんの食べ方はもっとすさまじかった。今までこんな味のものを食べたことがなく、冬がそっくり口の中でうろついている気がして、いつの間にかぜんぶ食べてしまいそうになっている。

「ぜんぶ食べたらだめだよ！」ハルムトは突然何かを思い出して、「残りはあの淡い香りがする神様にあげなければ」

「ほう！　君はどうしてサンリウを知っているんだ？　僕らが食べている虫こぶは、その種の木にできるんだね」。サウマはあの日、ムージャンズの木の下で、ハイヌナンからバットを贈る任務を引き受け、この木の神様が贈ったという伝説をでまかせに話したことを思い出し、早くも謎が解き明かされたのを悟った。

「推測してみたんです、当てずっぽうですよ」

「すごいなあ、こうして言い当てるとはなあ」

「なぞなぞです！　先生は人生は謎で、なかなか解けないものだとおっしゃいました、だから僕はちょっと推測してみようと思っただけです」。ハルムトは背を向けてそこを離れ、部落に戻ると、そこから大きな声で叫んだ。「不世出先生、残った虫こぶは神様にあげて、僕にバットをくれたお礼を言ってください」

毎年粟を撒き終えると、狩りの季節がやってくる。水鹿（スイロク）は重要な獲物だ。このときハルムトとハイヌナンは他の子どもたちといっしょに部落を離れ、ガガランに連れられて雲海の上に出て、標高三千メートル余りの月鏡湖にやってきた。成人の儀式である聖鳥ハイビスの厳格な教えを遂行するのだ。この儀式はあまたの人生経験の中で最も特別なもので、彼らは分散して森林に取り残され、毛布も食べ物も持たず、自分で火をおこさなければならない。耳を氷のように冷たいブヌン刀の側面につけて枕とし、大地の動静に静かに耳を傾けて、一人で大山で一夜を過ごし、ブヌン人になる（minBunun）儀式を体験するのだ。五日後に部落に戻ったとき、彼らは水鹿の毛皮と燻製の鹿肉を持っていた。ハルムトの口元にはそのときから薄い髭が生え、ハイヌナンのはもっと濃くて長かった。

　すべての商品作物は、駐在所内の取引場に集められた。小豆と粟は一番の人気で、甘い羊羹（ようかん）をつくることができるので、台北で大変に重宝がられた。水鹿、キョン、カワウソの毛皮も大口の取引物で、ソメノイモとリュウキュウアイなど染料になる植物も人気があった。薬草のイカリソウと黒く焼いたアカゲザル、さらにヒャッポダやアマガサヘビも売りに出され、インポテンツに効くとあって、かなりの値が付いた。売買は貨幣で行われ、ブヌン人に現代の交易に関する概念を教えたが、ずる賢い漢人との直接の売買は禁止されていた。ところがブヌン人は紙幣の魅力を理解できず、手にしてもなんとも思わないらしく、美しい紙幣ならそれで煙草を巻いて吸ったりするのだった。かたやブヌンの女たちは、銀貨や穴の開いたコインを好み、服に繋ぎとめて飾りにしていた。彼らの数々の刹那的な行動と宵越しの銭は持たない江戸っ子気質は、確かに現代生活とは相いれないものだ。

　駐在所の中に雑貨店があり、入り口に乃木希典大将の漢詩「征戦歳餘人馬老（せいせんさいよじんばおゆ）、壮心尚是（そうしんなおこれ）不思家（いえをおもわず）」[*1]が貼ってある。店の名前は「耳さん」[*2]だ。これは店の主人の亀蔵爺さんが山に来たばかりのとき、ブヌン人が彼に挨拶をしてしきりにミホミサン（mihumisang）と言うのを聞いて、この音節が耳に焼きつき、一音少ない「耳さん」を店の名前にしたのだった。だがこの名前はやってき

＊1　乃木希典『満洲雜吟』「法庫門営中の作」明治二十八年。四一頁＊2参照。
＊2　原注：日本語は mimisan。ブヌン人が挨拶に言う米呼米桑（mihumisang）とは一つ音が少ない。

た子どもたちを混乱させ、視線を亀蔵爺さんの正常な耳に向けるべきか、それとも彼の獣のような指に向けるべきか迷わせた。亀蔵爺さんは日露戦争のときに七本になった指で、正確に、素早く、そろばんを弾いた。あるときはそろばんを日本の太鼓にみたてて弾きながら、この漢詩を吟じることもあった。「東西南北幾山河(とうざいなんぼくいくさんが)、春夏秋冬月又花(しゅんかしゅうとうつきまたはな)」。またあるときは一人で涙を流しているので、みんなで取り囲んで見ることもあった。

「亀蔵じいちゃん、計算間違いしたよ、間違ってないけど」。ハルムトが、亀蔵爺さんがそろばんを弾いたあとにこう言ったので、みんなの視線を浴びた。

「どういうことだ?」

「途中で間違ったけれど、最後はちゃんと合った」

「亀蔵爺さんは計算の名人なんだ、だから山に奉仕に来て、雑貨店を開いて、安い商品を売っているのだよ」。様子を見ていた駐在所の所長の城戸八十八(きどやそはち)が言った。「計算間違いするはずがない」。

「ハルムトの目は二町*先まで見えて、水鹿が新しく生やした角がどれくらいの長さかもわかる。だから亀蔵じいちゃんが計算間違いしたのが見えたんだ」

「そんなに遠くまで見えるなんてありえないだろ?」

「そう遠くを見なくても、松の木が見える距離があれば十分だよ。ぼくの目と爺ちゃんのそろばんの間くらい短い距離でもね」。ハルムトがそう言って、耳たぶの穴にぶら下げている装飾用の崋山松(カザンマツ)を外すと、その場にいたブヌン人はみんな笑った。猟師であれば誰でも知っている、この大自然の法則——崋山松の春の芽が伸びる長さは、ちょうど水鹿の新しい角の長さと同じだということを。

亀蔵爺さんはとても大きな声で笑った。雑貨店の中に戻ると、砂糖を木のお盆によそってみんなに差し出した。山の上の子どもたちは貧しくて、いつもつるつるのトウモロコシの茎をおやつがわりに噛んで腹を満たしている。それでみんなは我も我もと指を口でしめらせて、砂糖をつけて舐めた。亀蔵爺さんは砂糖でばつの悪さを帳消しにしているのだ。先ほどそろばんの珠を一つ弾き間違えたような気がして、最後の総計のときに、半秒迷ってから、間違っていようと合っていようと、ブヌン人にあの怪しげな金銭を補ってやることにしたのだ。亀蔵爺さんはハルムトの言葉の天分に敬服した。店にしゃがんで色つきの漫画『正チャンの冒険』を十何回もめくって、会話をぜんぶ暗記していた。ハルムトが聡明なのは、もしかすると『少年倶楽部』のおかげかもしれない。彼とハイヌナンは雑誌を手に半日かけて研究して、馬糞紙でできた進物用のバナナ飴の箱で万里の長城をつくったり、セロファン紙と針金で眼鏡を作ってかけてみたり、紙でつくったトルニエの水上飛行船を持って、吊り橋で深い谷間に向けて飛ばし、それが上昇気流に乗って消えていくのをながめたりしていた。今、そろばんを弾き間違えた亀蔵爺さんは、ハルムトの観察力に降参して、気前よく笑顔と砂糖を献上したのだった。

そして翌年の初春、警備道の桜の花が満開になったとき、山の下へ勉強に行っていたハルムトとハイヌナンが部落に戻ってきた。蕃童教育所は四年制なので、彼らはさらに漢人の公学校へ行って

＊　原注：日本で使用される距離の単位。一町は約一〇九メートル。

残りの二年を終わらせたのだ。帰り道、粘り気の強いミソナオシの豆のさやをつなぎ合わせて上着に「野球魂」の文字を書き、これこそが学校に行く目的なのだと本音を漏らし、ひいてはそれで百浪(パイラン)*の差別的な視線に対処した。警備犬がしきりに吠えたてる駐在所を通り過ぎたとき、ハイヌナンが崖に生えている木のほうへ下りて行って、つり橋から七〇〇メートル離れたところまで飛んだ紙飛行機を拾い上げ、誰の傑作か見てみた。子どもたちは飛行機に名前を書いたり、願い事を書いたりして、谷風がいちばん遠くへ、山あいの限りなく立ち込める霧のところまで、遠く連れて行ってくれるのを願った。山道で待っているハルムトは、空気中に何かのにおいがしたので、それをたどって探してみると、真っ赤な実をつけたクロガネモチを見つけた。大喜びで、胸にいっぱい抱えて、ハイヌナンに分けてやろうと決めた。そして山道でぽつねんとずいぶん長く待たされて、ちょうどハイヌナンが警備道に這い上がろうとしたとき、このすばらしい思いつきは山の下からだんだん聞こえてくる歌声によって水の泡となった。ハルムトはほかの人に見られるのが嫌で、クロガネモチを地面に捨ててしまったのだ。二十数キロ離れたところからやってきた五〇人ほどのアミ族の一群がちょうどここを通りかかり、長蛇の列を作って一五〇メートルはある鉄の太いケーブルを担ぎ、吊り橋の修復に向かっていた。一人の男の子がもう一人の男の子に贈ろうとした植物は、結局、彼らに踏みつぶされてしまった。

「誰の紙飛行機?」ハルムトは長い行列を隔てて、向こう側にいるハイヌナンに訊いた。

「お前のだ」。ハイヌナンが声を出さずに口だけで言った。

「聞こえないよ!　もっと大きな声で」。大声でハルムトが言った。

アミ族はそれを聞くとさらに大きな声で歌ったので、あたりの山々にこだました。二人はいつ尽きるとも知れない長蛇の列をはさんで、黙りこんでしまったが、ハルムトが先に視線を落として、じっと地面に踏みつぶされたクロガネモチを見ている。ボロボロになったひすい色の葉から、薄荷(はっか)の香りがにじみ出てあたり一面に広がっている。列が行ってしまうと、歌声もようやく徐々に遠のいていった。

ハイヌナンは紙飛行機をきれいにたたみなおして、教科書に挟んだ。二人は山の中へと歩いていたが、相変わらず話はせず、次の五つ目の曲がり角で、ようやくぎこちない沈黙が解けた。亀蔵爺さんが息子の名前が書かれた戦死者慰霊碑の傍で覆いかぶさるようにしているのが見えたからだ。冬の太陽が白髪まじりの頭髪を照らし、石碑の前の酒瓶にはクロガネモチが供えられている。ハルムトはそのいきさつを人づてに聞いたことがあった。ずいぶん前のこと、山に来たばかりの若い日本人巡査が、神出鬼没のブヌン人のラマダ・シンシンの首狩りに遭い、頭を盗まれてしまったのだ。ラマダ・シンシンは日本人警察からは理蕃政策の悪性腫瘍とみなされていた男だ。その代償として、無尽の警察力を結集し、険しい高山に道を通し、最も荒涼とした場所にある彼の家に到達すると、成人男性を残らず捕まえて銃殺した。その後、その頭のない日本人巡査の父親が山に来て雑貨店を開いたが、これまで一度も七本の指でブヌン人に醤油を売ったことはなく、安価な食塩ならよかった。醤油を買うのは、間違いなくブヌン人が日本人警察に取り入ろうとしているからだと考えたの

* 原注：東部原住民が漢人に対して使った呼び名。（漢字表記は他に発音が同じ「白浪」がある。）

だ。彼は食塩を売る際も、秤にかけるときに多めに盛りそのあと少しずつ杓子で目方がちょうどになるまで減らすやり方はしなかった。こうされるとブヌン人は物を盗まれたと感じて不快になるからで、反対に、食塩を少しずつ増やしていって、ブヌン人に多めにもらったと思わせていた。

戦死者慰霊碑の下で、陽光が亀蔵爺さんの顔を撫で、ひとつながりの涙が滑り落ちた。ハルムトは静かに他人の悲しみを受け入れた。ハイヌナンも同じだった。彼らは老人の皺は涙に刻まれてできたのだと思った。二人は互いに目を見合わせて、そっと互いの手をつかみ、心の中で固い誓いの言葉を唱えた。彼らは若く、長く生きることができるし、ヒノキのように雷雨を恐れず百歳までも長生きすることもできる。だからずっとあと、もし亀蔵爺さんが死んだら、毎年、彼らが酒瓶にクロガネモチを挿してやろうと。

「わしは夢を見た、家族といっしょにいる夢だ」。亀蔵爺さんはまだ慰霊碑の台座に覆いかぶさって、目を閉じて話している。

「お前が生きていて、生きている人間と話をしていたのはよかった」

「目が覚めたとき、自分は死んでなくて、夢はまだ生きている、こういうのが何より辛い」

「夢の意味が難しくてわからない」

亀蔵爺さんが目をあけて、涙に濡れた目でハルムトを見た。そのあと視線を移して、川、森、稜線を越えて、はるか遠くの晴れわたる空に落とした。それでハルムトとハイヌナンも振り向かざるをえなかったが、空には視線をくぎ付けにするようなどんな些細なものもなかった。

「ブヌン人の夢占いの内容はどれも難解だ、それに比べたら、わしの夢はわかりやすいほうだな、透明な水のように」。亀蔵爺さんは青い空を見ながら言った。「空はあまりに遠い、その果てまで誰も行くことはできない、まさに夢の世界が永遠に失われるように。そこである者が青空を捕まえる方法を思いついた」

「誰？」

「ブヌンの女たちだ。布を染めるとき、こっそり空の色を取り込むのさ、それは甕覗(かめのぞ)きという」

「甕覗き？　一度も聞いたことが無いけど」

「ブヌンの女たちは普段着る藍布を染めるときに、甕の蓋を開けて、隙間をつくっておき、そのあと大声で言う、この布は染め終わった、色は空より美しいと。青空は信じられなくて、こっそり下りてきて覗き込むと、思いもかけず隙間から甕の中に落ちてしまい、つまずいて幾重ものさざ波になった。こうして布の染色に空色ができたのだ」

「僕の婆ちゃんはこれまで空を騙したことなんてないよ、気前よく甕の蓋を開けて、空に見せてるよ」

「俺の婆ちゃんもだ」。ハイヌナンが付け加えた。「空が警官みたいに、同意を得ずにブヌン人がいちばん大切にしている粟蔵を検査したり、収穫高が悪いときブヌン人が怠けたせいだと笑ったりしなければだけどね」

「警官はみんながみんなそう凶悪じゃないぞ、内地〔日本本土〕の警官はずっと温和だ」

「警官が凶悪なのはいつまで経っても言うことを聞かないブヌンの猟師がいるせいだ。あいつらはいつも電話線を切断して溶かして銃弾にしたり、水道管を盗んで銃身にしたりすることばかり考えているからな」

夏になると、大部分の警官はさらに標高の高い部落に行って軍事訓練を行い、反抗的な何人かのブヌン人を威嚇した。霧鹿部落は見るからにひと気がなくがらんとして、午後になるといつも姿をみせる雨霧にこの時とばかり包囲されている。駐在所内の日本人の女とブヌンの子どもたちは豆腐を作り、熱々の豆腐入り味噌汁で、風雨の中を戻ってくる警官を迎える準備をしていた。ハルムトとハイヌナンも手伝いにきて、砂糖を加えた豆乳を飲んだ。亀蔵爺さんは便所の中のカチカチに固い「便所紙」を掃除している。文明を体験した何人かのブヌン人が便所を使った後、持ってきた石ころで尻を拭き、和式便器を詰まらせてしまったのだ。このとき騒動が勃発し、警察犬と警備用の猿が大きな鳴き声を上げた。鉄線の塀の傍の監視小屋にいた警官が緊張して駆け戻ってきて、正門を閉め、蕃人が殺しにきたと叫んだ。かねてより早く死にたいと思っていた亀蔵爺さんは、手に銃剣を握りしめ裏口からまわって表に出た。怖くはなかったが、一匹の大きなイノシシが襲ってきたのだとわかるや恐ろしくて悲鳴を上げた。正面玄関の戸に突然イノシシがぶつかり、その物音が本当に事務室を揺さぶりはじめたので、そうとは知らない二人の警官は武器庫から小銃を持ち出し、さらに十数名の日本人の妻を全員急いで牢屋に押しこめて、カギをかけ、カギを二つに折った。これで攻めて来たブヌン人は彼女たちをどうすることもできない。

ハルムトは片隅に隠されたカギを拾い上げて、半分をハイヌナンに渡した。一人ひとかけ、暗黙の了解のもとに呑み込んだ。こうすれば攻め込んできたブヌン人は彼らの腹を引き裂かない限りそれを手に入れることができない。それから、ハイヌナンはハルムトを引っ張って厨房に行くと、ひざまずいて祈ってから、こう言った。「僕の通りに言って」

「準備できたよ」

「万能の神イエスさま、どうかこの最も暗黒の霧鹿部落に降臨して、私たちを救ってください」

「万能の神イエスさま、どうかこの最も暗黒の霧鹿部落に降臨して、私たちを救ってください」

「お願いです、門の外のブヌンの狂人を殺してください」

「お願いです、殺して……」ハルムトは目を見開いた。こんな激しい言葉にびっくりして、ハイヌナンを見た。ハルムトは彼が懸命に祈りを終えるのを見ていた。

「神様、僕が門の外のブヌン人を殺してくださいとお願いするのは、もし彼らが日本人を一人殺せば、部落全員がまた警察にここを追い出されてしまうからです。お願いです、苦難の人を助けてください……」

ハルムトは近づいて行ってそっと体を当てると、ハイヌナンが彼の肩に体を倒れかけて泣いた。

一九四一年春の打耳祭(マナホタイカ)*は、粟の種まきが終わった後のブヌンの重要な祭日だったが、ハルムトとハイヌナンにとっても、重要な日になった。なぜだか知らないが二人同時に花蓮港の中学に合格したのだ。これでいっそう野球の夢に近づき、いっそう良い道具が必要になった。彼らは二頭のイノ

＊　中国語で射耳祭ともいう。子どもが立派な猟師に育つよう、鹿やキョンの耳を切って木の枝にぶら下げ、大人が手を添えながら子どもが弓で射る儀式。

シシを仕留めて、なめし革で野球の道具を作った。まず引き剝いだ皮から脂肪や余計な肉をそぎ落として、皮をなめす作業が始まる。皮をクルミ油の入った臼の中に入れて搗き、木の柱に掛けて繰り返し引っ張り、これを二日間、手が腱鞘炎になって痛くなるまで繰り返すと、やっと皮が柔らかくなる。皮や肉から魂が離れていき、皮も肉も死んでしまうが、なめし革だけがそれら生前の特性を残しており、さらに利用することができた。イノシシの背中の厚い皮からはグローブを作ることができ、比較的薄い腹の皮からは野球帽を作ることができた。二人はさらにイノシシ革のボールも作った。球芯はコルククヌギの樹皮で石を包んで作ったが、まん丸ではなかった。

　ハルムトがそのボールを打つと、敏捷なハイヌナンでもキャッチできず、きれいに丸くなっていないイノシシ革のボールはグラウンドの縁に転がっていき、ころころと小さな弧を描いて、遠来のブヌン人の小さな集団の足元で止まった。リーダー格の人は裸足で、頭巾を巻き、伝統服を着て、首には甲状腺腫のシコリを隠すために襟巻をしている。彼はイノシシ革のボールを拾ってにおいをかぎながら、毎年クルミの出来高の違いをかぎ分けることのできる鋭敏な臭覚をはたらかせて、こう言った。「この汗のにおいはイスタンダ一族のだ」

　イスタンダの一族であるハルムトがこの遠来の客を見ると、何とも言えない違和感とともに、言い尽くせない親しみも沸いてきた。その中の一人の若いブヌン人がボールを手にとって、遠くに投げるしぐさをしたので、ハルムトはキャッチするために後ろに下がりながら、声を上げた。するとそのボールは翼がはえたみたいにすべての人の頭を飛び越して、駐在所内の屋根に落ち、たたきつける音が響いた。警官が叱りつけるために出てくると、見知らぬブヌンの一群が大声を上げているのが見えた。「イスタンダ一族のダフ・アリ一家がやってきた、我々は三日三晩かけてやってきた。特にここで霧鹿の警察に報告し、かつ貴重な鹿の角一対を献上する」

なんと伝説の英雄が来たのだ、ハルムトは大喜びした。この祖父のいとこは、中央山脈の奥深くに玉穂社（タムフ）を開いた人だ。自然の要害に拠り、文明の干渉を拒否し、遊撃攪乱して警察に十八年間抵抗した末ようやく帰順して、一〇〇キロ離れた監視下にある山の下に移住した。その英雄が今、高山を越えて、打耳祭に参加するためやってきたのだ。

ガガランは従兄のダフ・アリを歓迎し、顔を合わせるとすぐ、しきたりに従い昨晩の夢を披露しあって夢占いをした。どちらも吉日をあらわしている。そこでガガランは一羽の鶏の首をつかんでみんなの前でひねり殺した。鶏のもがく姿はめでたい気持ちをあらわしており、それから火の中に入れて毛を焼き落とし、肉を焼き始めた。間もなく最も誠意をこめたイノシシの肉が運ばれて来て皆にふるまわれた。

この遠来の客は、勝手気ままに家を出入りし、比較的禁忌の多い粟蔵にも入ることができたが、それは彼らの血統が近いことを示している。彼らは粟酒を飲み、大声で歌を歌い、酔うと地面に倒れ込み、目が覚めるとまた起き上がって飲み続けたが、一度も道徳から逸れることはなかった。そのときハルムトは初めてたくさん粟酒を飲んで、あまりの強烈さに心臓が殻を破って飛び出るかと思った。ハイヌナンといっしょに気が狂ったように歌を歌っていると、祖父のベッドの下に埋められた双子の兄が這い出してきて大人の真似をして煙草を吸っているのが見え、ハルムトにこう言った。「お前はいつまでたっても大きくなれない、煙草を吸えないとはな」。そう聞こえた気がしたハルムトは、煙草を二本取り出した。「じゃあ、吸ったら僕らはすぐ大きくなるね」。彼はハイヌナンと向かい合って頬がへこむくらい強く吸ってみたが、煙草からゆったりとした煙は出てこない。そこでかまどから炭を取り出してつけると、煙草全体に火がつき、さらにハイヌナンの眉も焦がしてしまったが、煙草はそれでも相変わらずもとのままだ。酔っぱらった二人は木の枝を煙草だと勘違いしていたのだ。二人は大笑いして、寝そべって屋根をながめた。梁（はり）には逆さまに掛けられた粟の束と皮つきのトウモロコシがいっぱいにぶら下がり、小さな火の粉がわざわざ真っ黒なところへ潜り込んでいく。なんて美しい！

　このとき、人が慌ただしく駆け込んできて、大変なことが起こった、と言った。三〇キロ先の北（ほく）絲鬮渓（しきゅうけい）*で、警察に逆らったハイシュルの家族が捕まったのだ。誰もが一瞬のうちに酔いが覚め、沈黙した。炭がはじける音と屋外の笑い声は、なんと世態人情の移り変わりのむなしさをあらわしていることか。ハルムトは聞いたことがある。ハイシュルの家族は日本警察によって平地へ移住させられたのが不満で、憤慨して抵抗し、元の部落に戻って警官を殺害したあと、数百名の警官とほかの原住民族の包囲を逃れ、命をかけて抵抗すると誓っていた。だが意外にも最後は強大な兵力によって逮捕されてしまったのだ。

「ハイシュルの首狩り（kanasan）は、わしらの代わりにうっぷんを晴らしてくれた」。誰かが言った。

「よく覚えておけ、そんなふうに言ってはならん。彼が立ち向かったのは最も凶暴な動物で、黒熊やイノシシの百倍も残酷だ。たとえ捕われても何物をも恐れない、これは迫害への抵抗（ninbas）

なのだ」。ダフ・アリは言った。「この世に英雄はいない、ただ尊厳を取り戻す者がいるだけだ」

「では我々はさらに何をやれば？」

「日本には殺人を訓練する学校がたくさんあり、絶えず殺人兵器を製造している。その凄さときたらニラを刈ってもまた伸びてくるようなもので、わしらのいちばんよく切れるブヌン刀を持ってしても歯が立たない。しかし忘れてはならん、あいつらは、わしらの猟銃を持ち去り、言葉を持ち去り、部落を持ち去ったが、わしらの尊厳は持ち去ることができないということを。一族の者よ、わしらの歌声でもって捕えられた一族のために祈ろうではないか」

全員が立ち上がって、丸く円を描き、両手を後ろにやって隣の人が差し出した手をつかみ、チョマや籐の皮で編んだ花輪のようにしてから、八部合音(パシブブ)〔ブヌン族に伝わる独特の八部合唱〕を歌い始めた。ハルムトはハイヌナンにぴったり寄り添って、初めてこのような大規模な伝統吟詠に参加した。歌詞はなく、風が月桃をかすめて吹き、鍬(くわ)が農地にぶつかり、木臼(きうす)や杵(きね)が擦りあい、足がしっかりと草を踏み、穂がでた粟がさらさらと揺れ、水鹿やキョンが谷底で低くうなり、機織り機が行ったり来たり作業をする音を思い出しながら歌っている。千年来の祖先が、喉を使った吟唱で生活のあらゆる音を模倣し、天の神を喜ばせている。そして今、受難のハイシュルの家族が無事部落に帰り、日常に再び戻るよう祈るのだ。彼らの歌は天籟(てんらい)〔自然界の様々な音〕となり、歌声はついには家屋によって拡声して、霧鹿

＊ 原注：現在の台東県を流れる鹿野渓(ルーイエ)の旧名。日本統治時代にこの流域に内本鹿(ナイホンロク)警備道を通してブヌン族を抑え込んだ。

部落全体に響きわたり、すべての族人は娯楽と酒杯を下に置いて唱和した。

もしハルムトとハイヌナンが小百歩蛇渓の流域に残っていたら、どの水の音にも族音が保存されているのを感じただろう、雨滴も涙のしずくも含めて。その年の春、彼らは時期が早まった梅雨の中を、北へ向けて出発し、五年制の中学生活を送ることになった。ハイヌナンは男性用のdavazという背負い型の網袋を、ハルムトはチョマで織った女性用のsivazunという横掛けの網袋をいつも愛用していたが、網袋にも脳袋(あたま)にも、野球道具がいっぱい詰まっていた。ちょうど小百歩蛇渓の流域を出ようとしたとき、灌漑(かんがい)水路の水が蛇のしっぽが揺れ動くように激しい音を立てていた。雨が止んだので、ハルムトは見送りのガガランに帰るように言った。孫に警察官になれというくどくどした話をまたされてはたまらないからだ。猟師であるガガランも寄る年波には勝てず、脚は平地を踏んでも痛くて、前かがみになって坂を上る癖がついた体は、平地では背中が丸くなっている。ガガランは山に戻ることにしたものの、最後に孫と二人だけで話がしたかった。ところがハルムトは聞きたくないので、ハイヌナンを傍に引き寄せて、話があるならみんなの前で言ってよと祖父に言った。ハイヌナンはばつが悪そうにしている。

「何もない」。ガガランは涙を流した。彼はついに孫世代の前で弱さを見せてしまい、背を向けて離れるときに、こう言った。「今、世界は戦争をするようになったが、お前たち二人は兄弟のように、互いをいたわりあうんだぞ」

祖父が背中を丸めて連綿と続く道を歩いているのが見え、体の影がゆっくりと広々とした花束の縦谷(じゅうこく)に折りこまれていく。白い雲と青い空、連なる山、ビンロウの木、それ以外の何かがハルムトの心を動かした。ハイヌナンの肘がほのめかすようにぶつかると、急に悲しくなって大きな声で叫んだ。「爺ちゃん」

「どうした？」ガガランが振り返った。

「僕たち互いによくいたわりあうよ。僕は花蓮に行ってたくさん勉強して、もしできたら、高砂警察に受かって部落に帰ってくるよ」。ハルムトはついに祖父の願いを口にした。別れのときに祖父からくどくど言われるのはうるさいと思っていたが、結局、祖父は何も言わなかったのに、反対に自分からそれを口にした。

「それがいい、そうすればわしらの部落が少し暮らしやすくなるかもしれん」

「わかってる」

「お前たちは少しずつminLipun（日本人になり）、もうminBunun（ブヌン人になる）ことはない。これからお前たちは朝起きたら、目覚める直前の夢を復習するといい。夢はお前がどのような人間なのか告げてくれる。夢は鏡よりもっとよくお前の顔を映すことができ、夢は渡り鳥よりもっとよく家に帰る道を示してくれる」

このとき疾走する汽車が会話を中断させた。ガガランは離れていき、もうそれ以上語らなかった。残りはあの子の夢がすべてを語るだろう。彼らは汽車の行く方向に沿って歩いた。汽車が地平線にゆっくりと畳みこまれ、一筋のカーブした淡い煙を残していくのを見ながら、彼らは汽車に乗らず、グローブとボールを取り出して遊びながら、ゆっくりと進んだ。そして三時間後に、汽車に追いついた。車両の中の乗客は、前日に壊れ落ちた橋を鉄道補修所が修理し終わるのを待っている。「下りて歩こう！　あの二人の若者に倣って」。最後尾の車両の乗客はそう言うやいなや、汽車を飛び降りてハルムトとハイヌナンの仲間に加わった。彼らが一両目まで来たとき、太陽が激しく照りつけるので、ハイヌナンは汽車の日陰で顔を上げて水を飲んだ。ほどなく、激しく飛び跳ねていた喉仏が下がり、瞼も恥ずかしそうに垂れた。なぜならこの上なく深みのある青空の一角が切り取られて、一人の少女の体の上に落ちているのを目にしたからだ。女の子は窓側に座って風を受け、手を窓台に置いている。あたかももっと風が吹いたら、着ている漢式の藍染の服が雲に化けて飛んで行きそうだから、微笑みを崩さないで何かをつなぎ止めているかのようだ。ハルムトは頭の上に置いたグローブをおろして、敵意を持って視線をハイヌナンからゆっくりと少女のほうへ移した。ごく普通のつまらない女の子、笑うことしかできない色白の豆腐だ、とハルムトは思った。

「汽車が故障したから、私ずいぶん長いこと待ってるの」。女の子は言った。

「汽車が壊れるわけがない、線路が壊れたんだ」。ハイヌナンは舌を引っ込めて話した。こうすればもっと本式の九州弁を話すことができる。「いっしょに行かないか？」

「あなたたちはどこに行くの？」

「花蓮港中学、僕の学校だ」

「僕らの学校だ」。ハルムトは頭にかぶったグローブを取って言った。「僕らの目標は内地の甲子園に出ることだ」

「あなたたちのボールはそんなに遠くまで飛べるの？」その女の子は笑った。口を押さえて、大きく開けた口を見せないようにして、カーブした切れ長のすっきりした目だけを見せた。「あなたたち名前はなんていうの?」

「ハルムト」

「ハイヌナン、木に関係あるんだ、ハルムトも木の名前だよ」

「お前、余計なこと言うな」

「そう熱くなるなよ!」ハイヌナンは笑いながら、女の子に言った、「君は?」

「潔子(きよこ)、余計な説明はいらないわね」

「藍色の種類で、甕覗きというのを聞いたことあるかい? 君の服の色と同じなんだ」。ハイヌナンが言った。

「これは祖母が染めた服なの、お婆ちゃんに訊いてみるわ」

「君のお婆さんはその布を藍色に染めるときに、甕の蓋で隙間をつくり、その後で空に向かって大声でこう言ったはずだ。この布は染め終わった、色は青空よりも美しいって。青空が信じるわけがない。下りてきて覗いてみたとき、ふいに隙間から甕の中に転げ落ちてしまい、それから布は空色に染まるようになったんだ」

「私のお婆ちゃん、なんて悪い人なの。青空を殺すなんていいわけないわ」

「君はお婆さんを誤解してるよ」

「誤解したことないわ、お婆ちゃんは保守的で、癇癪もちなの」。潔子は口をとがらせて言った。

「でもお婆ちゃんに青空を殺す力があったなんて今まで知らなかった」

ハイヌナンはばつが悪そうに笑って言った。「いっしょに行く?」

「行きましょう！　歩く二本の樹といっしょに」

台湾東部の最も栄えている都市に到着した。ハルムトとハイヌナンの魂はこじ開けられ、魂から新しい品種の感触が湧き出てきた。詰襟（つめえり）の制服を着て、学生帽をかぶり、教官の見回りがないときはすぐに手をポケットに入れて、花蓮港市で一番の繁華街である黒金通りを歩いた。通りの両側は主に日本式の建物が並び、客間にバロック調の時計、ガラスの装飾品、流行りの蓄音機があり、夜には乳白色の灯りがともった。二人はラーメンを食べるときに焼き餃子を添え、さらにご飯を一杯注文してラーメンの残り汁の中に入れ、汁かけご飯にするのを覚えた。とろりとした甘みのあるカレーライスを食べるときには、日本の漬物の福神漬を添えた。そばやうどんを食べ終わった後は、まだ腹が減っているのでさらに何か甘いものを探しにいかなければならない。道の突き当りにアンモニア圧縮剤のにおいを漂わせている製氷工場があり、近所の氷店では棒アイスや練乳かき氷を売っていた。

ハルムトは背が高く痩せていたので、体形は部落では不良品だとみなされていたが、市内では標準的だ。一方のハイヌナンは標準的なブヌン人の体形をしていて、やや背が低いので、市内では衣の破れたコロッケとみなされた。その上二人の肌が黒かったため、いつまでも町民の関心の的になり、とやかく言われ続けた。それでしばらくすると、二人は黒金通りの一本外側の漢人文化街に行くようになった。そこの担担麵（タンタンメン）、滷肉飯（ルーロウファン）は割と安くて、もっと安い麻油麵線（マーヨウメンセン）〔ごま油ソーメン〕もあったし、他人の目を気にしなければどんぶりご飯を一杯だけ注文して腹を満たすこともできた。たとえ漢人に獄卒の七爺八爺[*1]とみられ、子どもにからかわれても、ハルムトとハイヌナンは、一日中苛まれる飢餓を何とかするために耐え抜き、自分が異類であることを受け入れた。

黒金通りの突き当たりに、屋根が尖った洋式の大きな木造の家があったが、付近の住民から風水を破った建物だとみなされ、各々の家は八卦鏡を掛けて禍を避けていた。梅雨の間じゅう日曜日はいつも、ハイヌナンはそこで神秘的な儀式を行い、物語を信じて、自分を信じようとしなかった。例えば、誰かがクジラの腹の中で三日三晩過ごしたとか、手に何も持たずに大海を真っ二つに分けることのできる人がいるとか、ある人が動物を木製の航空母艦に載せて洪水を避けたなどの物語を信じたが、その代償は祖先の霊の存在を信じてはならないことだった。外をぶらつきながらハルムトは大通りの食べ物のにおいをかいだ。ラーメン、カレー、白飯のうまいにおい。もう腹ペコで死にそうになり、その誘惑から逃れようと雨宿りを口実にして教会に入っていった。細長いアーチ型の窓にはめられたステンドグラスは三石かまどの中の炎のようだったし、ヒノキ建築の濃厚なにおいはまるで森林の中にいるみたいだったので、とても馴染み深く感じた。ハイヌナンの言い方に倣えば、ブヌンではキリスト教の神様をディハニンパパ[*2]（Tama-Dihanin）と呼び、彼には一人の息子がいて、名前をイエスと言った。それは純潔の神様で、ブヌン人の右肩に立っている。そして邪悪

＊1　道教の地獄で警察のような役割をする。七爺は背が高く舌を出しており、八爺は背が低く肌が黒い。
＊2　原注：ブヌン語の神様にあたり、tama（父親）とDihanin（神様）の複合句。プロテスタントとカトリックの神様に対する近年のブヌンの翻訳用語であり、早期は日本語の影響を受けて、ブヌンでは神様（KAMISAMA）と呼んでいた。

の神サタンはブヌン人の左肩に立っている。常に右肩に向かって祈りをささげると、イエスは二匹の魚と五枚のビスケットを与えてくれ、一生食べることができるのだそうだ。

ディハニンパパ、ハルムトは心で念じながら、聖壇のほうへ歩いていくと、ハイヌナンと信者が地面にひざまづいているのが見えた。壇上にいるディクソン牧師*は無地のローマンカラーの服を着て、藍色の長いストールを両肩に垂らしている。片手に聖書を持ち、もう片方の手は下にいる人に魔法を施していた。なんだか料理人の神様が彼らに食べ物を与えているように見える。

「あなたたちはイエスが十字架に掛けられ、あなたたちの人生の唯一の救世主になることを受け入れますか?」

「はい」

「聖書の教えを守り、実践の道としますか?」

「はい」

「父と子と聖霊の御名によってあなたに洗礼を授けます」。牧師が聖壇を下りると、一人の幽霊のような少年がふらふらとやってくるのが見えた。しきりに唇を噛んでいて、両手が震えている。

「はい」。ハルムトはとうとう聖壇の前まで歩いていくと、ひざまづいて、台湾語でこう言った。

「お前、どうして来た?」ひざまづいているハイヌナンが目を大きく見開いて、驚いた顔をしている。ハイヌナンの頭はたった今、牧師から聖水を掛けられたばかりだったので、すぐにこう言わなければならなかった。「アーメン」

「あなたは聖書の教えに従い、教会をあなたの家としますか?」牧師は続けてハルムトのために洗礼を施した。

「僕は『吃教的（チージャオダ）』になった、だから早く僕にビスケットのクズを下さればいいのです、何年も食べていけます」。ハルムトが言った。

「誰から聞いたのですか？」

「彼です」。ハルムトは飢えのために、ハイヌナンを売った。「彼がイエスは料理人の神様だと言いました」

「それは、婆ちゃんのサイが俺に話して聞かせてくれたものだ。俺には関係ない」

洗礼式を見ていた全員が笑った。『吃教的』とは外部の人間がキリスト教徒に対して言ったけなし言葉で、教会に行けばただ飯が食えるという意味だ。ハルムトはそのためにここへ来たのだ。彼の青春時代は、顔や背中に頻繁に吹き出てくるにきびと同様、飢えに悩まされ続けた。朝食と昼食は費用を払って学校の食堂で食べていたが、夕食は自分でまかなっていた。毎日野球の練習が夜の八時に終わると、ハイヌナンと連れ立って、街に出てイノシシが鼻で土をほじくるように食べ物を探して回った。日本人地区は食べ物の値段が高いが、漢人地区も安くはない。無料のところがあるとすれば、教会だ。教会の牧師は信者のハイヌナンに食べ物を残しておいてくれたので、彼は少し

＊本作に登場するディクソン牧師は、長老派のJames Dickson牧師（一九〇〇―六七）がモデル。中国語名は孫雅各（スンヤーゴ）、アメリカ生まれ。一九二七年カナダトロント長老会から台湾に派遣された。原住民族で初めて洗礼を受けたチワン・イワル（二〇三頁参照）を育てたことでも知られる。日本警察の迫害を受けて四〇年に台湾を離れ、四七年に再度来台。本作の時代背景のころに実在の人物は台湾にはいない。

食べてから、マチクの葉やセロハン紙で握り飯を一つか二つ包んで、窓の外で待っているハルムトに投げてよこした。ハルムトはボールと同じ大きさのその食べ物を取り損ねることはなく、自分が飢餓に殺される前に、両手でしっかりと受け取めた。握り飯の中には味噌、青菜、めったにないが豚の角煮が入っていることもあり、その味の素晴らしいことと言ったらイエスのようだった。イエスは正しい、ハルムトは思った。

ガガランが戒めたことがある。山を下りてから宗教を信じるとして、イエスを信じれば心の中の祖先の霊を追い出すことになり、仏陀を信じれば猟銃を腐らせてしまうと。ハルムトはわかってはいたが、しかし毎月四元の生活費では貧困の煉獄で生きるようなものだ。彼は教会へ行って共同の食事をしてお金を節約するかどうか迷っていた。ハイヌナンは説得した、食べ物は天の定めで、量も決まっている、お前が食べなければ他人が食べてしまう。ハルムトは首を横に振って行かなかった。ハイヌナンはまた言った、考えてもみろよ、学校で水曜日の昼めしに牛肉煮込みが出たが、漢人の一年生は家の言いつけの通り、牛は農民の友人で、食べたら地獄に落ちると信じていたから、牛肉は全部僕らに食べられてしまった。ひと月経って、その一年生たちは何か変だと気づいた、食べなければなくなってしまい、腹もぺこぺこになる、たとえ地獄に落ちたって牛肉を食べなくちゃいけないと。この説得にハルムトは首を横に振らなかったが、それでもまだ躊躇しているとき、ハイヌナンに引っ張られて大通りの食べ物の間を突き抜けた。蒸したもの、焼いたもの、揚げたものの香りに強烈な恋愛の窒息感を覚え、とうとう彼は教会の外まで来た。そして訳もわからないうちに右翼手(ライト)からの握り飯をキャッチするようになって、ようやく彼は目が覚めたのだった。

「あなたが教会に来て、神を唯一のまことの神とすることを歓迎します」。ディクソン牧師は言った。

「こうするのがいい、神様はたった一つだ」。ハルムトが洗礼を受けたのは、食べ物が目当てだった。頭は完全にぼうっとして、何を言ったか覚えていない。「今晩眠るときに、ブヌンの神さまは死んで、ディハニンパパだけが生きて僕を煩わせます」

「ディハニンパパとは誰ですか?」

「僕らブヌン族のイエスの父親です」

「ではいいでしょう、今日からは、もうブヌンのイエスを崇拝してはいけません、イエス・キリスト、そしてその聖父を敬いなさい」

「僕は食べ物の手助けが欲しい」

「大丈夫です、私たちのところにはたくさんの精神の糧があります」

ディクソン牧師はよくわからなかった、ディハニンパパがキリスト教の神だなんて。それにハルムトが求めているのが食べ物だというのもよくわからなかった。そこで『日曜の糧』[*1]を与えた。その後「日曜学校」[*2]の時間に、ハルムトは『聖書』の名言を濃縮した『日曜の糧』をめくってみたが、

*1　日曜学校のテキストの一つで、中国語書名は『主日神糧』。収録された聖書の中の名言には台湾語のローマ字表記と日本語が併記された。
*2　原注:日曜日の学校の意。第二次世界大戦中、日本はキリスト教を厳しく統制し、キリスト教の日曜日の宗教学習である「主日礼拝」の名称を「日曜学校」に変更させた。

どの英語もさっぱり意味がわからない。いくつかローマ字表記を読んでいくと奇妙なことに、「あなたの言葉は私がつまずいて転ぶ前の灯りであり、私の道の光です」、「私の心が驚き、方向を見失った時、主よ、あなたはなおも変わらず私の傍に立っている」と読めるのに気づいた。ハルムトはすぐさまこれは英語ではなく台湾語だと理解した。

「おしまいだ、なんと百浪（漢人）は神さまだったのか。僕ら、困ったことになったぞ」。ハルムトは小声で言った。

「そうじゃない。ずっと昔、大勢で高い塔をつくり、天の頂上まで登ろうとしたが、神様はそれを阻止し、人類の言葉を混乱させた」。ハイヌナンは『日曜の糧』をめくるふりをして、小さな声で言った。「神様はすごいんだ、あらゆる言葉を話すことができる、もちろん百浪の言葉も」

「なぜブヌン語がないんだ？」

「忘れたらいけないよ、ブヌン人は水を怖がる。葦の船をつくって海に出る勇気がなくて、外国に高い塔をつくりに行かなかったんだよ」

「神さまはブヌン語がわからないのか」

「すぐに覚えてくださるよ、お前の様に」

語学の才能があるハルムトは、喜んでその言葉を受け入れた。しかしローマ字表記には関心が持てず、適当にめくって、このあとの昼めしの中身を空想した。鼻をひくひくさせて厨房から漂ってくる炊事のにおいをかいだ。白いご飯、ほかに濃厚な昆布と鰹のダシで煮しめたイカの煮ものもあるというのに、ディクソン牧師をテーブルの前にほったらかしにして講義をさせている。だがハルムトが本をめくって最後の奥付に来たとき、こんなに薄い本が、値段は三日分の食事代もするのに気づいて、驚きのあまり声を上げてしまった。

「どうしました?」牧師が訊いた。

「主よ、私はあなたを永遠に愛します」。ハルムトは本の中の一節を読んで、彼の驚きの埋め合わせにし、それから頭を上げて言った。「牧師様、僕は腹いっぱい食べたら、この糧はあなたにお返しします」

「それはあなたのものですよ。人の『聖書』に対する理解の飢餓感は、永遠に満たされることはありません」

「アーメン」。ハルムトは祈りの結びの言葉を言い終えると、本を置いて逃げて行った。


ハルムトが通う中学は、太平洋が目の前にある。海の波が近くに見えて、細くて柔らかな波が、寄せては去り寄せては去りしながら海岸を舐めている。大波はいつのまにか聞こえてくるひそひそ話に似ていて、夏が到来したあと、九月初めの甲子園の予選まで、ハルムトはこの湿った音が耳について離れなかった。学校のどこからでも海が見えるわけではないが、しかし大波の長たらしいおしゃべりがいろいろなところに、異なる頻度でやってくるのを感じ取ることができた。プールの中で、淡水は水をはたく波の音を絶えず吐き出している。食堂では、大波が足首のあたりまで浸水してきて、いつまでも飢餓の笑い声をたてている。教室では、海の波にリュウゼツラン、クロマツ、ガジュマルのにおいが混ざっているような気がして、聞けば聞くほどけだるくなり、英語と農業の授業以外は、その音がまさに耳の傍で響いて、何度も居眠りしそうになった。

国家政策の下で育てられた少年らしく、ハルムトはドイツのすべてを崇拝した。ベートーベンの『交響曲第九番』を口ずさむことができ、最終楽章のドイツ語の授業がないので、しかたなく英語を好きになるしかなかった。しかし学校ではドイツ詩人シラーの詩「歓喜に寄せて」の歌詞を、少しばかり歌うこともできた。英語に熱中したのは、それこそガガランの言語に関連する遺伝子によるもので、脳の筋に単語を記録し、語根に基づいて分類貯蔵することができた。ハルムトの聴力は優秀で、アリとコオロギの足音の違いを聞き分けられる猟師の鼓膜を持っており、一度聞いただけですぐに英単語の responsibility や appreciate にはいくつ音節があるかを聞き分け、さらに有気音かどうかも区別できた。暗記にそれほど時間を使わずに済んだので、毎朝三十分の勉強の時間は、三元で三省堂の英和辞典を買って、バイロンとユゴーの詩を翻訳した。ユゴーはフランス人なので、ついでにチーズ、キャビア、サンドイッチやエスカルゴのガーリックバター焼き、ウサギ肉のワイン煮込みを知り、さしあたりの空腹を癒した。彼は自分に英語の名前「ドナ（Donna）」をつけてハイヌナンを爆笑させたが、幸い彼ら二人しか知らなかった。このことはあたかも彼らにはたくさんの秘密があり、少年と少年の間でも誠実な涙を流していいのだと言っているようだった。

ハルムトの英語の先生は太郎と言い、風変わりな人だった。髪を七三に分け、胸にネクタイを締め、ポケットには汗を拭くハンカチが入っていて、書類カバンにいつも英語版『武士道』を携帯していた。クリスチャンで、若い頃ニューヨークとデトロイトに行ったことがあり、授業のときにきまって小便臭くてゴミと浮浪者にあふれたアメリカの都市がいかに偉大かを語るので、まったく悪夢をひけらかしているみたいだった。太郎先生は自由派で、授業中に新渡戸稲造（にとべいなぞう）*の反戦思想を称揚し、こっそりハルムトに内村鑑三の無教会主義を推奨した。太郎先生によれば、内村は権威に抗い、あらゆる所が教会だと提唱しているという。人工の建物にこだわる必要はない、森林は神が創造された最高の教会だ、大自然の中でこそ真の祈りができる、そこに行って礼拝をすればいいのだと。ハルムトはこの考えが気に入った。これなら献金しなくていい、節約できるのがいい教会だ。

農業の授業もとても魅力的で、校長が担当した。以前、校長の左頬が豚の頭くらい腫れあがり、その後右側の顔にも広がったことがあったので、今でも学生からふざけて「おたふく風邪」と呼ばれている。耳下腺炎のことだ。あるとき、校長はみんなに動物の進化について観察したことを語らせた。学生たちが話したのは、たいてい犬や猫のことで、進化していかに上品になったか、たとえば大をしたあと主人に糞を掬い取り、チリ紙で尻を拭かせるようになったことなどだった。だが猟師の子孫のハルムトは人をあっと驚かせる話をした。彼はかつてヤギと水鹿の外に露出している肛門に糞便がほとんどついていないのに気づいた。だからもし人類がつぶ状のものを排泄するようになれば、チリ紙はいらなくなるだろうと。隣でそれを聞いていたハイヌナンが腹を抱えて笑った。

「非常に素晴らしい意見だ、まったくもって文明的な意見だ。もしわれわれが進化して肛門で排泄物を小さなつぶ状にすることができるようになれば、おそらくもう痔の病気もなくなるわけだ」。

* 原注：一八六二－一九三三年、「台湾糖業の父」と褒め称えられている。かつて日本の五千円札の肖像になった人物でもある。著書に『武士道』があり、英訳されてさらに名声が高まった。小説の中で太郎先生がカバンに入れている英訳本がそれである。

おたふく風邪校長は目を大きく見開いてそう言って、みんなの笑いを誘ったあと、ハルムトに言った。「君は水鹿を殺したことがあるか?」

「あります、僕とハイヌナンは猟師です」

「よろしい。では学校で飼育しているあの豚を殺すのも君たちに任せた」

六月のある午後、二人は農業の授業で飼育している豚を牽いて、大っぴらに市内を通り過ぎた。だがそれはとても恥ずかしいことだった。彼らはメンツを重んじるので、住民の視線が突き刺さり、ひりひりと焼けるようで、毎分毎秒ごとに温度が上がった。ハルムトは眉をしかめて、先に言った。「小道を行こうぜ!」するとハイヌナンが言った。「今さらなんだよ、もうすぐ着くだろ」。「恥さらしもいいとこだ、百浪の子どもたちが狂ったように笑ってたぞ」。「僕らが猟師の子だということを忘れてはいけない」。だがハルムトは都会では猟師は必要とされていないことを知っている。あるとすれば、その獲物が動物よりもっと野蛮な貨幣になるからであり、彼ら二人もまただんだんこの恐ろしい殺戮の実情に慣れていった。商店とごたごたした市街を通り過ぎて、屠畜場に着くと、状況はさらにひどいものだった。豚は金切り声を張り上げながら殺され、熱湯の鍋に放り込まれて毛を落とされ、体に青色の納税印を押されてから、静かに鉄の鎖に吊り下げられて解体用の包丁で切り開かれる。内臓と血液が吹き出して下方の大きな浅い容器の中にたまっている。もし信仰が無ければ、耳をふさいで聞こえないふりをしたとしても、死の悲しい叫びを正視するのは難しく、遠くに建てられた動物慰霊碑でさえ役に立たないだろう。ハルムトは、ここに祖先の霊はいない、百浪が菩薩を発明したのは当然だ、と言い聞かせた。

「お前たちはここの屠畜営業許可証を借りることはできる、だが税金は自分で納めに行け」。体中に血がいっぱい飛び散っている屠畜業者は、手に半月形の包丁を握っていて、その姿は恐ろしかった。

「どこに行けばいいんですか？」

「市役所だ、自分で行け」

「僕たちが自分で行くんですか？」

「豚どもはお前たちといっしょでうるさくてしかたない、早く殺さないと、一日中鳴きわめく」

ハルムトは、死んだ豚の目そっくりに、目を大きく見開いた。ハイヌナンといっしょにそそくさとその場から退散して、細い道を通り抜けたが、途中ずっと頭が落ちそうなくらい低く垂れていた。運よくすぐにその和洋折衷建築の役所は見つかったが、運悪く手に牽いていた豚が野次馬の子どもを数人引き寄せてしまった。ハイヌナンは外で豚を見ていた。ハルムトが中に入っていって何人か職員に尋ねると、どれも同じ答えが返ってきた。「豚はここで納税できるが、個人で殺してはいけない」。このとき入り口が騒々しくなった。黒の日産自動車で戻ってきた所長が車を降りて豚に目を留めたので、ハイヌナンは豚よりも緊張した。豚は大声で鳴いて不満を発散できるが、彼は言葉が出てこなくて、顔の筋肉が洗濯板のように固くなった。ハルムトが近寄っていって、最も丁寧な日本語で挨拶をし、説明と許しを乞うたが、傍にいた職員はこの二人の真っ黒な奴がイノシシを連れて騒ぎを起こしに来たと皮肉った。

「これはイノシシではありません、飼育した家畜の豚です。僕たちは納税のために連れてきたのです」。ハルムトは言った。

「君たちは山で豚を捕まえたのに、山を下りて先に納税に来たのか？」所長は尋ねながら、携帯している黒い杖で豚をつついた。「素晴らしいぞ、我々の教育は成功した、高砂(たかさご)族も納税を理解しておる」

「ですが納税しさえすれば、彼ら自身で豚を殺していいことにはなりません、屠畜場へ連れていくべきです」。職員が言った。

「君たちの先生は誰だ、こっそり豚を殺させるとは」。所長が問いただした。

「それは、」ハルムトはびっくりして話を続ける勇気がない。しどろもどろになって、最後にようやくこう言った。「おたふく風邪校長です」

数秒間の沈黙のあと、所長のこわばった顔の筋肉が突然緩んで、喉を大きく開けて大笑いしながら、あいつをおたふく風邪と呼ぶとはと、しきりにおもしろがった。「彼は実にまじめな校長だ。全力で野球を応援しているから、今年の秋に行われる甲子園の春の選抜大会の予選は、彼が勝ち取ってきたようなものだ、みんなこの件に注目しておる。そのうえ君たちはよく頑張った、まず先に花蓮地区の予選を勝ち抜いたのだからな。君たちはしっかり力を発揮しなさい。ところでこの豚だが、見れば見るほど面白いな、頬の肉が垂れ下がったおたふく*になんともよく似ている、諸君はそう思わんかね」

「この次は二度と軽率なことはしません」

「ハハハ、豚は連れ帰って殺しなさい。そういえば前に君たちの校長に会ったときに言っておったな、農業の授業に解剖して学習する豚が一匹いるとね。そうだろ?」所長は振り返って職員に言った。

「なんと解剖の授業でしたか、私的に殺すのでないなら、もちろんかまいません」

解剖の授業はその二日後にあった。取り囲んで見ている学生はどう殺したらいいか思案している。一人が武士が首を切り落とすやり方で、さっと振り下ろして切るのだと言った。一人は喉を切りさく方法を採用しようと考えた。別の誰かは錐で豚の眉間を強く打ちつけようと言った。もう一人は工夫して催眠術をかけてはどうかと考えた。このときハルムトが風変わりなナイフを取り出した。素朴で飾り気のない木製の鞘は、先端が魚の尾のようになっている。みんなはかねがね聞き及んでいた高砂刀をついに目にして、二歩退いて道を開け、刀を持っている人間を通らせた。豚は驚いて顔色を変え、体を弓のように曲げて膨れ上がり、しきりにもがいていたが、突然汽車の急ブレーキのような金切り声を上げ、豚をつかんでいた学生がひるんだ隙に逃げ出してしまった。豚に体当たりされたハイヌナンが、痛みをこらえて体を曲げながら豚を取り押さえ、最後はハルムトが前に出てとどめを刺した。ブヌン式の殺し方はナイフを豚の左足の脇の下から心臓に突き刺し、それから力を入れてナイフを回す。するともう豚はもがかなくなり、安らかに魂を血液とともに彼らにぶつける——ハルムトとハイヌナンは焼けるように熱い液状の魂にきつく包まれた。この授業は学生に

＊ 原注：おたふくは日本の面で、両頬が丸く膨らんだ女の顔をしている。耳下腺炎は両頬が腫れるので、おたふく風邪と呼ばれた。

強烈な印象を与えた。彼らは豚を殺すのを見たことがなかったので、今日それに参加したおかげで、これ以降テーブルの上の豚肉は沈黙する筋肉組織ではなく、大いなる労働の記念碑になった。

それからしばらくの間、宿舎の学生は、洗い落とすことのできない豚の血のにおいを嗅いだ。しかしハルムトはそれは精液のにおいだと思った。その頃同時に、野球の地獄の特訓が始まり、ハルムトは体力を使い果たして、体が宿舎のタタミに着くと、すぐに死んだように眠ってしまい、一晩じゅう夢を見なかった。彼を夜中に目覚めさせるものがあるとすれば、それは海の音と成長の痛みだ。彼の骨は猛スピードで成長し、筋肉と神経を引っ張り、ときに膝の裏側や太もものあたりが夜になるとあざ笑うかのように猛烈に痛んだ。こんなときは目が覚めて、海の音がもう窓の外まで押し寄せてきているのを聴いていた。彼はついにその海に来たのだ、サウマコーチがかがり火の傍で語った伝説の地に。こんなに近く、海の向こうの甲子園の歓声が、いつでも聞こえるくらい近くまで来たのだ。

ハルムトは目を開けて、寝床に腹ばいになってあたりを見回した。男子がいつも体を動かしているこういう世界だけにある得難い静けさが彼は好きだ。次の睡魔に捕えられる前に、雲豹のように匍匐した。男の汗と海のにおいが充満する宿舎は、六人部屋で、大きな蚊帳をかけている。豚の形をした陶器から鼻につんとくる金鳥蚊取り線香のにおいが漂っている。ハルムトはそよ風に注意を向けた。窓を吹き抜け、窓台の下の本をパタパタさせている。机代わりにしている青森りんごの木箱の上で、眠る前に翻訳したユゴーの詩の頁が、風に吹かれて高くなったり低くなったりして、まるで聖鳥ハイビスが飛んでいるようだ。

精液のにおいがする。スミイカが腐ったようなにおいだ。この種のにおいは青春期には落とし穴であり、そのせいで宿舎の中のどんな話題もそれに隙を与えてしまう。その多くは、黙々と行われる儀式であり、少年の自慰であったり夢精であったり、誰かあるいは誰かの手が、夢の中でうっかりズボンのマチに伸びてもぞもぞしている。ハルムトはタタミに腹ばいになったまま、何かが起こるのを待っていた。数分後、ハイヌナンがようやく起き上がって、胡坐をかき、窓の上の横木にかかった風鈴を見ている。風鈴だけが風の過去を翻訳でき、チリン、チリン、二つ歌ってから、またしばらく小さな恥じらいの音をたて、そのあと、波の音が静寂の余白を埋め尽くす。

「潮が満ちた、海がやってきた」。ハイヌナンが言った。

「行くぞ!」ハルムトが応じた。

二人は起き上がって、靴を履き、便所のところまで来た。そこには二〇ワットのタングステン電球があり、宿舎が消灯管制をしいた後の唯一明るいところだ。普段は試験のラストスパートに、学生がここに押し寄せて夜間勉強をしている。だがもうこの時間には便所に人はいない。ハルムトは丸椅子の上に立って、二枚の葉を電球に張り付けて焼いた。電球の光が葉緑素を透して、便所をぼんやりと緑色に変えた。一分、一秒が過ぎていく。精液のにおいがますます濃くなってきた。ブヌンでは、打撲傷の治療にこの特殊なにおいを発散するドクダミを焼いて使う。ハルムトがハイヌナンの服の裾をめくって、張り付いている古い膏薬を用心深くはがすと、鬱血した個所が現れた。三日前に豚がぶつかってできた傷だ。新しい膏薬を塗り、電球を回して外して、電球を包んでいる熱くなったドクダミを膏薬に押しつけた。すると二つが混ざりあって奇妙なにおいと感触になった。

「ねえ、おぼえているかい、以前警官が俺たちをブンタンって呼んでいたのを？」ハイヌナンが訊いた。

「モモクリ三年、カキ八年、バカなブンタン十八年」。ハルムトはこれが人を罵ることわざだと知っている。原住民の子どもの中には二年かけてようやく左右の手の違いを理解するのがいて、腹を立てた巡査の教師がひどく罵ったのだ、ブンタンだってお前たちより利口だと。

「ブンタンの花はいい香りがする、お前、におうか？」

ハルムトは手を止めた。真っ暗な中で、左手で相手の肩をつかんで、右手が電球を押し付けやすいようにすると、自分の皮膚が焼けるように熱く感じる。「僕には栗の花のにおいがする」

「お前がかいだのはドクダミだ」。ハイヌナンがかすかに体をずらしたが、逃げたりしなかった。

「栗の花だよ」

「栗？　まさか」

「それは家のにおいだ、僕にはにおうけどな」

うっとりして、光の見えない暗い空間で、ハルムトの手が止まった。今日はここまでだ。ハイヌナンの錐状（キリ）のニキビでいっぱいの背中で止まった。蛇口から水滴の音が次から次に聞こえてくる。カマドコオロギとズズムシが金属の摩擦音をひっきりなしに出し続けている。ハルムトは何を思った？　ハイヌナンもきっとそう思ったはずだ。遠い山の上の、標高がとても高く、霧の気流が海の波を真似して、ワラビの森を翻弄するのが見えるところに、強制移住させられた後に取り残された古い家屋がある。誰もいなくてがらんとして、周囲にはたくさん栗が植わっている。栗は春になると、小さな花火が消えゆく前の嘆息のように、灰白色の柔らかい花軸が垂れ下がる。花のにおいは生臭く粘っこくて、小さい頃のハルムトはこの種のにおいを前にどこかでかいだことがあるような気がしたものだ。男なら持っている生臭い甘さで、果物にカビが生えて発酵する前のしっとりしたにおい。彼はそれをこよなく愛し、花を摘んでズボンのポケットに忍ばせて夏の間じゅうずっとそうしていた。栗の花の香りがしてくるたびに、巡査は言った、これは大自然の種（ザーメン）のにおいだと。するとそれを聞いた妻や娘が恥ずかしそうにその場を離れ、男たちのでたらめな話がいつまでも続くのだった。

そのあと、ハルムトは手を緩めて離れ、立ち上がって電球を元に戻した。電球は明るく輝いて、ゆらゆらと揺れている。ハイヌナンは服を着て、野球と籐の鞭でできた体の青あざを隠したが、豚のせいで負った打撲傷よりは痛くない。彼らは戸をそっと持ち上げて開けた。こうすれば戸がきしむ音を和らげられる。戸外はさわやかで涼しく、夜風がかすかに吹いていて、二人にくっついて講堂とプールを越え、校門の塀をよじ登って出ていった。二人は走り出した。走って港の中まで行き、港を通る軌道と倉庫をいくつか通り抜けた。もし海の波に阻まれなかったなら、もっと走り続けていたかもしれない。彼らは止まったが、視線はさらに走り続け、港から伸びている防波堤の端に白い灯台がまっすぐそびえ立ち、赤い灯りがちらちら光っているのが見えた。

二人は若すぎて、おとなしく身の程をわきまえる準備ができておらず、希望はあまりにも大きかった。大型定期客船のとも綱を引っ張って気晴らしをして、力いっぱい揺らしたり、這い上がれるか試したりしていると、とうとう守衛に止められてしまった。二人は逃げて、懸命に、狂ったように走った。だがどこに行っても暗黒が寛容に隠してくれる気がして、思い切って大笑いすると、もう二度と心の中の夢を窒息死させようなんて考えまいと思うのだった。

午後四時半の下校時刻になると、野球部の一年生は真っ先にグラウンドへ突進する。少しでも遅れると、あとからやってくる先輩から怒鳴られるからだ。まず五キロのランニングをして、汗を絞り出す。汗は夢の雷管だ。それから新入生は野球用具、練習道具を運び出し、石灰のライン引きでベースのラインを引く。上級生はボールを温めて遊んでいるが、機を見るに敏で、ひょっとこコーチが来るとすぐにゼンマイを巻いて、やたら忙しいふりをする。

五十過ぎのコーチは、噂ではかつて軽い中風にかかったそうで、口が片方に歪んでいて、伝統的な祭礼で使う滑稽なお面に似ているので、「ひょっとこ」と呼ばれている。手にいつもバットを持ち、自分の肩を軽くたたいてマッサージするのでなければ、選手の尻を打ちつけて罰を与えるのに使っている。彼の偉大な功績はハルムトが入学して二か月後にクライマックスを迎え、学校を全花蓮中学の中で甲子園予選の第一位に導いたことだ。これ以降彼の口はさらに歪んで、何斤(きん)かぶら下げられるほど思い上がり、学校では大っぴらに煙草をくわえて歩いていた。その時から、彼はさらに恐ろしく、さらに厳しく、さらに称賛を得るようになり、野球部の練習をさらに強化しはじめた。ひょっとこコーチは癇癪もちで、いつも怒り狂っていて、練習のときに彼の指示通りにやらないと、代わりに激しい罵声が飛んできた。彼は内地人を「でべその変態め。これ以上のろのろ走ったら、寒い樺太(からふと)*に追い返して原始人にするぞ！」と罵り、また本島人を「どいつもこいつも亡国奴(ぼうこくど)め、ボールはあんなに大きいのに追いつけないのか、いっそ纏足して家でアヘンでも吸ってろ」と罵倒した。さらにハルムトとハイヌナンを「蕃人は狩りの名人だろ、なんで山を下りてボール遊びやってんだ、ボールは食えないぞ、こんど怠けたらとっとと山に帰りやがれ」と罵声をあびせた。コーチに罵られ続けて練習が終わると、空はもう暗くなっている。ボールが見えないので、さらに五キロランニングして、海岸沿いを走った。体力が劣る者はひょっとこコーチが後ろから自転車に乗って追い立てた。尻を高く上げて自転車をこいで、海風の妨害に抵抗しながらコーチが叫ぶ、「気合が足りんぞ、野球部」「はい！」「もし耐えられないなら、海の風に夢を吹き飛ばさせるぞ、いいか？」「嫌です」「もし疲れるのが嫌なら、さっさと退部してスキヤキを食べて祝え、そうするか？」「いいえ」「野球部、スパートをかけて完走だ、涙を流したければ布団の中で泣け」「やります！」

野球をやるのには段階があり、三年生に上がる前の部員は、試合に出場する機会がないうえに、ほとんど先輩の怒りのはけ口だった。ひょっとこコーチは決めていた、毎日スライディングを二十回、ゴロを取れないなら胸でボールを止めること。先輩たちはグラウンドに石や雑草が多いせいで、スライディングして傷を負ったり、またゴロが勝手に飛び跳ねて取れなかったりするのを嫌った。そのためハルムトら新入生は、毎週土曜日の午後の練習が終わると、残って小石拾いと草取りをし

＊　原注：現在のサハリン。第二次世界大戦前は日本の領土だった。目下はロシアの統治下にあるが、日本はロシアの主張を承認していない。

ていた。ひょっとこコーチはそれを知ると癇癪玉を破裂させ、野球をやるのにボールが固いのを嫌がるのは、厨房に入るのに暑いのを嫌うのと同じだ、いっそ安全な軟式野球をやれと叱りつけた。ひょっとこコーチはカゴいっぱいの石ころをグラウンドにぶちまけて、命令を下した。「さあ上着を脱げ、体の青あざが十個より少ない奴は、地面の石にぶつかって補塡せよ」。みんなは上半身裸になった。すでに体は傷だらけで、黒く日焼けしてがっしりしている。特にハルムトとハイヌナンは太陽に焼かれて乳首がどこにあるかわからないほどだ。高学年は這いつくばって、石が体に烙印を押すのに任せ、新入生も物分かりよく、苦しい思いをするのにつき合った。ひょっとこコーチはバットで彼らの突き上げている尻を叩き、誰かが泣き出すのが見えると、ようやく溜息をついて終わりにした。

夏が来た。ファウルフライをキャッチするときは青空が目に染みて、ボールが溶けたように見え、よく取り損ねてしまう。そのため、練習のあと学校の浴室で、蛇口から夏の余熱をたっぷり含んだ水が流れ出し、ハルムトが手で石鹼を取って洗おうとしたとき、練習で酷使しすぎた手がブルブル震えた。マメと傷だらけの震えの止まらない手をぼんやりと眺めていて、危険が迫るのに注意をしていなかった。一人の高学年の部員がこのとき柄杓を投げると同時に大声で「ボールを受け取れ」と警告を発したので、みんなの視線がそこに集まった。すると重い柄杓がハルムトの頭に命中し、瞬時に血が出るのが見えた。柄杓を投げた方もびっくりしたが、傲慢な態度で自分の失態を始末するしかなく、こう言った。「おい、補欠投手、お前が打撃練習のときにいいボールを投げないで、いつもファウルフライを打たせるから、みんなキャッチできず取りこぼすんだ、そうだろ！」高学年の部員たちは次々にうなずいて、服を着てそこを離れるときには、新入部員のレベルの低さをからかうのも忘れなかったが、池の水と同じように弱々しかった。

ハルムトは宿舎のタタミに横になり、ハイヌナンが傷口を押さえて止血してやっていた。球児の丸坊主頭のてっぺんをハイヌナンの温かな手が覆い、力を入れたり抜いたりするたびに、ハルムトはへなへなになったりぼうっとなったりしている。そよそよと吹いてくる海風といっしょになって、窓に掛けた風鈴の音をかき立てているのは、彼の甘酸っぱい気持ちの叫び声に違いない。ハルムトは絶対に目を覚ましたくなかった、目が覚めれば消えてなくなってしまう。ハイヌナンはハルムトが寝たふりをして、心の中で何やら考えていることなどとうに承知だ。傷口から流れる血はかなり多かったけれど、目を閉じて目が見えないふりをするほどではない。口元のえくぼはまだ上がったままだ。

「まずいな、このままだと……」。ハイヌナンが傷口を見て言った。

「どうした？」ルームメイトが近づいて見た。

「脳は柔らかい組織だ、幸い頭蓋骨で保護されているけど、頭蓋骨が割れて脳みそが流れ出たらもうおしまいだ」

「まさか！　そんなことで人は死ぬのか」

「幸い彼の脳みそは流れ出ていない。しかし」、ハイヌナンは傷口の周りを撫で、「前に本に書いてあったけれど、脳は人の記憶を貯めていて、もし傷を負うと、最も熟練した技術を喪失してしまうらしい」

ハルムトが驚いて目を見開き、言った。「ほんとか?」

「お前がいちばん得意な技をちょっとやってみろ」

ハルムトはくるっと起き上がり、腕を挙げて上腕二頭筋を伸ばし、どの部位の筋肉も正常だと確認した。体はやせこけているが頑丈で、手の指は骨がごつごつして細長く、顔つきは読書人の風格がある。これは日本語の授業でしょっちゅう宮沢賢治の詩を朗読していることによる。だが彼は文学の教師にも、祖父が望むような警察官にもなりたくなかった。ただ野球がしたいだけだ。野球は自分が最も熟練している技術と夢だったので、すぐにイノシシ革のボールを手に持って、記憶を失くしていないか試すことにした。標的は窓の外のパパイヤの木だ。あっという間に疾風が起こり、窓の風鈴をかすめる音がして、夏の服がゆらゆら揺れている物干し場を飛び越え、黄色く熟しはじめたパパイヤに命中した。

「お前は自分が石を投げて獲物を捕まえる猟師だということを忘れていないな。いや、違った、パパイヤ農民だってことを」

「野球だよ」。ハルムトがまじめに大声で言った。

「これでお前の死んだふりをしている頭が治った、お前の傷は治ったよ」

「でも僕の腹ぺコ病は治ってない」

新入生はいっしょに街に出て食べ物を探しながら、道々自分たちが道具扱いされていると不平をもらした。普段、先輩の汚れたユニフォームを洗ってやっているのに、道で出会うと三メートル手前で敬礼をしなければならない、さもないと叱られたり殴られたりする。新入生はしょせんストレスのはけ口で、タダ働きの球拾いだ。彼らは陽春麵（ヤンチュンメン）〔具なしそば〕を一杯食べたが、ハイヌナンとハルムトは腹いっぱいにならない。育ち盛りの青春期の飢餓感は夜になって再発し、ペタンコの腹から矢継ぎ早に痛みが発生する。二人は教会に行って何か解毒剤を探そうと思った、たとえ白いご飯に味噌を混ぜたものでもいい。ちょうどこのとき、浴衣姿で、自転車に乗ったひょっとこコーチが通りすぎた。顔に欄干を取り付けたような冷淡な表情をしていて、部員たちの敬礼を見過ごして通りすぎたあと、急ブレーキをかけて振り返り、腹いっぱい食べたかと訊いた。部員たちは大声で、食べました、ありがとうございます、と答えた。ひょっとこコーチはうなずいて微笑むと、右足でペダルを踏み、両手はしっかりブレーキをつかんで、数秒間うつむいてからようやくみんなに言った。

「野球部員全員をグラウンドに集めろ、大事な話がある」

　ハルムトはその大事なことについてすでに噂を耳にしていた。もしコーチ自身の口から言われたら、やはり残念でしかたない。半時間後部員はいろんな所からグラウンドに駆けつけてきた。何人かは来るのが遅れ、汗を噴き出しながら飛びこんできた。果たして、ひょっとこコーチは今年の夏の甲子園大会は取りやめになったと言った。甲子園は夏の選手権大会と春の選抜大会があり、前者はより注目度が高い。花蓮港中学が参加するのは来年の春の選抜のほうだ。しかし夏の試合が中止になるのなら、春の試合の命運に影響が出るにちがいない。これはすべて世界情勢がますますひどくなってきたのが原因だ。ハルムトは数日おきに新聞で世界の戦況を把握していた。ドイツが電撃戦でソ連のアストラハンに侵攻したこと、皇軍が中国と激戦しており、かつ増兵してベトナムに進撃していること。しかし新聞がまだ報道していない情報には、アメリカが日本に対して自国内の資産凍結と経済制裁を行うというのがあった。

「じゃあ、春の大会は取りやめになるのでしょうか?」誰かが訊いた。

「悪いニュースを聞いてしょぼくれていると、敗北者にしかなれない。涙で自分を飾ることができるだけだ」。ひょっとこコーチは珍しく口を正しい位置に戻してこう言った。「未来のことは、未来に残された我々が解決する」

「その通りだ」。ハイヌナンが大きな声で言った。

「野球部よ、お前たちは腹いっぱい食べたのか?　声が聞こえないぞ」

「食べました」。みんなが答えた。

「腹がいっぱいになったら、野球道具を入れた籠を担いで、引き続き練習だ」。ひょっとこコーチが吠えた。「出遅れたら、我々は相手から隙を衝かれてやられてしまうぞ」

部員たちは活火山のように、胸に爆発しないではいられない塵灰(じんかい)とマグマと閃光を充満させて、鮮やかな夏の夕方、懸命に練習をした。引き続きキャッチボール、バッティング、スライディング、さらに筋トレをやり、疲れると互いに野球のサインで気持ちを表現した。そして宿舎に帰ってタタミに横になったとたん寝入ってしまい、翌日にはタタミの上に人の形をした塩の結晶が残った。毎日焼けつくような暑さが続き、汗がますます多く流れた。ハルムトたち新入生は試合に出なくても、木陰に立って見ていることはできず、炎天下に立ってファイトと大声を出さなければならない。

あるとき、ファウルボールが飛んできた。ハルムトがそれを目で追っていると、視線は傍のハイヌナンのところで止まり、くぎづけになった。ハイヌナンの右腕に肉のつぼみが渦巻いている。種痘の痕が作ったケロイドだ。ピンク色をして、花のつぼみのように、寂しい皮膚の中にあでやかに咲いている。ハルムトは種痘が終わったときに彼が大泣きしたのを思い出した。翌日学校に来ると、山芙蓉の木の皮を噛んでいた。それは大人が子供に傷口の痛みを紛らわすために与えたガムのようなものだ。授業中はそのガムをポケットに入れ、授業が終わると取り出して噛んでいた。帰りに土埃と落ち葉がいっぱいの警備道を通っているとき、彼は突然みじめになってわーっと泣き出した。ハイヌナンはその時のことは覚えてないと言うが、ハルムトは忘れていない、種痘の痕が消えないように。

午後、急に雷雨になった。雨粒がはじけ飛び、世界はバシャバシャというリズムの中に生きている。野球部員は練習を続け、雨の中でスイング、ヘッド・スライディング、送球練習をやった。試合は雨で中断されることはない、練習もそうだ。そのあと全員で海岸沿いに走り込みをし、「必ず勝つ」の掛け声を上げた。

とうとう強風と暴風雨がやってきた。太平洋から這い上がった台風が、この世の終わりに現れる怪物ビヒモスが上陸したかのように、樹木と家屋をなぎ倒し、随所に様々な深さの水溜まりを作っている。だが野球部員はまさにこの日の到来を待っていた。学校が休みになり練習を休むことができるからだ。ところが意外にもひょっとこコーチが宿舎に来てみんなを講堂に集合させ、椅子をぜんぶどけて、トレーニングをやれと吠えた。汗が氾濫し、服は湿ってプールから上がったときのように体に張りつく。爆発した肉体の熱気が、すりガラスの窓に蒸気を塗りつけるまでトレーニングをやって、ようやく休憩になった。みんなはガラスに願いごとを書いた。文字の縁の水がにじみ、窓の外で今にも暴風に折り曲げられそうになっているヤシの木と打ち寄せる大波が見える。世界中がめちゃくちゃな状況になっているのに、彼らはまだ幼くて、どう立ち向かっていいかわからない。唯一できるのは風雨の中に突進して、両手を開き飛ぶツバメの格好でプールに飛び込むことだった。それから鎌で刈り入れるように水を切って水しぶきを上げ、最後はドーナツ状の車のタイヤの上に横になって、浮いたり沈んだりしながら、目を見開いて豪雨が突き刺すように降りつけるのに耐えた。「天が落ちて来たって怖くない、世界中の試練よ、さあ来い！」ハルムトは叫んだ、「誰が死ぬもんか」

二つの台風を乗り切ると、すぐに九月がやってきた。過去数か月の太陽は、彼らをカラメル色の皮膚に焼き上げ、腕には筋肉が盛りあがり、脚は頑強になり、試合のためなら血が激しくめぐり回ってもいいとさえ思った。しかし女子を見かけると反対に糸を引かないバカな納豆に変わった。二人は港の埠頭で、また潔子を見かけた。彼女は女子中学のセーラー襟の制服に濃紺の長いひだスカートをはいて、百人を超える女子学生たちといっしょに、出迎えの旗を持っていた。はるばる二〇〇キロの遠方から試合にやってくる中学の野球チームを歓迎するためだ。三千トンの大型定期客船が汽笛を鳴らすと、高くそびえたつ重油エンジンの煙突から煙が立ち昇り、数羽の海鳥(うみどり)が救命ボートから飛び立って、何周かぐるぐる回ったあと、ちょうど前方でサンパンを下りている五組の野球チームを低くかすめて飛び去った。歓迎の拍手がこの瞬間から五分間鳴り続けた。

ハルムトは潔子とは知り合いだったのに、言葉を交わそうとしなかった。彼らはこれまでも大通りや、祝日や学校の文化祭で出くわしたことがあったが、目をちょっと動かすだけで、一度も身振り手振りで合図することはなかった。反対にハイヌナンは潔子を見ると、視線をどこに収めたらいいかわからなくて、恥ずかしそうにしているか、あるいは無関心を装った。野球チームを迎える隊列の中で、ハルムトはハイヌナンから一〇センチしか離れていないのに、一〇メートル向こうの潔子が二人の間に立っているような気がしてならない。そこで、海風が入るすき間もないくらい、もっと彼に近づいた。ハイヌナンは眉根をしかめて自分の脚が踏まれて嫌な気分だと伝えようとしたが、張本人のハルムトが空を見上げているのが見えたので、彼も天を仰いだ。細かいものが、ワルツのステップを踏みながら舞い落ちている。種だ。木質化した長い羽が生えている。どれくらいの距離を懸命に漂ってようやく海岸にたどり着いたのか知らないが、しょっぱい波のところで尽きる運命にあるのだろう。ハルムトは手を挙げて、種を少しすくいとり、あとで窓の下に植えようと思った。だがそれが意外にも大勢の人たちに空を見るように誘導してしまったらしい。空にはグライダーが飛んでいて、金属の翼が光を放ち、とてもまぶしくて人の目を引いた。

秋の風はすがすがしく、陽光は澄んで柔らかい。滑空部（ハンググライダー部）の学生が花崗山のグラウンドでロープを引っ張り、浮き足で助走している部員を、一気に空に引き上げた。空には夢がある。地上の観客が驚きの声を上げ、巨大な翼も音を立てて、後部から祭典用の五色の紙吹雪を噴き出した。「飛行機がまた糞を垂れた」。町中の子どもたちが叫んで、あちこちに舞い下りたチラシを拾いに走っている。そのチラシがあれば秋の野球の試合を割引料金で見ることができるのだ。鉄団、塩糖団、料理団、専売団など職業チームが切磋琢磨するのだが、一番の人気はやはり甲子園の予選だ。

みんなは花崗山球場へ向かった。秋の祝日の出店（でみせ）はとっくにせんべいやドーナツの美味しいにおいを漂わせ、漢人のおやつのネギ飴〔サトウキビでできた飴を麺状に延ばし白ネギに見立てた飴〕や糖葫蘆（タンフール）〔サンザシの実に水あめをコーティングしたもの〕もあって人気を集めている。球場の端に、薄い灰色のテントがかけられ、その下には金縁帽をかぶり、刀剣を腰につけた役人が座っていて、テーブルには茶器と金色に輝くトロフィーが置かれている。数百人の観衆が球場を取り巻いて人の壁をつくり、後ろの木の股にも人が座り、海の大波でさえしばらく静かにしていたいと思うほどだ。何と言っても大会最終日の一位決定戦がやってきたのだ。花蓮港中学チームは、人々の期待を裏切らずここまで勝ち進んできた。試合は七回に入り、ゼロ対ゼロ、すごいぞ！　みんなは一球ごとに息を殺した。

ハルムトとハイヌナンが試合に出場したことは、低学年は出場しないという暗黙のルールを破ったことになり、高学年の部員はひどく嫉妬した。これはひょっとこコーチの決定であり、二人の打率と走塁が秀でているのを見抜いたからだ。二人は猟師で、視力が極めてよく、速球の球筋を見る力は、作曲家リムスキーの『熊蜂の飛行』の楽譜にびっしり書かれた音符の起伏を見て取ることができるようなものだ。走塁に至っては、まったくもう伝説の雲豹そのもので、こんな子はこれまで見たこともなかった。ひょっとこコーチがもっと深く感じ取ったのは、高山から来たこの二人の原住民は、必死の決意を抱いて山を下り、一生の狩猟の技や青春や身分と引き換えに、球技で光彩を放ちたいという強烈な願望を持っていることだ。その気力と意志はすべての部員に勝り、さらに彼らの身に自分の若いときの姿を見たのだった。どの偉大な敗北者も夢を有望な若者に託す、ハルムトとハイヌナンがまさにその相手だった。「ハイヌナンは警察から逃れるために、婆ちゃんのスカートの中に二年間隠れていたそうだ、だから彼の年齢は三年生を越えている」。ひょっとこコーチがこう言って頬を緩めても、高学年の生徒の賛同を得られなかった。

それは嫉妬だった。試合は七回裏の攻撃、2ストライク2ボール、走者ゼロのとき、ハルムトがヒットを打った。ボールは三塁手の横を抜け、それを外野手が素早く二塁手に返したとき、ハルムトは先にベースを踏んでいた。球場全体が二分間沸いて、この伝説的な瞬間を記憶にとどめた。花崗山にこれほど熱狂的な人の声が響いたことはない。しかし、グラウンドの隅にいる高学年の部員は拍手する気になれない。自分たちが手にするはずの栄光をヤマザルにすっかり奪われてしまったので、歯ぎしりして、心はずっと痙攣していた。彼らの中には今ここで出場しなければ、卒業してもう機会がなくなる者もいた。中学時代のクライマックスがなんと冷たいベンチに座って試合を見る羽目になるとは。

「コーチ、まずいことになりました、僕たちのサインがどうも見破られているようです」。一人の補欠選手が冷たいベンチから立ち上がって言った。「別のものに変えるのはどうですか?」

「俺もそんな気がしていたんだ。どうりでいつまでも膠着状態を突破できないわけだ」

「どうしますか?」

「ハイヌナンを呼べ」。ひょっとこコーチは彼がやってくるとこう言った。「ちょっと見てくれ、相手チームの中に、お前たちブヌン人はいるか?」

ハイヌナンは相手と観客を観察した。ブヌンの特色は皮膚が真っ黒で、目がくぼみ、鼻がやや大きく、山道を行くのに適した太い脚を持ち、険しい高山の環境に適した体格をしている。敵味方を見分ける天分を使って、ハイヌナンは数百人の観客を見回した。優れた猟師は夜間には動物の目の反射光によって、それが水鹿か、キョンか、イノシシかがわかる。どの種類の動物も二つの瞳の間の距離は異なっており、その差がほんのわずかでも区別できるのだ。ハイヌナンは優れた猟師であり、観客を目視するだけで充分だった。ブヌン人はいないと断定した。

「今から、直接口頭で指令を出す、それをお前がハルムトに伝えろ」。ひょっとこコーチが言った。チアガールが大声で何か叫ぶと、声のうねりが激しくグラウンドに押し寄せ、観客も身を乗り出した。試合を見守っている役人たちも湯呑茶碗を口元に持っていったまま飲むのを忘れている。バッターボックスに立ったバッターがバットで靴の縁をたたき、バットをちょっと振っているとき、ひょっとこコーチの指示を受け取った。犠打で、ハルムトを三塁に送るのだ。これはハルムトがコーチから得たサインと同じだ。

風の又三郎が吹いて来た。伝説の秋風の精霊だ。澄み切ったさわやかな風に乗り、そっと顔にキスをしてするりといなくなるときもあれば、いたずらに女の子のスカートのすそをめくりあげるときも、また凶暴に重い物を持ち上げるときもある。今それは、様々な姿かたちをして、花崗山にこの試合を見に来たのだ。木の葉がさらさらと音を立て、埃が舞い上がり、不要になったブリキ缶がころころ転がり、女の子は微笑んで膝を曲げてスカートのすそを押さえた。そのすぐあと、十数人用のテントが大風で数回揺れた。二塁に立っているハルムトはすべてを目に収めた。グラウンドの中央に立ち、周囲の観衆をぐるっと見回して、自分が夢にまで見た理想の途上にあるのを知った。そのあと、大風も吹いて来た。花崗山が、まるで夏の日の物干し台に掛けたマットのように、ブルブルッと震え、観客が次々に身をかがめると、山の斜面に根づいていないあらゆるものが飛んできた。ハルムトは飛んでいる種を見た。それは黄杞(コウキ)だった。秋が過ぎて、午後の熱風が上昇するとき、種で世界にサインを送っているのだ。種には三枚の膜に似た羽がついていて、木から落ちるとすぐに風に乗り、シギやチドリなどの水鳥が砂浜に足跡をつけるのを真似して、つま先立って浮き足で走り、くるくる回って、街じゅうをすり抜ける。ハルムトはこれまで、それが風の又三郎の三角形の足だということを疑ったことがない。

「小百歩蛇渓から来た奴よ、俺の言っていることが聞こえたら、首をちょっとつかめ」。ブヌン語で叫んでいる者がいる。

ハルムトは日本語と台湾語の頑張れと言う声の中に、ブヌン語が聞こえたので、声のする先をたどるとすぐにハイヌナンに行き当たった。言われたとおり首をちょっとつかんだ。このあと指示通りにするにしても、視線をハイヌナンの方向に集中させないで、指示の言葉を聞かなければならない。すぐに、ハルムトは気づいた、ハイヌナンの号令とひょっとこコーチの手のサインは、まったく違うことに。彼は迷わず前者を信じた。これは作戦だ。

「想像してみろ、本塁は塩漬けの桜の花びらがのった桜あんぱんだ、もしお前がタッチダウンしたら、俺は飽きるほどたっぷりおごってやるよ。聞こえたらベースから一歩離れろ」

ハルムトは息を殺して精神を集中させ、二塁ベースから少し多めに離れた。

「お前は神の子だ、神はその努力を喜ばれる、聞こえたら下唇を噛め」

ハルムトは下唇を噛んで、次の指示を待った。

「心を静めろ、するとお前は雲豹のスピードと、黒熊の知恵を得る」

守備は狭まり、予想される犠牲バントに備えている。ピッチャーがボールを投げた。バッターは果たしてバットを横に持って、内野にゴロを転がした。バントが完成するよりも前に、三塁でベースコーチをしているハイヌナンが、すでに大声で速く走れと叫んでいた。彼はすぐに猟師の目で、球筋から、バットのどこに当たるかを見て取ったのだ。それはまさに五〇メートル離れたところから、猛スピードで飛んでいるメジロが急にクスノキの八番目の枝にとまるのが見えるようなものだ。投手は突進してボールを拾い、素早く一塁に投げて、バッターをアウトにした。しかし万に一つも思いつかなかったのは、ハルムトがすでに三塁ベースを回って、ホームベースに突進していることだった。彼らは、ハルムトが三塁ベースで止まるか、あるいはベースを数歩走りすぎて躊躇するかだと予想していた。ところが今あと数歩でホームベースに着こうとしている。彼のスピードは速く、雲豹の力を得ていた。赤いラインの入った白いソックスをはいた脛(すね)には元気がみなぎり、スパイクシューズはしっかりと地球を踏みしめ、両腕は風を切っている。これがみんなの視野を突破して、奇跡を目撃させることになった。

一塁手がボールを、捕手に送球した。

ハルムトとボールが同時にホームベースに突進し、砂埃が舞い上がった。

風の又三郎が来た。ふざけてぐるぐる回ったあとようやく砂埃を吹き飛ばし、三角形の足跡を、こんなにもたくさん残しておいて、ハルムトと捕手がぶつかったホームベースの上に留まった。一秒後、砂埃がおさまると、レフェリーの両手が胸元から両側に力いっぱい開き、大きな声で叫んだ。

「Safe」。

花崗山は沸き返り、歓喜の声がさく裂した。


日に干したあとのタタミは、さらっとして清潔で、表面のイグサと中に詰めたワラが混ざり合って田畑のにおいがする。休暇中、ハルムトとハイヌナンはその上でごろごろ寝ころがっているのが好きだった。自分が稲の穂先に眠っている雲だと想像し、そこに座礁してぐずぐずだらだら、いつまでももののぐさをして、暑くてじっとしていても汗がにじみ出てくる体をゆっくりと冷やす。タタミは汗や汚れを吸い取るので、三か月に一度は日干ししてきれいにする。だが絶対に長く日に当てすぎてはいけない、当てすぎるとイグサが二つに切れてしまう。果たしてハルムトは背中がチクチクするのが不快で、体の向きを変えて、重ねた手の甲の上に頬を当てた。すると先週の本塁でのクロスプレーで残った顔のかさぶたが浮き出て、静かにハイヌナンを見ている。ハルムトは二人が初めてタタミの上に横になったのは小三のころ、駐在所で宿題をしていたときだったのを覚えている。宿題は、首を切り落とされた「六氏先生」* に仮想の手紙を書いて、片田舎に教えに来たのに殺され

* 原注：一八九六年、六人の日本人の教師が台北の芝山農学堂に戻る途中で、数百人の抗日人士に殺害され、首を斬られた。六氏先生とは、六人の教師の意。

てしまった彼らのことを讃えるという、とてもむずかしいものだった。二人は書いているうちに眠ってしまい、抱きかかえられて客間のタタミに寝かせられた。まるで清らかな音がする谷川の水の敷物の上に眠っているようだった。「六人の先生ごくろうさまです、あなたたちは死んでしまっても自分の頭を見つけに行かなければなりません、どうぞ頑張って僕に返事をくださいね！」そのへんてこな手紙を見た巡査の教師は、腹が立つやらおかしいやら、ハイヌナンを叱りつけた。ハルムトは今でもよくそれを持ち出して笑い話にしているが、しかし今日はそうしなかった。彼はタタミに横になって、目を閉じているハイヌナンを静かに見ている。

　ハイヌナンの右腕にある種痘の痕の花のつぼみは、トキンイバラ〔キイチゴ科の植物。春に咲く最後の花と言われる〕が枯れようとしているのか、それともつぼみを包み込んでいる葉が春を迎えようとしているのかわからない。ハルムトはそっと万年筆を取り出して、その右腕に絵を描いた。そこに絵を描くのが好きだ、ただそれだけのことだ。インクが皮膚の細い皺に沿ってぼやけ、ゆっくりと拡散していく。どんな気持ちで描いているのか自分でもはっきりしない、ただつぼみが開いた花を一つ描きたかったのだ。その花は風に撫でられてもっと花を咲かせるのか、それとも地面に吹き落とされるのか、ハルムトの気持ちと同じようにいつだってくるくる回っているばかりだ。

　花は鮮やかな赤色に染まるときもあれば、しぼんで落ちるときもある。描き上げたツノギリソウの白い花は、谷間に咲いているのではなく、ハイヌナンの腕に落款（らっかん）のように押されている。それは今にも窓から吹いてくる風に揺られ、草の香りを漂わせるかに見えるが、いかんせん描かれたものだ。ハイヌナンはいつも目を閉じてそのむずがゆさを感じているが、もう一人の彼はいつも目を覚まして彼に向かってそっと呼吸をしている。その呼吸は誰かが絵を描いているときと同じくらい近い。ハルムトがもう少したくさん息を吐けば、白い花は細い茎を伸ばしたくて、濃い褐色の皮膚に張りついていたくなくなるだろうが、ハルムトは何筆か描き加えて、花の傍の黒い痣を徐々に金属的な青緑色の金花虫(ハムシ)にしてしまった。

　ハイヌナンは目を覚まさなかった。あるいはこのとき目を開けたくなかったのかもしれない。物事にはとても抽象的なものがあって、説明するのが難しく思えることがある。純粋な男子の世界には、男子に寄り添うのを好む人がいるのをハイヌナンは知っている。ハルムトがそうだ。彼は小さいころからハイヌナンを頼って、あれこれ訊きたがったし、おもちゃがあれば彼と遊びたがり、困難なことがあれば彼のところに来て涙を流した。大きくなってもまだ涙を流しているが、それは心の中でしか流していないのを、ハイヌナンはぜんぶ見抜いている。ハイヌナンはハルムトの心の様々な滓(おり)を知っているが、すべてを引き受けるのは不可能だ。かといってぜんぶ退けるわけにもいかず、沈黙を選んだ。これは最良の防衛線であり、ぐるりと取り囲む塀はなく、行ったり来たりできて境界がない。今まさに彼が沈黙しているように、だ。興ざめしたくないので、針のようにとがったペン先に触覚を集中して、それが柔らかくしなやかにはじけるのを感じていた。

「夢で部落の秋のクルミを見た。空気中にクルミを焼くにおいがして、どのクルミの中にも二匹のキツネがいた」。ハイヌナンは目を閉じたまま言った。

「どのクルミの木にもたくさん猿の顔がついている」。ハルムトが続けて言った。

冬、クルミの木は落葉し、葉柄(ようへい)がすっかり落ちたあと、枝に剝落痕(はくらくこん)が残り、猿の顔に似ていた。

一本の木のいたるところに無数の猿の顔がある。割れたクルミの中にもまた二匹のキツネの顔がある。二人がクルミの木のことを話題にするたびにきまってこの話になった。

「ああ、早くすがすがしい秋になればいいのになあ。ムシムシして、九月は初秋だというのにまだこんなに暑い」。ハイヌナンが目を開けて、右腕の絵をちょっと見た。「またスズランを描いたのか？」

「違う、それは谷間の野の花だ、名前はないけど、姿は覚えていたんだ」

「名前がないのではなくて、人間がまだ発見していないってことだ。神は言った、光を欲すれば、光はすぐに現れ、太陽の光のおかげで植物は成長し、植物は人間を養った。人間は世界の隅々まで行って、植物にそれぞれ名前をつけた」

「人間は最後の一株の植物を持ち去って、標本にする」

「どのみち最後の一株は繁殖できず死に絶える運命にあるからな」

「植物は自分を愛しさえすれば無性繁殖できる」

「無性繁殖？　少なくともミツバチに受粉を手伝ってもらわないと無理だな」。ハイヌナンはこう言うと、体を起こして洋服ダンスから木の箱を取り出し、その中から浅葱（あさぎ）色のガラス瓶を両手で持ち上げた。表面にはスズランの花が浮き彫りになっている。彼はハルムトが描いた花はサウマコーチがくれたものに倣っていると思ったのだ。この瓶は昭和初期に作られたもので、大阪の近くにある甲子園球場の黒い土が入っている。サウマコーチがそこで試合をしたときに入れて持ち帰ったものので、彼は二人に手渡して、彼らがもう一度球場に行ってそれを戻し、再度新しい土を入れて持ち帰るのを期待した。これはミッションだった。瓶の中にはさらに何粒か種が入っていた。それも大阪の近くで採ったもので、乾燥した黒い土に混ざっているが、傍に紙で包んだ木炭を置いて除湿し、発芽をふせいでいる。

「中の種はスズランに違いない、植えてみよう」とハイヌナンが言った。

「どれも種類が違う種だ、同じものは一つもない」とハルムトは言った。「もし近所に同種の植物がないと、一人ぼっちになってしまう」

「自分を愛せばすぐに自分で繁殖できる、そう自分で言ったくせに」

「だましたのさ」

「高田二郎、そんなのめちゃくちゃだ、いったい誰がそういう一見正しそうで実はでたらめな道理を教えたんだ?」ハイヌナンはからかって罵った。

「高田一郎だ」

高田一郎と高田二郎は、ハイヌナンとハルムトの日本名だ。兄弟みたいなので、戦時色が濃い皇民化生活の中で使っている。彼らは密かに家長の印鑑を彫って、甲子園の試合参加の同意書に押印していた。その後、さわやかな秋がやってきて、間もなくして冬になった。正午の陽光が体を包む感触はとてもしなやかで柔らかい。市井の喧騒と鳥の鳴き声は普段と変わらないのに、日増しに濃くなる彼らの予感が本当になってしまった。真珠湾攻撃〔一九四一年十二月八日〕が起こり、大勢の人が興奮して議論している。それを紙面に大々的に取り上げた新聞はすぐ売り切れになり、アメリカ海軍の有名な戦艦であるウエストバージニア号とオクラホマ号が沈没させられたことをこれでもかというほど書き立てた。間もなくして、また強大な英国のプリンス・オブ・ウェールズ号の艦隊が、南太平洋で皇軍により撃沈させられたことが報道された（一九四一年十二月十日、マレー沖海戦にて戦没）。そのころ、野球部の練習は減り、ハルムトは膝の傷口がふさがる時間ができ、手のマメが薄くなり、しょっちゅう人に見せては自慢していた本塁クロスプレーで残った顔の傷跡も見分けがつかないくらい良くなったのを不満に思った。ある散漫なトレーニングの最中、彼が日本へ行く春の甲子園大会の件を尋ねたところ、ひょっとこコーチは思い出したとでもいうように、それはとっくに取りやめになったと言った。部員たちも肩をそびやかして仕方ないというポーズをとり、反対にこれで旅費の節約になったとも言うのだった。

　同じころ、ハルムトはハイヌナンの体に煙草のにおいがするのに気づいて、まったく戦争の硝煙にそっくりだと思った。それは、彼らがもう一度タタミに横になってすがすがしいつややかな草のにおいをかいだときで、すでに一月が過ぎた頃のことだ。窓の外からまとまりのないクスノキの影が入り込み、たまに風が木の影を揺らしている。ハイヌナンの腕は長袖で遮られているが、ハルムトは腹ばいになってそれを見ながら、二枚重ねて着ている冬物の服の下に隠れている、赤くつやつやした肉のつぼみが、どんな美しい姿をした花と気持ちを通じ合わせるのだろうかと想像していた。風鈴はしかたなく何か心配事があるような音を立てているが、風が吹いているせいだ。ハルムトは袖に沿って下のほうに目を移した。視線が去年の冬に彼のために繕ってやった肘のつぎあてに止まった。さらにその先の袖のボタンは自分のものを切り取って付けたものだ。それからハイヌナンの手に視線が移った。彼の手の傷跡、彼の血、そしてその過去の日々を彼は覚えていた。視線がハイヌナンの指の第三関節に生えている細い毛のところで止まってぐずぐずしている。それは捕手のミットで擦られても消えずに、冬の太陽の下で、柔らかく直立している。ハルムトは万年筆のペン先で、ミツバチが花蕊(かずい)の毛をそっと触れるのをまねて、軽く滑らせてちょっかいを出した。ちょうどよい距離をとって、ハイヌナンがむずがゆく感じるくらいにさっとかすめると、花の間が透き通り、きらきらと光が反射した。ハルムトはますます我を忘れ、万年筆で自分の人差し指にウルップソウの花を描くと、口元でハーッと息を吹きかけて、そっとハイヌナンの指の関節に押しあて、その指の毛をもっと花蕊らしくした。ちょうどこのとき、彼の指の間に煙草のにおいをかいだのだった。とても強烈で、絶対に花のにおいと間違うはずがない。心が萎えた。

突然、誰かが宿舎に飛びこんできて、廊下を走る音がした。そしてドアを開けたとき、タタミに横になっているハルムトがペンを鼻と上唇の間に挟み、ハイヌナンは下唇を噛んでいるのを見た。二人は目を閉じて寝ている。その人は壁に掛けた学生帽をとってかぶると、大きな声で言った。

「真っ昼間にまだ寝てるのか、急いでパレードに行くぞ」

「いったいどうした?」

「シンガポールが陥落したから、街で祝賀パレードをやるんだ(一九四二年二月十五日、シンガポール陥落)。ただで美味しい饅頭がもらえる、遅れるとなくなってしまうぞ」

彼はそう言うとすぐに走って行ってしまった。

そのうまい饅頭を目指して、彼らは何が何でも宿舎を出ようと、入り口に腰掛けて脚絆を巻いた。ハルムトはハイヌナンの目じりが黒く薄汚れているのに気づいた。それはインクの痕で、きっとこっそり指で涙を拭いたに違いない。二人はゆっくり大通りに向かった。冬の太陽は暖かく、そよ風は斜めに吹いて、小さな町はどこも長かったり短かったりする影ばかりだ。彼らの影も同様に、細く長く、沈黙して、いつも重なり合っている。雑貨屋の前を通ったとき、ハルムトが買い物をしに中に入っていった。彼はいくつか煙草の箱を手に取って、開封してばら売りをしている煙草を鼻先に近づけてかいでみた。煙草は一本一本ばら売りが可能だった。店内のミカンやブンタンも、ひと房ずつ分けてからカウンターの上に置いてばら売りしていて、貧困は奇妙なばら売り文化をつくっている。ハルムトがかいだ煙草のにおいはどれもとてもよく似ていて、どれがハイヌナンの指先と同じかわからない。それは青春の汗が混ざった酸っぱいにおいがした。迷っているとき、彼の視線は、各種和洋雑貨が積み重ねられたすき間を突き抜けて、騎楼(チーロウ)の下でうつむいているハイヌナンに定まった。それで彼は台湾製煙草の「ジャスミン」と皇軍戦勝煙草の「荒鷲(あらわし)」の間を行ったり来たりして、最後は直感で後者を買った。人に贈り物をするのだから、ちょっとくらい高くてもかまわない。

大通りから歓声が聞こえてきて、ラッパが鳴り響いた。皇軍のシンガポール進攻を祝っているのだ。路地を数本隔てた、誰もいない片隅で、ハルムトはレンガの壁に寄りかかり、煙草をハイヌナンに差し出した。ハイヌナンは笑ったが、厚意を断れずに、引き出し式の箱入り煙草を開けると、一本取り出して唇の間に置いてからこう言った、どの箱の煙草にも願掛けの煙草があってね、一本選んで、こんなふうに商標のある吸い口のほうを逆さまに箱に戻して目印にしておく。これは最後に吸うのだけど、そのときに願い事をするんだ。そう言うと彼は自分で火をつけて、両ほほが陥没するほど強く吸い、煙を胸元にためてから吐き出した。

「おい、愛煙家さん」とハルムトは心の中で言った。「いつから吸うようになったんだ？　僕はちっとも知らなかった」

「ほら！　お前も吸うか？」ハイヌナンが箱をトントンと叩いて中から煙草を一本取り出した。

「いいとも！　僕は君が吸っているのがいい」。ハルムトは相手の口から奪い取って、一口吸った。あまりおいしくなかったが、この瞬間から煙草が吸えるようになったのだ。これでようやくハイヌナンと同じ土俵に立ち、話題ができる。

「本当に欲張りだなあ、出来上がっているのを持って行くのだから」

「欲張りなもんか、君のを一本もらっただけだろ、君には僕があげた一箱があるじゃないか」。ハルムトは煙草の箱を手に取ると、その願掛けの煙草を叩いて取り出し、ハイヌナンの口に入れた。ハイヌナンは最後に吸うために残しておいた煙草を拒絶したが、ハルムトがマッチに火をつけて差し出した。何かが弾け飛んだ。それは奇妙な初めての感覚だった。火と人が目の前に近づけば、必然的に熱情も燃える。火がつくように吸わなければ、煙草はいつのまにやら燃えて短くなるだけだ。ハイヌナンは眉毛を立てて、ハルムトの濃い眉毛の下の火よりも輝いている視線を見た。魅力的だが危険だ。彼はすぐに火をつけることに専念して何口か吸ってから遠ざかった。

「お前と煙草を吸うのはなんてめんどくさいんだろ」

「もう一本吸えば気分がスカッとするさ」。ハルムトがにこにこして言った。「急いで願掛けしろよ、願掛けの煙草を吸ってるんだから願掛けをしなくちゃ」

「もういいよ」

「さあ早く、聞いてみたいんだ」

何度もせかされて、ハイヌナンは黙りこんだ。まじめに煙草で胸の内を抽出してみたが、煙がゆらゆら立ち上るばかりで気が滅入ってしかたがない。煙草の灰を弾いて落とさなければ、燃えカスは曲がって落下し、話もゆっくりと落下する。「願い事とは、来学期から休学しようと思っていることだ」

「バカ言うな、そんなのひどすぎる」

「本当にひどいよな。俺の人生にはそう多くの選択肢はないんだ」

「君が山に帰ってしまったら、僕はどうする？　君は野球をやめるのか？」ハイヌナンは煙草を数口吸ってから、戦闘機が描かれている「荒鷲」の煙草の箱をわざともてあそんで、話そうとしない。ハイヌナンは部落の古い話を思い出していた。昔々日本人はずっと小百歩蛇渓のブヌン人を制圧できなかったが、鉄製のタカを飛ばして、タカの鼻をぶんぶん回転させ、タカの爪で太陽のかけらをつかんだ。それを地面に向けて投げると、激しい爆発が起こり、大勢の族人たちは恐ろしくて屈服してしまった。そのときから、ハイヌナンの祖父は知った、毒をもった文明がやってきた、文明の毒薬と解毒剤はどちらも金（カネ）が絡んでいる。毎日目を見開いてもっとたくさん金を稼いで解毒し、もっとたくさん稼いで自分も中毒させる。こうして金持ちは貪欲になって死に、貧乏人は困窮して死ぬのだと。このことを都会に足を踏み入れたハイヌナンは身をもって体験した。彼は当初、都会に行って野球をするために、お金を出してくれるよう父親に請い、祖父に請うたが、まったく許されなかった。最後に土下座をしてなんとか同意を得たものの、家族はあまり多く出せなかったので、金が無くなれば部落に戻るしかない。今その金をほぼ使い果たし、部落に戻りたくなければ休学して稼がなければならない。

「俺は部落には帰らない、ただ稼ぐだけだ、復学したら内地に行って野球をする」。ハイヌナンはフィルターがついてない唾で湿った煙草の吸い殻を、口の中に入れて噛んで、最後の味をかみしめている。「僕らはもうすぐ戦争に勝つ、勝ったら野球を続けることができる。さあ行くぞ！　饅頭を食べにいこう」

「本当か？」

「約束するよ、約束を破ったら針を吞む。でももう指切りはなしだ、俺たちいくつになったと思ってるんだ」

季節がやってきては、また去っていき、一年が来てはまた失われていった。歳月は何かをみんな持ち去ってしまったが、ただ花だけが毎年律儀に咲き誇っている。ハルムトとハイヌナンはそれぞれ自転車に乗って、泥道を南に走っていた。自転車のチェーンが鉄のチャリンチャリンという歌を奏でている。戦闘機が数機、ずっしり重い轟音を立てて低空をかすめて飛んでいったので、彼らは自転車を止めて空を眺めた。飛行機は行ってしまったが、風は止まない。朝顔が絡みついた荒涼とした枯れ木はまだブルブル震えていて、明るくみずみずしい青い花が満開だ。ハルムトがどうしてもそのツタを摘んでハンドルに掛けると言い張った。ハイヌナンは煙草に火をつけて待ち、ハルムトがわずかな花のために夢中になって、荒れ果てた土地に入っていくのを見ていた。強い光に照らされていない朝顔が濃い美しい色をして、人が摘み取りにくるよう誘っている。このあと彼らは道中ずっと花が自転車の前で揺れるのを見続け、まるで空が目の前にあるようだった。どこにも花がある。本当に、小さな草が入り乱れて見分けがつかない緑色の光の中にも、水がさらさら流れる川のほとりにも、薄暗く狭い壁のすき間や石の隙間にも、まだ誰も気づいていない木の深みにも、必ず金箔を撒いたような花の時間があり、風になびきながら手招きをしている。

「花を咲かせない植物はあるのかなあ？」ハルムトがこう思ったとき、彼は海に面した里漏（リル）部落にいて、パンの木の木陰にあったカヌーに横になっていた。千枚の葉、二千の木漏れ日、三千の風、まるで銀河の上にいるようだ。ここはビンロウ、ケガキ、バナナ、リュウガンがいっぱい植わっているアミ族の部落で、すぐ近くに墓がある。言い伝えでは、遺体が夜空の虹である銀河の方向に沿って埋葬されると、魂はきらきら輝く流れ星に導かれ、星の光で編んだカヌーに乗って祖先の地に帰っていくという。樹齢八十年のパンの木の下は、日陰で涼しく、そよ風をうけた水が鱗のように光を反射している。木の幹は力強くて、樹冠は洋傘のように大きく、外に向かって伸びて、いくつかの墓を覆っている。ここは、アミ族の祖先に流れ星といっしょに帰っていくのを忘れさせるだけでなく、ハルムトでさえ長くいたい気持ちにさせられる。彼はカヌーに横になって上のほうを見た。これまでパンの木の花に気を留めたことはなかったが、ふとパンの木は花を咲かせるのだろうかと思った。きっとそのはずだ、梢（こずえ）に実がいっぱいなっているのを見たことがあるし、花が咲かないなら実がなるはずがない。ハルムトは来年、パンの木の花の季節を観察しようと決めた。こうすれば日々の生活に楽しみが増える。

「人間には開花期があるのかな?」ハルムトはカヌーから起き上がり、顎を舟の縁にあてた。

「あるんじゃないか」。ハイヌナンが煙草の吸い殻を噛みながら、うなずいた。

「いつ?」

「煙草を吸っているとき」

「でたらめ言うな」

ハイヌナンは煙草の箱を取り出してまた吸おうとしている。パンの木の下で水揚げを待ってすでに一時間になる。少しうんざりしていて、どんなに木漏れ日が美しくても何も感じない。ハルムトが煙草の箱を奪い取って、中の一本をくわえて火をつけ、じりじりと火花がはじけ飛ぶくらい強く吸ってから、ハイヌナンに差し出した。ハイヌナンは唾のついた煙草を吸いたくなくて、煙草の箱を取り戻したが、マッチの箱は取り戻さなかった。火をつけるにはハルムトが火をつけた煙草の先に顔を近づけなければならない。ハイヌナンは火のついていない煙草を口にくわえてぼんやりしているほうがましだと思った。煙草の吸い口が唾で膨れ上がってもだ。遠くにいる子どもが谷川の縁で小エビを餌にして魚を釣っているのが見える。傍で黄ぶち猫が収穫を待っている。

「何を考えてるの?」ハルムトは三回訊いて、ついには声を大きくした。

「魚釣りを見ている」

「みんな行ってしまったのに、誰の釣りを見てるの?」

「そうか?」

谷川のほとりは緑がいっぱいで、ツユクサ色をした口笛ツグミの寂しい鳴き声が所々で聞こえる。ハイヌナンは人が誰もいないのを見ると、笑って言った。「鳥が魚を捕まえるのを見てたんだよ！」ふいに彼の口が一本の火のついた煙草で塞がれたので、頬をすぼめて吸った。煙草の先にじりじりと音を立てて光る赤色が増えていく。ハイヌナンは上に向かってものすごく大きな煙の輪を吐き出して、ふざけてこう言った、これが人の開花期だ、人は煙草を吸うと煙の花を咲かせることができるんだ。

「何を考えてるの？　煙草を吸うのは考え事があるからだろ」

「別に何も考えてないよ」。ハイヌナンは樹冠を見ながら、また煙の輪を吐き出して言った。「このパンの木がもしマンゴーだったらいいのになあ、マンゴーはうまい」

「何を考えてるの？」

「わかったよ。俺は神様のことを考えているのさ、知ってるだろう、それはいいことなんだ」

「神様は煙草を吸うのか？　神様はいらいらしたりするのか？」ハルムトは問い詰めた。

「うん」

「神様はどんな煙草を吸う？」

「うん」

「神様は蚊取り線香を吸ってるんじゃないかな。やっぱり雲を吸って、霧を吐き出しているのかな」

「ん？」

「うん、ってどういう意味なの、僕がでたらめに訊いても君はうんしか言わない」

「俺は神様のことを考えている。神様のことを考えているとき、心の中は他のことは考えないって言うだろ」。ハイヌナンは吸い終わった煙草の吸い殻を口に入れて噛んでいる。「お前はずいぶん長い間教会に行っていないが、みんなお前のことをとても懐かしがってる。ただ腹が減ってもう駄目だというときだけ教会にご飯をもらいに行くのはよくないよ」

「僕は行きたいときに行く、行きたくなければ行かない」

「怒ったのか?」

「べつに」

「教会に行けば献金しなくちゃいけないし、時にはまた百浪(漢人)の言葉で聖書を読まないといけない、苦痛なんだろ!」ハイヌナンは言った。

「いいや」

ハルムトは少し怒っていた。教会の日曜礼拝では献金袋を回すが、いくらとは強制されない。ふと見ると貧しくて死にそうなハイヌナンはかなりの額を入れていたが、結局次の貧しい子どもが献金袋の中からこっそりお金をくすねていた。自分が皮膚病で、疥癬(かいせん)頭で目がうつろだからといって、神様に対してピンハネをしていいわけがない。教会は目下のところ公開の聖書講読は日本語でやらなければならないが、陰ではしょっちゅう百浪語で講義をしていた。強制的に覚えさせたりはしないけれども、でも頑張って覚えなければへたくそだと思われる。それに気づいて以降、彼はさらに日曜礼拝での百浪語による聖書講読を拒否する理由を持ったのだった。ハルムトは神様が百浪語で意思疎通をはかろうと思っているとは信じないし、百浪語を覚えたいとも思わない。聞いてわかるのは、イエス、食事をする、お祈りをする、という言葉くらいで、アーメンと大きな声で言うのがいちばん好きだ。言い終われぱご飯が食べられるし、言い終われば散会できるし、言い終われば神様を払いのけることができる。

突然、何かが木の梢から落ちてきて、ハルムトを直撃した。びっくりして目の前がぼうっとし、頭が膨張して、体験したことのない目眩（めまい）に襲われた。それにハイヌナンがこんなに大げさに笑うのもこれまで見たことがなかった。鼻と目に皺を寄せて、口にくわえていた煙草を落としてしまうほど笑っている。彼に嘲笑されるのは、でたらめなことを考えたから神様に懲らしめられたというわけだ。ハルムトはそれならとばかり頭をちょっとふらふらさせて、藁（わら）が山のように積まれたカヌーにばたりと倒れ込み、気絶を決め込んで、死んだふりをした。

ハイヌナンは腰を抜かさんばかりに驚いて、慌ててハルムトの頭に当たって砕けたパンの木の実をどけた。その実は腐って柔らかく汁が多かったので、ゆっくりと脂っぽい腐臭が広がった。たくさんのハエがたかってくるのはまあ無理もない。これが彼にハルムトがもうすぐダメかもしれないという思いをさらに強くさせた。ハイヌナンはどうやれば救えるかを考え、焦せるあまり体をあちこちさぐっている。あたかもスイッチが見つかれば再び始動できるかのように。いっぽうのハルムトは心の中で大笑いして、「バカったれ、たった今よくも僕を笑ったな」と思った。死んだふりをしているのはその復讐だ。ハルムトはハイヌナンの煙草のにおいがしみついた手が体の上を飛んだり跳ねたりしているのにまだ気づいていなかった。トンボが水面をかすめるようにされて、彼の心と胸元に尋常ではないさざ波が立ち始めた。乳首と陰部が勃起し、股の間がちょっと引き締まり、濃い汗がにじみ出てきて、呼吸をコントロールできない。これではボロが出て、自分が間抜けにも死んだふりをしているのがバレてしまう。こうなったら自分が本当に死んでしまったと想像するしかない。カヌーの棺桶が銀河に沿って流動するのに合わせ、流れ星が雨のように降っている、あぁ！　なんて惨めなんだ、この舟はこともあろうにしっかりと座礁して、どこへも行けず、ハイヌナンの指先に未練たらたらだ。あぁ！　ハルムトは祈りを捧げた、イエス様、僕が目覚めないようにしてください。でも失神するのは嫌です、あなたは僕の道、真理、それと何をお創りになりましたか？　命ですか、いいえ、ハイヌナンこそがそうなんです。

ハイヌナンはいくら呼んでも彼の意識を戻すことができないので、走って助けを求めに行った。ハルムトはその隙に目を見開いて、風に揺れているパンの木の大きな葉が光の柱を漏らしているのを見ていた。千枚の葉、二千の木漏れ日、三千の風、まるで銀河の下にいるようだ。彼の陰部はメッセージを伝える棒のようにある種の感情を受け取り、たっぷり、膨らんだ。今まさに神様から懲罰を受けているような恍惚を覚えたハルムトは、関心が失せた教会にもう一度懺悔に行こうという悔い改める気持ちがわいてきた。深く息を吸ったとき、子どもたちが大声でCikawasay（女祈禱師）が病気を治しに来たと騒いでいるのが目に入った。黒い民族服を着た女祈禱師がさっそくバナナの葉をパタパタさせて、粟酒を撒いてみたが、相変わらずハルムトの恍惚感を殺すことができない。ハルムトは両眼をうつろにしてハイヌナンを見ている。ほんのり酔った表情をして、バナナと粟酒に欲情をあおられている感じがする。頭上の熟れすぎたパンの木の実もそうだし、世界中のすべてにうっとりさせられる。ハイヌナンの頭上に垂れ下がっているトノサマガエルも含めて。

いや、ハルムトが突然正気に戻ったのは、災難が襲いかかろうとしていたからだ。そのカエルは小さな男の子が持っている竿にぶら下がっていた。男の子は叫んだ。「この人に蛇の精が乗り移った、カエルで釣り上げてやる」。確かに、ハルムトは舌を少し出し、両眼はぼんやりとして、体はぐったり力が抜け、木漏れ日が体の上でこの上なく妖艶なスジオナメラのヘビ模様をつくっている。子どもたちがカエルを懸命に彼の口の中に押し込もうとしたので、驚いたハルムトはカヌーを飛び降りて、人々の間隙をついて逃げ回り、最後はパンの木によじ登った。そのとき誰かが遠くからモクセンナの林を突き抜けてやってきて、「水揚げしたぞ」と叫んでいるのに気づいた。

アミ族の男が海から帰ってきたのだ。季節の魚であるマグロ、カツオ、ヨコシマサワラ、サバなどを持ち帰っている。彼らはよそ者に魚をとるところを見られるのが嫌なので、ハルムトを「煮魚房」[*1]の傍の木の下で待たせていたのだ。ハルムトは数日おきに魚を買いにきていた。このときさっと木から飛び降りて、とれた魚を選びにいったが、魚の目はどれも新鮮で陰りも皺もなく、選ぶまでもない。自転車の荷台に砕いた氷を入れた箱を積んでいるので、その中に放り込むと、急いでその場を離れた。後ろから追いかけてきた子どもが叫んだ、蛇の精よ、よく覚えておけ、豚の大腸の外側の脂が乗ったところを生で食べると、勇士になれるよ。ハルムトは部落を打ち捨てて、次の魚の季節が来るまではもう来たくないと思ったが、追いかけて来たハイヌナンは死ぬほど笑いこけていた。二台の自転車は泥道で、前に後ろにつんのめりながら、二匹の小さな野生馬のように跳びはねていた。

その十八坪の料理屋が、ハルムトの生活の中心になった。彼はここで働きながら学び、ハイヌナンといっしょに屋根裏部屋に住んでいる。毎朝、朝日が料理屋の屋根裏部屋に訪れ、微風が窓の下の風鈴を鳴らし、大通りからラジオ体操をしている人の掛け声が聞こえてくるとき、ハルムトはすでに起きて英語の文章を読み、西洋の詩集の翻訳に取りかかっている。さらに料理屋に人がいないときには、東京放送局が連合軍向けに放送している「ゼロ・アワー」という英語の番組をよくこっそり聞いている。聞きながらテーブルを整え、まず濡れた雑巾で拭いてから、次に乾いた布で湿り気を拭きとり、それからアナウンサーの「アン」[*2]をまねて、あたかも店内にアメリカの捕虜がいっぱいいるみたいに、とげとげしい英語で嘲笑した。彼は学校の勉強にあまり身が入らず、熱中したかった野球は通常の練習がなくなっていた。というのも戦況がますます悪化し、山本五十六(やまもといそろく)[*3]の遺灰が東京に輸送されて国葬が行われた後は、突如強大になったアメリカ海軍が野獣のように連戦連勝しているという噂が流れていたからだ。毎日午後四時半に授業が終わると、ハルムトは教科書を片

＊1　Safotinan。魚を煮るために特別にしつらえた部屋。魚の料理は台所でしてはならないというアミ族独特の風習がある。

＊2　番組は若い女性の声で「こんばんは、孤児のアンよ」ではじまる。女性のアナウンサーは複数いたが、中でも「トウキョウ・ローズ」と呼ばれた女性アナウンサーはアメリカ軍兵士に人気だった。

＊3　原注：日本の海軍大将。かつて真珠湾攻撃とミッドウェー海戦に参与した。一九四三年四月、搭乗した飛行機がパプアニューギニアの（ブーゲンビル島）上空でアメリカ軍戦闘機に撃墜され死亡。（国葬は一九四三年六月五日に行われた。）

付けて料理屋に戻ったが、近道をして頻繁に汽車が通る臨港線の鉄橋を突き進み、わざわざ花崗山まで走っていった。そこにはいつも誰かが野球をしているグラウンドがあった。

野球はグラウンドの魂であり、跳びはねるボールがあって初めて本来の姿になる。ハルムトはレフト方向の動物園の傍に立って、自分に十分間の鑑賞の時間を与えた。見終わったら急いで料理屋に戻らなければならない。その十分間は美しい夢であると同時に悪夢でもあった。投手がしょっちゅう暴投し、捕手がボールを取り損ね、バッターがいつも空振りをするのが見える。一番へたくそなアマチュアの選手がグラウンドを無駄に使い、時間を傷つけているのが我慢ならない。死んでいった時間の澱(おり)がゆっくりと気持ちを摩耗し、再びやりきれない思いにさせられる。ハルムトは手をきつく握りしめた。手には肌身離さず持っているイノシシ革のボールがある。授業中であろうと仕事の合間であろうと、思い出すとすぐに手の中でちょっと回しては気持ちを和らげていた。

あるときそのボールを見てぼんやりしていると、鉄柵の中のアカゲザルが手を伸ばして彼のズボンのポケットをつかみ、キィーと笑い声をあげたので、隣の檻の黒熊を刺激してしまい、熊が檻の中をそわそわ歩き回り出した。この熊は重度のうつ病を患っていて、ほとんど自分で抜いてしまった体毛は人間の男の陰毛のような生臭いにおいがした。あるときは地面に座って、薄い灰色の熊掌(ゆうしょう)を露出し、あるときは鉄柵を噛んで、鋭い牙で威嚇した。熊は花崗山のスターでもあり、二年前に誰かが餌の投入口にボールを一個投げ入れたとき、熊はすぐに熊掌を使って打つことを覚えた。だがハルムトは黒熊が好きではない。聡明なブヌンの猟師であればそれから遠ざかることを知っている。ましてハルムトは何度か自分の赤銅色の皮膚のせいで、人から「野生の熊が野球をやっている」とからかわれたことがあり、それからというものさらに黒熊を遠ざけていた。学童の中にはエサの投入口を開けて、中にサツマイモを投げ入れる子がいた。檻の入り口でエサをがつがつ食べている熊の頭をベースに見立てて放り投げているのだ。あまり練習をしなくなってから、ハルムトは見れば見るほど黒熊が何かに似ている気がしていた。それは互いに悪運を映しあう合わせ鏡だ。彼は檻の中で熊が泣くのを見た、檻の中で熊が自傷行為をするのを見た、檻の中で熊が何不自由なく過ごしているのを見た。ハルムトが近くで観察した黒熊は猟師が一生で目にする熊の姿をはるかに超えるものだった。彼は自分が熊だと思ったが、ガガランが期待する知恵に満ちた野生の熊ではない。ハルムトは自分が入る透明な鉄の檻を持ってしまった。

そのとき、グラウンドの向こうで歓声が上がり、レフトフライが飛んできた。ハルムトは前に進んで、素手で受け止め、数歩つま先で歩いて投げ返した。ボールは鋭く飛んで捕手のミットに収まった。満場の歓声が上がったが、誰が投げたのか見当がつかない。「黒熊じゃないか。あれをみくびってはいけないぞ」。誰かが言うと、どっと笑い声がした。ハルムトに笑い声は聞こえない。背を向けてグラウンドを離れたあとの拍手と笑い声は、もう彼の人生から消えていた。山を駆け下り、あきれるくらい緑色をしたパンの木を何本か通りすぎた。夏がやってきて久しいが、ぐずぐずと去ろうとはしない。彼は黒金通りの、熱で溶けて膏薬状になったアスファルトの道を横切り、店に入る前に靴の底に粘りついた石ころをたたき落とした。

仕事はきつくない。店内で料理を運び、皿の回収と後片付けをやり、時間があれば自転車に乗って製氷店に大きな氷を買いに行く。それを小さく砕いてから、ガラスのショーケースの中に敷き詰めて肉や魚を入れるか、コップに入れて冷たい飲み物にする。暑くてたまらないときは、砕いた氷を襟元から服の中に入れて、目を閉じて野球チームが厳寒の冬に太平洋に沿ってランニングをしているところを想像した。ハルムトは三日ごとに里漏（リル）部落に鮮魚を買いに行っていた。いつも水曜と土曜の午後、この二日間は客の入りがわりと良くて、客は一番新鮮な旬の味を口にすることができ、そのうまさといったら寿命が七十五日は延びると思わせるほどだ。ハルムトはたまに厨房に入って、味噌汁を作ったり、とんかつを揚げる手伝いをしたりする。もし日曜日に比較的すいているときがあれば、裏の路地にしゃがんで包丁を研ぐ練習をした。包丁の刃のカーブに沿って刺身包丁を研ぐのだが、皮がつるつるのトマトを薄切りできるくらい、または髪の毛一本を切断できるくらい鋭利に研いで、包丁を店の主人に渡して点検してもらうのだ。

店主は、店の名前が「雄日芝（オヒシバ）」なので、雄日（おひ）さんと呼ばれており、もうすぐ六十歳、マルという名前の黒い柴犬を飼っている。ひまなときはテーブルの傍に座り、フェノール樹脂製のキャビネットのＲＣＡ〔Radio Corporation of America〕真空管ラジオを聞いているが、ラジオからいつも音楽を流すよりも、柴犬を足元に腹ばいにさせて、黙々と煙草を吸っているほうが得意だ。彼はハルムトが差し出した包丁を受け取ると、逆光で眺めてから、それで自分の手の毛を剃り、最後は首を横に振った。ハルムトにはどこが悪いのか、それとももともと悪いところなどなくて、雄日さんはただハルムトに絶えず練習させたいだけなのかわからない。

陽光が明るく降り注ぎ、通りには大勢の人が往来している。街角に南洋で戦死した日本人青年の位牌を置いた霊廟があり、弔問の期間が一か月に及んだので人々から大いに英雄視されている。フィリピンで捕まった数人のアメリカ軍捕虜が、大通りを歩いて通り過ぎた。軍人の監視の下で革のトランクを提げ、港の乗船場へ向かっている。ほかの場所に移送されるのだが、噂ではアメリカ軍のフィリピン地区司令官ウェーンライトがその中にいるらしかった。[*] ハルムトは店の中に腰掛けたまま、外を見ていた。雄日さんと同じテーブルを隔てて座り、二人ともぼうっとして、煙草を吸うか手の中のボールをいじるかしている。彼は自分の卒業後の日々がこんなのでは嫌だと思ったが、時々こういうのもいい、機械的にやればどうやら間違いを起こすことはなさそうだとも思うのだった。刺身は四ミリの厚さに切り、米は炊く前に六時間水に浸しておく、清酒は五〇度を維持すればいちばんいい香りと甘みと旨味が出る。野球のように一回まずい投球をしたらすべてがパーになるのとは違う。こんなことを考えるとき、頭を上げて窓の外を見てしまう。視線は「雄日芝」と書かれた門灯をかすめて隣家の三階建ての旅館まで届いた。ハイヌナンはそこで働いている。

「行ってこい!」雄日さんが言った。

「いいです」

「行ってこいよ! 無理するな」

「嫌です」

「嫌なら嫌でいいさ」。雄日さんはお茶を入れて飲むことにして、こう言った。「ハルムト、俺にあの『豆腐羊羹』を買ってきてくれ、それならいいだろう」

* 米極東陸軍司令官で、一九四二年五月フィリピンの戦いで捕虜になり、台湾、満洲に移送された。

「それはプリンって言うんです」
　プリンを買うには、隣の和洋折衷の旅館に行かなければならない。ハルムトは料理屋を出て、旅館の裏口から入っていった。表側の吹き抜けのホール、豪華なシャンデリア、ペルシャ模様の絨毯を横目に通りすぎても、それほどの威圧感はない。旅館の人とは知り合いで、前にハイヌナンを手伝っていろいろな雑用をやったことがあるからだ。喫煙室のたばこの灰をきれいにしたり、ビリヤードルームの球をワックスで磨いたり、便所や様々な色の丸い小さなタイルが貼ってある浴場の掃除をしたり、米のとぎ汁でヒノキの床を洗ったり、食堂の汚れたテーブルを片付けたりしたが、すべてただでやった。この豪華な旅館は、日々浴場の洗い場の人の垢を見れば何人宿泊しているかわかったものだが、戦争が緊迫してくると、旅行で来る人は減り、遠出をして旅館に宿泊する際には証明書も提示しなければならなかったので、湯船のお湯は夜の十時前には栓を抜いて空になっていた。

　ハイヌナンはちょうど湯沸かし室にいて、タオルでコップを拭いていた。厚みのあるティーカップは水の痕や繊維がついていてはいけないし、薄い洋酒のグラスは指紋が残っていてはいけない。グラスの底を光源に当てて水に濡れた所がないか点検していると、その中に急に一つの屈折した、見知ったハルムトの姿が現れた。相手は目が小さく、歯は真っ白で、顔には店員が初めてカウンターに立ったときのような笑みを浮かべている。ハイヌナンは顔を背けて、作業を続け、コップをきれいに整理した。その中には廣田（ひろた）硝子（がらす）〔一八九九年創業の東京のガラス製品店〕の重厚な褐色のコーヒーカップも何組かあった。それからハイヌナンは浴場に行って洗い出し〔小石をセメントに埋め込んで表面を磨いたもの〕の洗面台を洗った。無数の細い亀裂が入ってそこに垢が詰まっている。銅製の蛇口の下に、経年の水滴によってできたへこみがある。ハイヌナンは掃除に没頭した。

「ねえ！　黙ってないでさあ、マンゴー食べる？」ハルムトは何度も訊いた。手に握っているマンゴーが今にも手の熱でダメになりそうだ。

「忙しいんだ」

「何を考えてるの？」

「何を考えてるかって？」ハイヌナンが動きを止めて、首にかけたタオルを手に取って汗を拭き、やっとその果汁たっぷりのマンゴーを食べた。「うまいなあ！　どこで買った？」

「摘んだのさ、明日摘みに連れて行ってやるよ」

「俺には夏休みはない、毎日仕事してるんだ、どこに摘みに行く時間がある？」ハイヌナンは口元をきれいに拭いた。そのときホールから、浴場がもうすぐ使用される合図の鐘の音が聞こえてきた。ハイヌナンが蛇口をひねってお湯を湯船に入れはじめると、すぐに湯気が一面に広がった。東亜一高い玉山〔日本統治時代、富士山より高い山であることから新高山とも呼ばれた〕の姿を壁に虹色のタイルを貼って描いた「新高雪霽（にいたかゆきばれ）」が雲と水の間で生き返ったようだ。玉山はブヌン語で東谷沙飛（トンクサビ）（Tonkusaviq）といい、災難を避ける山の頂上という意味がある。ハイヌナンは、聖書の中で神様が人間を罰するために、洪水で世界を水没させたので、ノアが箱舟をつくって避難したという話を覚えていた。だが、聖書が言及していない被災地では、ブヌン人が災難を避けて山頂まで逃げ、聖鳥のハイビスに火種をくわえて保存しておくよう頼んで、ハイビスを敬った。それからはブヌン人がもしハイビスの鳴き声をまねれば、聖鳥はその者の服を焼き、さらに火をくわえてその家を焼きに行くと信じられている。

「何を考えてるの？」

「亀蔵爺ちゃんが死んだ、部落から今日手紙が届いた」。ハイヌナンはタイルの絵をぼうっと見たまま、全神経をそこに集中して抜け出せないでいる。「俺は毎日このときがいちばん好きなんだ、浴槽の傍で、雲や霧が大山を覆ってしまうのを見るのが。昔、俺は自分の卒業旅行はブヌンの聖山の新高山に登りに行くことだと信じていたが、今はもう少し努力すればお金が稼げると信じている。俺はますます部落から遠ざかってしまい、聖鳥が火をくわえた勇気を学んで、一生懸命頑張って手に入れると誓った物を何一つ手に入れていない、恥ずかしくて、俺は戻りたくないんだ」

「僕も戻らない」

「じゃあ明日マンゴーを取りに行くか」

マンゴーに花はあるのか？　翌日出かけているとき、二人はこのことを議論した。万歳と叫ぶだけのことはある夏の果物が、なぜ控えめに小粒の花を咲かせなければならないのか？　まさかマンゴーは、悟りを開く前はわびさびの美を体現した少年なのに、実をつけたあとは脂ののったおじさんになってしまうのか？　「怖いなあ、将来こんなになってはいけない」。二人がこんなことを言いながら、静かに自転車を押して市内を出ようとしたとき、戦場へ向かう兵士がその親戚や友人といっしょに写真を撮って別れを惜しんでいるのに出くわした。そこを通り抜けていると、至る所に「祝出征」ののぼり旗がはためいている。南太平洋はアメリカ軍の制圧下に入ったらしく、「玉砕」という言葉が頻繁に出現するようになった。皇軍が集団で戦死するという意味であり、人を残念な気持ちにさせ、激しく上下に振動してぱたっと止まるような感覚をもたらした。続いてグアムが玉砕した〔一九四四年七月〕。それは夏の出来事で、少し麻痺したのか自分たちには関わりがない気さえするのだった。ハルムトとハイヌナンはようやく市内を離れ、自転車に乗って軽やかに、ベルをリンリン鳴らして走った。

紅毛渓(こうもう)に沿って進んでいると、しだれ柳が川面に波紋を描き、水草はすっかりみずみずしくなっている。夏の日の光が川面に降り注いで、黄金の光のかけらを敷き詰めている。ハルムトは付近をしげしげと見回して、前回通り過ぎたマンゴーの木がどこにあったのか思い出しながら、少し焦って探していた。ハイヌナンは川面を見ている。こういうときは何か余計なことを訊いてはいけない、そうすればハルムトにプレッシャーを与えないで済む。それから水沢に近づいて行き、ガマの花穂を何本か摘んだ。それは一見すると漢人のソーセージ焼きによく似ている。

戦闘機が数機、近くの南飛行場から飛び立ち、影が川面をかすめて、水明かりがきらきら光った。ハイヌナンは木の下ですがすがしい涼しさを満喫していた。脚絆と靴を脱いで、両足を水の中に伸ばすと、奇来山(チーライ)の水源からやってくる、染み入る涼しさとさわやかさを感じた。川は地上を流れ動く雲で、水源は高く聳(そび)える山頂の雲が引っかかったところにあり、そこから滔々と人間の世界に流れ落ちて来る、これはハルムトが日本の漢字「雲水」から得た連想だ。このとき、マンゴーが見つからないハルムトが夏の日の足洗いに参加して、両足を水に入れた。リズミカルな水流が通り過ぎて、くるぶしの周りの水面に丸い陽光の環をつくり、たった今のいらいらが水とともに流れていく。ハイヌナンの鼻筋と目の縁には木陰がふるいにかけた光と、川のちらちら光る屈折光がたくさん映って、まさに青春の顔をしている。だがハルムトが顔を横に向けて見ると、それは憂うつな顔であるのがわかった。

「何を考えてるの？」

「うん、別に何も考えてない」、ハイヌナンはまだ目を閉じたままだ。頭の中はすっかり蜃気楼で埋め尽くされている。「そうだ、お前はいつ耳輪をつけたんだ？」

「夏休みは学校に行かなくていいから、つけたんだけど、きれい？」

「まあまあだ」

「目を開けてもいないのにまあまあだって言うんだ、じゃあどんな材質か知ってる？」

「二日前、背中が痛くてさ、このバカったれ、お前の耳輪がタタミの上にあるじゃないか、あやうく押しつぶすところだった。わざと置いたんだろ？」

「わざとなわけないだろ！」ハルムトはわざとやったのだ、ハイヌナンに貝殻の耳輪をつけているのを教えたくて。それから、二人の時間は静かになり、小川の喧騒に似た気分だけが残った。これはハルムトに口をはさむことができないうら寂しさをもたらし、しかたなく木の隙間の青い空と、ところどころに浮かぶ白雲を眺めやった。双子の兄のパシングルが夭折したあと、ハルムトはガガランから時期を早めて耳たぶに穴を開けられた。耳輪をつけたブヌンの男は悪鬼に連れ去られないからだ。耳たぶに穴をあけるのは文化であり、おしゃれのためではないが、ハルムトはむしろおしゃれとして好んだ。都会に来てから、鏡で自分の耳たぶに小さく縮んだ穴の痕があるのを見るたびに、それがまるで恥ずかしがっているえくぼに見えた。これまでたくさんの手間をむだにしてしまったので、もう一度穴を開ける勇気はなかったが、結局ハイヌナンに手伝ってもらってようやくもう一度穴を開けたのだった。

「君は穴を開ける？」

「俺には必要ない、開けたくない。耳たぶに穴を開けるのは変だよ、それは女がやることだ」。ハイヌナンは戦闘機が二機、空高く舞い上がるのを見ながら言った。「戦争はすぐに終わる、心配しなくていい」

「うわー！」

ハルムトが悲鳴をあげて、両足を岸に引っ込めた。カニに突然襲われたのだ。小川は騒がしい笑い声でそれに応え、ハイヌナンも笑い出した。二人は自転車に飛び乗って、川のほとりの小道に沿って戻っていった。尻の下の牛革のサドルからスプリングがきしむ音がして、凸凹道を何回か上下に揺れると、腹も揺られてぺこぺこになった。このときハルムトが眉をピクリと上げた隙に、樹の梢にマンゴーがたわわに実っているのが見えた。鉄の靴を履きつぶしても見つからないのに、出てくるときはあっけないとはこのことだ。何回も探したのに、なんと民家の裏庭にあったのだ。ハイヌナンは、マンゴーの枝が民家から外に頭を出しているので、持ち主がいる、摘んだら泥棒になる、と思った。ハルムトは自転車のスタンドを立てて、サドルの上に立ってみたが、あと数センチ届かない。彼としては強引にハイヌナンを連れて遊びに出かけたのだから、少なくともいちばん熟れたのを摘んで褒美にしたいのだ。取れないので、サドルの上に立ったままあたりを見渡して、竹竿か何かを見つけてひっかけて取ろうかと考えた。ふと見ると、水の光があふれる川辺に、落下した果物が二個、浮いたり沈んだりしている。自転車を飛び降りて拾いに行くと、どちらも楕円形の完全な形をしたマンゴーだった。着ているベストで拭いて、二つともハイヌナンに差し出し、自分の分を残さなかった。「僕は食べるとアレルギーが出る、皮膚がかゆくなる」と彼は言った。

「ばかばかしい」

「本当だってば、皮膚がかゆくなって夜が辛いんだ」

「マンゴーのアレルギーには、治療薬がある。ライスカレーを食べるだけですぐに治るんだってさ。うこん粉と人参とジャガイモの組み合わせが、毒素を希釈できるらしく、気分が落ち込んだときの治療にもよく効くらしい」。ハイヌナンはポケットをパンパンとたたいて、「昨日月給がでたんだ、俺が奢る」と言った。

「そいつはすごい、じゃあ僕も一個食べる。食べ終わったらすぐ解毒に行こう」。ハルムトは治療薬を試してみたくて、さっそく大きな口を開けてマンゴーを食べた。全部食べようとするなら体を前のめりにしないと果汁が胸にかかってしまう。手をべたべたにして、げらげら笑っているので、軽い中毒にかかっているみたいだ。二人は腹が減っていたので、すぐに平らげてしまい、種はかみ砕いてきれいさっぱり腹におさめ、皮に残っている果肉は歯で残らずこそぎ取った。マンゴーを食べ終えると正式に夏に別れを告げることができ、そのうえ巷に冬眠して隠れている秋の気配が顔を出しはじめ、ゆっくりと濃淡をつけて染まっていくような感じがした。小川やそよ風が涼しくなり、秋を象徴する植物のハマススキが遠方から彼らに向かってさわやかに咲き誇ってやってくる。ハルムトとハイヌナンが互いに見合うと、両眼は笑って細い三日月になり、気持ちも爽やかになった。

彼らはこうして小さいころから無邪気に笑って大きくなったのだ。

「ばかもん、他人の物を盗んだな」。一人の巡査が大声で叫び、同時に急ブレーキをかける音がした。「そこの二人の盗人、止まれ」

「動くな」。もう一人の巡査が叫んだ。

これはとても恥ずべきことだった。二人の巡査が自転車に乗ってやってきて、彼らを逮捕した。警察はこの件を疑いの余地なしとみなして、非常に権威的に扱った。ましてや盗むところを目撃した人がいて、折よく付近をパトロールしていた巡査が、ただちに駆けつけて対処したのだ。ハルムトとハイヌナンは否認した。彼らは盗む動機はあったし、自転車のサドルの上に立ってマンゴーを引き寄せたが、しかし盗んではいない、ただ落下していた果実を拾っただけだ。だからハルムトはこの件は融通をきかせてもらえるものだと信じきっている。対応に現れた警官の中に職位の高い樋口隊長がいた。樋口は料理屋の常連で、水曜と土曜の夕方に新鮮な刺身を食べに来て、何杯か酒を飲むとすぐ大声で話をしはじめる人だ。しかし、世間はまったく何の理由もなく差別して、ひとたび誰かが盗難に遭うと、近くにいる皮膚のいちばん黒い子が真っ先に疑われるのだった。通報したのは中年の女で、彼女の裏庭の鶏が一羽、二日前にいなくなったのも、目の前の蕃人と関係があると合理的に推論した。

「ハルムト、誤解が解けるのにずいぶん時間がかかるじゃないの、お入りなさい!」濃い青色の服を着た老婦人が、マンゴーの木が植わっている裏庭から出てきた。彼女はさらに言った。「それにハイヌナンもいらっしゃいな!」

「なんだお前たちは知り合いか、これは誤解だったんだな」。巡査は言った。

二人は裏庭に入るしかない、潔白をちゃんと証明するために。巡査は、ただやきもきするだけで手も足も出ない通報した女を残して行ってしまった。ハルムトは驚いた、家の中に案内してくれる目の前の老婦人が彼の名前を知っているなんて。彼女が着ている青い漢服はどこかしらブヌンの女の服に似ている。ハルムトは直感で陰謀を感じ取った。だがハイヌナンはその陰謀にはまってしまっている。透き通るように新鮮な野菜がいっぱい植わっている裏庭を通り抜けると台所があって、午後の陽光に包まれた女の子が一人そこに座っていた。彼女はうっすら笑みを浮かべている。かりにあり余るほどの表情が彼女の潤いのある白い顔、大きくつぶらな目を押しのけたとしても、昨日生えたばかりのような整った鼻があり、五官の配置があまりに絶妙で、ハルムトはまぶしくて目がチカチカした。潔子だった。汽車の中で出会い、彼らはとっくに知り合いで、たくさんの場面で見かける機会があったが、口をきくのは今日で二回目だ。

ハルムトは思い出した、彼女とはゆうに十回以上は会ったことがある。皇軍が東南アジア各国を制圧したのを祝う盛大なパレードで、毎月八日に定例で神社に参拝する儀式で、花蓮港庁の秋の運動会で、浴衣を着た祝祭日にも。そのうちの二回はハーフマラソンの学校対抗試合のときで、南方の飛行場に続く道路を走っていてすれ違い、折り返しのときに、ブルマーをはいた彼女が棄権して、汗をたらたら流してゆっくり歩いているのが見えた。男女が学校を分けて勉強する古い雰囲気の中で、少年たちは自分が発散しているフェロモンと愛情の鼓動を、異性に見せられるわけがなく、はにかむかあるいは軽蔑するふりをした。男子が女子に近づきすぎると、差別されたり非難されたりするので、女子とは口をきかないのが普通だった。たとえ知り合いでも公開の場では互いに無視し合った。

「ご飯にしましょう！　あなたたち二本の木は、少なくとも私たちと知り合いのふりをしなくちゃ。そうでないと外のあのうるさいご婦人が、ずっとそこをうろうろし続けるわよ」。潔子は言った。

「いや申し訳ないです」。ハイヌナンが言った。

ハルムトは垣根（かきね）の外で人がこそこそ動いているのを見て、それからテーブルの上のご飯に目をやった。二皿のシンプルな野菜のおかずと豬肚鹹菜湯（ジュードゥハムツォイトン）〔野菜の漬物でだしをとった豚の胃袋スープ〕が入った鍋が一つ。彼の両ほほはその誘惑にきゅんとなった。ハイヌナンは何度か辞退したあと、食事に感謝するキリスト教の祈りをすることで受け入れ、大きな声で言った。「ではいただきます」。ハルムトはさっさとアーメンと叫んですぐに食べはじめたが、ご飯を食べるばかりで、おかずには箸をつけず、ご飯を食べ終えるとそこでぼうっとしている。

「あなたの友だちは見たところ、とても物静かなようね」。潔子が尋ねた。

「そんなことはないよ！」

「じゃあ私の見間違いね」

「彼はいつも俺に尋ねるんだ、君何を考えてるのって。それを俺はしょっちゅう聞かされている」。

ハイヌナンは笑いながら言った。

「あなたは何を考えているの？」潔子はその言葉を借りて、振り向いて、ずっと押し黙っているハルムトに訊いた。「まだ食べる？」

ハルムトは黙ったまま、うつむいて空のご飯茶碗を見つめている。

「普段はこうじゃないよ、すごくうるさいんだ、もし俺がハルムトを弟だと思わなかったら、こういう性格は耐えられないだろうな」

「あなたたち兄弟の木は、あまり似てないわね」

「本当の兄弟じゃないんだ、彼の本当の兄さんが早くに亡くなったから、俺が彼の兄貴になってるのさ」。ハイヌナンはますますあけすけに話し出した。「兄貴になっている俺を見損なってはいけないよ、俺は面倒見がいいし、彼をとてもよく理解している」

夏と秋の季節の変わり目のとき、潔子の家の台所の窓辺に、ジンジャーリリーが何束か飾ってあった。花はとても美しく、二枚の白い蝶の形をした花びらが開き、さらにもう一枚の大きな唇弁の下方には白い糸状のものがついていて、まるで進化して新種の蝶に変わろうとしているみたいだ。風が窓から入ってくると、ジンジャーリリーの甘くてしっとりした香りが漂ってきて、ハルムトの頭の中に流れ込み、蝶が高く飛んだり低く飛んだりするように、奇妙な感覚が飛び交った。ハルムトは自分がもう何年も長い年月を過ごした気がした。なぜならハイヌナンがここ数年の彼に対する観察を一人の少女に話して聞かせているからだ。ハルムトはそれが自分のことであるような、ないような気がして、すりガラスを通して自分の虚魅（きょみ）〔肉体を持たない純精神体〕を見ているようだった。彼はハイヌナンがこんなことを話しているのを聞いた。彼の細長い指は猟師になって引き金を引くのに適していない、紙飛行機を折ったり、ボールを投げたり絵を描いたりするのに適している、彼はいつも道端にしゃがんで花や草に向かってぼんやりしている、彼は高山の湖でブヌンの伝統の「聖鳥ハイビスの夜」の生存体験をしたときに大泣きをした、彼は冬に布団を干すときその中に潜り込んでにおいをかぐのが好きだ、彼はハイヌナンの衣類を洗濯するときまずポケットの中のものを取り出す、彼は英語を読むのが好きで、詩を書くのが好きだ、彼はぼんやりと空を眺めては涙を流す、彼は瓶に花を挿すのが好きで、今のあなたの窓のところにあるジンジャーリリーのように、石鹸のにおいがする……

「まあ！　それは本当に石鹸の香りがするのよ。はちみつブランドの、私が愛用しているのと同じ香りがするの」。潔子が言った。

「とても自然な香りだ」。ハイヌナンもそれは青春期の少女に常に現れる体のにおい、一種のシンプルな石鹸のにおいのような気がして、振り向いてハルムトに訊いた。「君もにおうかい？」

「そうかなあ？」

「どうして不機嫌な顔をしてるんだ」

「そうか？　僕は腹いっぱいになった」。ハルムトは碗を前に押し出した。両の頬はほてって熱い。

「俺も腹いっぱいになりました」。ハイヌナンの足が踏まれて、この話題は終わりを告げた。

テーブルの下の足で隣を踏みつけた。「今日はごちそうさまでした」

「それで？」

「それでって、どういうこと？」

「あなたはまだ終わりまで話してないわ！」

「欧巴桑、ごちそうさまでした、美味しかったです。おばさんは特別な空色の話を聞いたことがありますか？　甕なんとかって言うんですけど。その言葉は難しくてなかなか覚えられなくて」。ハイヌナンは話題を変えて、潔子の祖母に話しかけた。「ちょうどおばさんのその服の色と同じなんです」

「甕覗き、覗はこっそり見るという意味よ。この言葉は私、覚えてるわ」。潔子が言った。「でもお婆ちゃんは日本語ができないから、私が通訳する」

「お婆ちゃんの服はとても綺麗ね。きっと染めるときに、甕の口に隙間を作っておいて、青空が布の染め色を見にくるように誘ったのね。そうしたら、空が甕の中に転がり落ちてしまったんだわ」

「狐狸花猫を言うもんじゃない。私の甕の蓋はきっちりしまっていて、『服』は持って行かれたりしてないよ」。祖母は立ち上がって、片隅に行き、木の板で覆っている大きな甕を開けた。そして中からいくつか琥珀色の、カラシナの漬物である客家の福菜*を取り出したので、あたりに濃厚な甘じょっぱいにおいが広がった。彼女は自分の漬物の腕前を披露して、こう言った。「これはお日様の下に持っていって干してから、瓶詰めにして保存するから、これまでいちども空に盗まれたことはないよ」

潔子は慎ましく笑い、ハイヌナンはそれを通訳してもらったあと話があべこべになっているので苦笑してやまなかった。ハルムトは数秒間しおらしい表情をしていたが、突然大声で言った。「ごちそうさまでした、さあ行くぞ」。「どこに行くんだ？」「ライスカレーを食べに行く」。二人が慌ただしく裏庭へ出ると、あの詮索好きな女がまだ自転車の傍に居座って証拠をつかもうと、疑り深そうな目つきでハルムトをにらみつけた。まさに彼女の邪推が偏見から来ていることは見え見えだ。ハルムトは自転車にまたがると、彼女に向かって吠えるように言った。「二度とここには戻ってこないよ」

「そんな肝っ玉はないくせに」と女が怒鳴り返した。

毎週水曜日か土曜日になると、樋口隊長は数人の同僚を連れて料理屋にやってきた。ムンクの《叫び》によく似た油絵が掛った壁寄りの席に座り、静かにかしこまって刺身や寿司を食べたが、必ずスキヤキを注文し、何本か清酒を飲んだあとは話し声が大きくなった。爆発する笑い声はとても大げさで、喉から鼻をかむような音を出した。ハルムトはこれらの警官が嫌いだった。彼らは巡邏隊で、違反した者、たとえばパーマをかけたり、化粧が濃かったり、ハイヒールを履いたりしている者は処罰され、闇市で売買をすればさらに厳しく取り締まられた。警察しか知らない規則もあって、たとえば駅で立て襟に布の包みボタンがついた漢服を着た婦人を捕まえると、その場でハサミで襟を切り落としたりもした。

ハイヌナンはいつも焦っていた。それは一九四五年初めのころのことで、彼は戦争だけでなく、

＊ 客家の代表的な漬物。カラシナを発酵させて酸っぱくした漬物。何度も漬物樽の中でひっくり返すので「覆菜」と呼ばれ、のちに同音の「福菜」になった。

樋口隊長も憎んでいた。度し難い戦争の空気の中で、キリスト教は連合国側の邪悪の産物であり思想だとみなされるようになり、樋口隊長がしょっちゅう教会に来てあら捜しをするのもこのせいだった。禁止されたサンタクロースの衣装が何年も倉庫にしまわれてネズミの巣になり、毎週日曜日の主日礼拝（しゅじつれいはい）の前には天皇の勅令である「教育勅語」を読まされた。教徒は違反品、例えば『聖書』や十字架などを持っていないか手提げ袋の中を検査された。聖餐は清酒に換えられ、牧師は和服を着用させられた。他にも、教徒の献金は戦艦をつくる資金に回された。中でもいちばん見当違いの非難は、ディクソン牧師がスパイで、アメリカのために活動をしているのではないかと疑われ、終日監視下に置かれたことだった。

　ハイヌナンの焦りを、ハルムトはその目で見て、しっかりと胸に刻んだ。ハイヌナンは厨房で日本語版の『日曜の糧』を読んでいるときは気持ちを押さえていたが、耐えきれずにわざとへたくそな百浪（漢人）の言葉で「コロサイの信徒への手紙」を声に出して読むのだった。「主があなた方を赦してくださったように、あなたがたも同じようにしなさい」。それから『イザヤ書』を読んだ、「たといあなたがたの罪が緋のようであっても、雪のように白くなる。紅のように赤くても、羊の毛のようになる」。ハイヌナンはこれらの言葉をどうしても消化することができなかった。怒りと憎しみはどうすれば許されるのか、憎しみはどうすれば真っ白にひっくり返されるのか。このとき魚の生臭いにおいがしたので、ハイヌナンが頭を上げると大輪の花をいくつもつけたシャクナゲが瓶にさしてあるのが目に留まった。落ち着いた色合いの精緻な花が枝の先を飾り、白くすべすべした磁器の瓶を覆っている。彼は心を静め、誰の心配りかがわかった。春が来たのだ、春ははるか遠くにあるのではない。彼らは浜辺に駆け出していって、罪悪めうせろと大声で叫んだ。黄昏に集まっていたクロハラアジサシが突然群れを成して飛び立ち、くぐもった羽音をたてた。何万もの羽が、灰色の音をたてる雲になって北へ移っていく。そして春がやってきたのだ、太平洋から花蓮に上陸し、波のように押し寄せて、砂浜のグンバイヒルガオから、低山のサワシバの果穂に似た、細くて赤い柔らかなジュウテイカまで、植物はスピードを競うように花を咲かせている。学校の裏のゴルフ場はどこも花がいっぱいなので、ハルムトは帰りがけに少し摘んできていた。

夜の八時になり、客が帰っていくと、そのシャクナゲは店のテーブルの上に移された。小料理をつくって、みんなは酒を添えて気分を発散させた。ハイヌナンの怒りはアルコールで拍車をかけられ、樋口隊長をこてんぱんに罵り、さらに箸で酒瓶をつついて、それを人の標的に見立てて攻撃した。ハルムトは敬虔な信者ではなかったが、樋口隊長には怒りを覚えていた。英語の太郎先生は反戦の自由派なので、主戦愛国派とよく衝突し、いざこざが絶えなかった。ある日、樋口隊長が来て、太郎先生に厳しく警告をしたので、二人は言い争いになり、樋口隊長はすぐさま太郎先生を校外に拉致して、痛い目に遭わせたのだった。翌日、太郎先生の顔にはあちこちに新しい青あざができていた。太郎先生は書類カバンから英語版の『武士道』を取り出して、敵国の言葉で朗読した。「勇気は、義のために行われるのでなければ、徳の中に数えられるにほとんど値しない……『勇とは義しき事をなすことなり』。あらゆる種類の危険を冒し、一命を殆くし、死の顎に飛びこむのだ」[*]。窓

＊ 新渡戸稲造 "*Bushido: The Soul of Japan, An Exposition of Japanese Thought 1900*" 引用は矢内原忠雄訳（岩波書店、初版一九三八年、改版第九十五刷二〇一〇年）四五頁より。

際で監視している樋口隊長が理解できるはずもなく、学生もあまりに奥の深い英語を聞いてもわからない。一人ハルムトだけがうつむいて上目づかいに見ていたが、目は真っ赤だった。クラスの中で彼だけが極めて難しい英語を聞いて意味を理解できたのだった。真理は非常にシンプルだったが、しかし日本語とは別の言語でしか大声で胸の奥にある考えを公言できない。太郎先生の抵抗の結末は、ただちに軍隊に召集されて、フィリピンの戦場へアメリカ人と殺し合いをしに行かされることだった。また、まさにそのときから、帝国のために命を懸けて忠誠を誓う皇民化運動が始まり、英語の授業はなくなり、敵性語とみなされて、日常生活でも教室でも英語を使うことが禁止された。これはハルムトが毎日早朝にやっている英語の自習を陰に隠れた秘密の生活に変えてしまった。

「ディクソン牧師は今にも気が狂いそうだ、どこに行くにも尾行がついている」。ハイヌナンが悔しそうに言った。「樋口隊長が教会をつぶすと吹聴している」

「こういう細菌人間は、生命力が強く、どこに行っても生存できる」とハルムトが言った。

「この世界では、子どもだけが自分を保つことができる。歳をとると、体の殻は自分の居場所ではなくなり、心の中は、神が宿っているか悪魔が住んでいるかのどちらかだ」。雄日さんは酒を一口飲んで言った。「樋口隊長は操られている傀儡に過ぎない」

「彼は誰の指示を受けているんですか？」

「戦争だよ、草原を同種の動物が大移動するみたいに、戦争はみんなを最後にはたった一つの考えしか持てなくする。太郎先生のように流れに逆らって移動する者は、声を失う運命にある」

「選択肢はないみたいに聞こえますが？」ハルムトが訊いた。

「同じ方向に移動することを選択できるだけさ」。それから雄日さんは自分が兵隊になったときのことを話し始めた。秋の色がさわやかな日に、彼らは花蓮港の駐屯地を出発した。太魯閣(タロコ)の渓流が切り開いた、石壁がまるで雲霧の夢の世界のような峡谷を通り抜け、蟻のように一列に並んで山々のひだの間を歩いた。あるときは激しい雨に打たれ、あるときは死ぬほど寒い目に遭いながら、三千メートルの高山を越え、ようやくあの百名余りの日本人が惨殺された部落に到着した。それから一か月かけて、事件後に決死の抵抗を誓った高砂族をせん滅した。雄日さんは言った、彼は前線にいなかったし、発砲もしていない。実際彼らは常時準備態勢をとって命令を待つ待機部隊にすぎなかった。雄日さんは死体を見た。作戦に協力した蕃人*が切り落とした、地面いっぱいに並べられた数十個の蕃人の首だ。大人のもあれば、子どものもあり、全員が目を大きく見開いて、彼らより文明的な殺戮者が作戦の成功を祝しているのを見ていた。最後に集団で首をつって自殺した大樹のところに行ってみた。帰順を拒んだ数十体の蕃人がそこにぶら下がって腐乱し、逆さまに止まっているコウモリのようだった。死者に感覚はない、しかし見ていた雄日さんは頭の皮がしびれた。そして間もなく死とはこういうものだと慣れてしまった。そうでなければ眠ったり食べたりする勇気がなかっただろう。

「もし一人を殺すとすれば、それは正義を貫くものであるはずだ」。雄日さんは酒を飲んで言った。

＊ 原注：「味方蕃(みかたばん)」のこと。日本語の「味方」には同盟をむすぶという意味がある。一九三一年霧社事件で、日本人は原住民族間の衝突勢力を借りて、反抗した原住民を殺戮した。（本書の雄日さんの体験はこの霧社事件を背景にしている。）

「では、もしある集団の人間が別の集団のものを殺したらどうか？　千人で千人を殺し、百万人で百万人を殺す、これはどんな理由によってなされるのか？」

「それが戦争なんです」

「戦争とは、ある集団の正義を自認する者が、別の正義を自認する者たちを殺しにいくことだ」

「どれも悲劇に聞こえます」

「悲劇ではない、いかんともしがたい必然の過程さ。その戦争はあまりに長く続いて、この絵のように難解な夢の世界になり、毒ガスと火薬のイオウのにおいが充満している」。雄日さんはまた酒を一杯飲んで、頭を上げてあのムンクの《叫び》に似た油絵を見た。絵には、口を大きく開けて叫び声を上げている一人の原住民の母親が描かれ、苦痛に満ちた顔をして、手にしっかりと赤子を抱いている。ほかに二人の裸の子どもが母親の足元にしがみついて、おどろき怯えて目を大きく見開いている。家族は父親を失ったばかりで、残された者たちは逼迫感の中で生きているのだ。この絵は見る者に滝に近づいたときの轟音の圧迫と震動を感じさせた。灯火管制でひっそり暗い店の中で、ハルムトは静かにその絵を眺めている。以前はざっと見て、なんとなく見知っている感覚がして、どこかで会ったことがあるような、ないような気がしただけだったが、今、雄日さんの話を聞いて、作品には未曾有の世の乱れを哀しみ、民の困窮を憐れむ感情が流れているのがわかり、目が涙で潤んでしまった。振り向いて見るとハイヌナンがもう涙を流している。その悲しみは彼らが同じ運命と感情を持っていることからきていた。ブヌン人もまたこのような不運に遭遇したことがあるからだ。

夜更けに、瓶に挿していたシャクナゲの花びらが訳もなく落ちて、木のテーブルを軽くたたく音がした。光を通さない塗料を塗った防空電球から漏れ出る弱い光に照らされて、花は雪のように舞い乱れ、清らかで上品で、そのうえなんとも言えない静謐さがあった。三人は煙草を吸い、酒を飲んだが、嫌な感じを引きずってしきりに額を掻いている。シャクナゲの花が、枝先に留まることができずに、いつまでも少しずつ散り続けていた。ハルムトは、樋口隊長がねちっこい奴で、嫌われること以外は何もできない奴だとよくわかっているので、反対にハイヌナンのことが気掛かりで、薄暗い灯りの下で彼の顔が煙に包まれているのを見ていた。煙草がまだ罪な肺癌と関連づけられていない時代に、それは邪悪でも、毒薬でもなく、気分の緩和剤だった。男がひとところに集まると、おしゃべりをしないなら、すぐに煙草を吸った。そこでハルムトはこうする理由があった、つまりポケットに長いこと入れていた新しい煙草をひと箱取り出してハイヌナンに与えたのだ。そして、火をつけてやる理由もあった。ハルムトは優秀な煙草の火つけ器で、子どものころ大人が煙草をまさぐっているのを見ると、すぐさま自分の口にくわえて火をつけて、何口か吸って大人たちの歓心を買い、それからそれを彼らに手渡したものだ。今、ハルムトはハイヌナンのために煙草に火をつけてあげたいと思い、そのうえ煙草の箱の底に便箋をたたんで入れていた。それは彼が翻訳した詩*

＊　原注：フランスの文豪ユゴー作の詩。十九歳で溺死した長女を悼み、父親が墓参りする様子を描いた。原題「明日夜があけたとき」。（引用は安藤元雄訳「明日、夜があけたらすぐ……」『筑摩世界文学大系88 名詩集』平成三年九月より。太字は著者甘耀明による。翻訳にあたり、黐木（ひいらぎ）、山靄（ヒース）のように原文の中国語に安藤訳をルビで示した。山靄の和名はエリカ。安藤訳のヒースはその流通名で同じものを指す。）

だった。

明日、夜があけたらすぐ、野づらが白む時刻に、
私は発つだろう。そうとも、お前が待っているのだから。
森をぬけ、山を越えて私は行くだろう。
お前から遠く離れていることはもうできない。

私は歩くだろう、自分の思いに目を据えたまま、
身のそとには何もみず、何の物音も聞かず、
ひとり、よそ者として、背を丸め、手を組み合わせ、
悲しく、そして昼も私には夜と同じことだろう。

私は眺めないだろう、金いろに暮れかかる空も、
遠くアルフルールをさして下る帆かげも、
そして着いたら、置くだろう、お前の墓に
緑の**黐木**(ひいらぎ)と花咲く**山靄**(ヒース)の一束を。

ハイヌナンは二度読んで、胸に鬱積していた固まりの大半が、徐々に消えていくのを感じた。ど

うやら聖書よりもはるかに効果があるようだ。詩は良薬であり、たいていは時間に対する麻痺症状を治癒することができるが、ときには激しい感情を緩和するのに役立つこともある。雄日さんも手に取って読むと、しきりにうなずいている。

「蘜木と山靄？　これはどんな植物だろう、墓に供えるものなのか？」

「蘜木はクリスマスのときに使う植物Holly（冬青）ですよ！」ハルムトがなぜよく知っているのかというと、教会がクリスマスのときに『The holly and the ivy（ひいらぎとつたは）』の歌を教えてくれたからだ。冬青の花は百合に似て、イバラのようなトゲがあり、樹皮は苦くて渋い。教会のクリスマスの催しが禁止される前、彼らはそれを取ってきて装飾のリースにしたことがあり、もっと前は、部落の山道で、冬青を摘んで帰って亀蔵爺さんの息子の墓前に供えたことがあった。

「山靄はこんなに美しい名前なのに、植物の名前になるとわかりにくくなるなあ」。雄日さんは尋ねた。「もしかして山靄は、店の名前の『雄日芝』と同じように朦朧美を持っているんじゃないかな？」

「山靄はErica（欧石楠）のことで、この辺りにこの種の植物はありません」

「なるほどそういうことか。でもEricaから山靄の連想はなかなか難しいな」。ハイヌナンが盃をちょっと叩いて言った。「それは『オヒシバ』という草は存在しないのではなくて、見つからないのに似ているなあ。雄日芝をどう解釈したって、その雑草を想像するのは難しい」

確かにその通りだ。雄日さんの説によれば、「オヒシバ」はどこにでもみられる雑草で、これが彼の名前の雄日になった。そのわけは、彼の父親が「人生がもし花のように輝やかしければ、必ずや災いを招く、だがただの草なら誰も目をとめないので、自由自在に生きられる」と考え、その名が付けられたのだそうだ。「雄日芝」の字面を解釈すれば「陽光がさす芝生」となる。雄日さんが、この種の草の茎は強靭で、茎が地表を這って蔓延する、勇猛な雑草だといくら説明しても、ハルムトはどうしてもそれは特定の雑草ではなくて、あらゆる雑草に当てはまるような気がするのだった。さらに雄日さんは、「雄日芝」は大樹のように人に抜きんでるという人生哲学とは正反対に思われたので、小さい頃は嫌だったけれど、成長してようやく理解できたそうだ。雄日さんはこれはアミ族の野草哲学と非常に近いと思った。野草はほとんどが雑草とみなされていて、苦みがあるけれど、野菜てんぷらにすればなかなかいけるし、店の特色あるメニューにもなっている。

「相まみえるのは懐かしむことに及ばない、乾杯しよう、雄日芝に」。雄日さんが盃を挙げて、みんなに飲むよう促した。

「山靄の漢字を使ったのは、敵性語を避けたからではないんだろ?」ハイヌナンが訊いた。

「最初はそう考えた、でもあとで思ったんだ、これは自分で翻訳した詩で、学内誌に載せるつもりもない、だから禁句を避けたのではないんだ。Ericaは『山間の薄霧』とも呼ばれているので、それでこう訳したのさ」

「山靄は、たしかに美しい。あの敵性語を考えてもみろよ、店のサイダーは『噴出水(ふんしゅっすい)』に変わり、コロッケは『油揚げ肉饅頭』って言わないといけない、変だけど、どうしようもない」。ハイヌナンが盃をもちあげて言った。「僕らが戦いに勝ち、戦争が早く終わりますように」

「勝利を祝して」

「必勝を祝して……」

しかし彼らの耳に聞こえてくるのは前線が次々に敗退しているニュースばかりで、社会は異様な空気に包まれていた。料理屋の常連だった戦闘機の若いパイロットたちは、何回か食事をしにきたあと飛行機を操縦してアメリカの軍艦に突撃し、二度と戻ってこなかった。ハルムトは日本が最後に勝つことを祈った、ハイヌナンも同じだ、みんなでいっしょに花崗山に野球をしにいくのだ。

今朝早くハルムトは水差しにハハコグサを挿して、店に彩りを添えた。

ハハコグサは育ってきた農地や道端や空き地から、料理屋のテーブルの上にやってきた。黄色のシベをもつ細かい花が一つに寄せ集まり、茎や葉は細くて柔らかい白い綿毛に覆われて、昨夜通り過ぎて行った薄霧をいつまでも引き留めている。これは薄霧の気遣いを受けた連山の花で、エリカの親戚かもしれないなと、ハルムトは摘むときに推測した。濃密な綿毛を撫でると、指先が一風変わった香りに染まった。漢人が節句の祝いのときに食べる米粉で作った草餅にこの種の植物が混ぜてあり、そのにおいだ。

ハイヌナンはテーブルの向かい側に座っているが、花を見る気分にはなれず、しきりに指先で耳をもんでいる。今から行われる耳たぶの穴開けが痛くはないかと心配しているのだ。彼は耳たぶに穴を開けるのを承諾したが、ブヌンの伝統を守るからというよりは、むしろハルムトにしつこく迫られるのが耐え難かったからだというほうが近い。二人はまず先に伝統市場に行ってそのやり方を観察した。漢人は生姜の切れ端で耳たぶを赤くなるまで揉んでから、赤い糸を通した長い針を突き通し、糸は耳たぶに残しておいて、輪の形に結び、数日おきに糸を引っ張って傷口が収縮しないようにしている。この点が不衛生だというのが、ハイヌナンの結論だ。

「耳たぶは揉まないでよ。手はとてもきたないんだ、ハエのようにね」とハルムトも言った。

「神様は俺たちが耳たぶに穴を開けるのを許されるだろうか?」

「ディクソン牧師なら喜ばないが、神様が同意しないことはない。神様が重視するのは僕らの気持ちで、僕らがいかに聖書を守るかではない」。ハルムトが氷屋から氷のかけらを持ってきて、ハイヌナンの耳たぶを冷やしてやり、それから焼酎をなみなみ注いだ盃から消毒した長い針を取り出した。「耳がしびれた感じがする?」

ハイヌナンは頭を横に振って言った。「ディクソン牧師が狂った、彼は警察に気を狂わされた」

「知ってるよ」

*

「チワンさんがやってきてディクソン牧師の平穏を祈ってくれることが決まったんだ」。ハイヌナンは言った。「お前も手伝いに来てくれ。教会の兄弟たちが、力持ちでたくましい人に手伝いに来てほしいと言っている」

このとき空襲警報が鳴り出した。低く沈んだ音が路地や小道に響き渡り、大通りが騒然としている。二人はじっとしたまま動かない。ハルムトは手に長い針を持っている。ハイヌナンは顔を上げて、口を少し開けている。まもなく、警報は抜かれた水栓のように、弱々しい最後の音を残して終了した。彼らはほっと一息ついた。長い警報は爆撃機が来たことを告げ、すぐに走って防空壕に逃げ込まなくてはならないが、短い警報は偵察機が通過することを告げていた。そのあと、ハイヌナンが芝居がかった悲鳴を上げたとき、耳たぶにはすでに針がぶらさがっていた。続いて竹串に換えて突き通したとき彼は痛くてまた悲鳴を上げた。こうして彼はその消毒に使った焼酎を飲み干す理由を見つけたのだった。この酒は雄日さんの秘蔵品で、民間の物資が欠乏している戦時生活から言えば大変なぜいたく品だ。酒を飲み終わったハイヌナンは喉が焼けるように熱くなり、目をとろんとさせて窓の外の青空を見ている。そこはたった今ヒヤリとさせられたけれど何事もなかったところだ。「時間が経つのは本当に速いなあ、俺はもうすぐ十八になる。あと数か月すれば召集令状が来るだろうから、先に部落に帰らないといけない」と彼は言った。

「いつ帰るの？」

「八月かな。お前はどうする？　お前はそのときは夏休みだろ、俺たち長い間帰ってないから、部落がどこにあるか忘れてしまいそうだな」

「できれば、帰ってみるのもいいかな」

「耳たぶに穴を開け終わったら、一つお前に頼みたいことがある」。ハイヌナンは尻の片側を浮かして、ポケットから一通のきれいに折りたたんだ封筒を取り出した。「届けてほしいんだ」

「これは何？」

「別に何でもないさ、開けてみてもかまわない」

なんと耳たぶに穴を開ける裏には陰謀と代償が潜んでいて、彼に頼み事があったのだ。ハルムト

＊　原注：姫望（チワン）・依娃爾（イワル）（Chiwang Iwal）、一八七二−一九四六、タロコ族で初めて洗礼を受けたキリスト教徒で、福音を広めるために代償を惜しまず日本の警察と衝突した。

が手紙を手に取ってみると、それは簡素で、飾り気のない、白い象牙色（アイボリーホワイト）の封筒で、「潔子様」とだけ書かれている。ハイヌナンの日ごろの自由闊達な筆跡とはまるきり違って、とても端正で、まるで可憐な少女がもうろうとした夢の中でしとやかに座っているような字だ。それでその後の授業のとき、ハルムトはその手紙に抵抗して、理科の教科書のファラデーの電磁誘導の法則の頁にそれを挟み、自分の嫉妬の磁場からも絶えず電流を発生させた。昼食は玄米飯の真ん中に梅干しが一つ置かれたものだ。これは国旗に模した、困難を克服する飯で「日の丸」と呼ばれたが、梅干しは潔子の赤い頬のようだったので、ハルムトは食べても味がしなかった。

　お昼のあとの農業の授業は休講になった。代わりにグラウンドで、藁を縛って作ったアメリカ兵に向かって、銃剣を刺す訓練に変更になったので、ハルムトは大声をあげて、今までなかったような怒気をあらわにした。戦争への憎しみであろうと、愛情へのうらみであろうとかまうもんか。それから彼は学校を出て、大通りの脇で同級生たちと力を合わせてセメントの防空壕をつくった。空襲警報がまた鳴った。防空壕の中はぎゅうぎゅう詰めで、向かい合って座っている一〇人ほどの小さな男の子が、ぺちゃくちゃおしゃべりをしているが、ハルムトは押し黙っていた。ポケットに入れて十回はくだらないほどひねってしわくちゃにしたあの手紙が気になってしかたがない。

　店に戻り、忙しい仕事が終わると、彼は手紙を防空電球の灯りの下に置いて透かして見た。屋根裏部屋に戻って小刀で封筒の口を開けて見るのは、さすがに露骨すぎる。ハイヌナンはこう言っていた、中には何も書いてないよ、見たかったら見ればいいさ。ハルムトは手がかりを見出すことができなかったが、ただ封筒の上の名前だけが目障りで、潔子のことが気になって仕方がない。ナチスの女子青年団の制服をまねた、ひだのない紺色のスカートをはいた彼女の中学生姿が憎らしかった。

このときハルムトは誰かが上がってくる足音がしたので、わざと手紙をそこに置いたままにして、蚊帳に潜り込み、熟睡しているふりをした。二階に上がって来たハイヌナンは机の前まで行くと、数秒ほどぐずぐずしていたが、そのあと蚊帳をめくり、彼の手を揺すって訊いた。「きょう手紙を届けに行かなかったのか?」

ハルムトは何度か揺さぶられて、わざとおっくうそうに目を開けた。「あっ! 忘れてた」

「どうして忘れたりするかなあ?」

「今忙しいんだ」

ハイヌナンはしばらく口をつぐんで、不機嫌さを表してからこう言った。「気をつけてくれよ、封筒をしわくちゃにして汚したりするなよな。それに濡れてるじゃないか、受け取った相手はどう思うだろうね」

ハルムトはちょっと肩をそびやかした。ハイヌナンは鎧戸を上げて、分厚い掛布団を取り出すと、それをかぶり、中で懐中電灯をつけて手紙を書きはじめた。これは戦時に明かりが外に漏れるのを防ぐ方法で、警察につかまらないためだ。彼はさらさらと字を書く音を立て、同時に右手を伸ばして言った。「キツネの顔をしたクルミを取ってきてくれ」。ハルムトは暗い中を手探りで戸棚のところに探しにいったが、鉄の箱に触れてひっくり返してしまい、中のいろいろなものが、てんでばらばらに落ちた。真っ暗で見つけることができない。このときハイヌナンが掛け布団でそれらを覆って、明かりをつけた。二人は布団の中にしゃがんで、とても近くで、部落から持ってきたあのクルミの殻を見つけた。ハイヌナンはそれを拾って、朱肉に押しつけ、封筒の上に押して力を均等に入れた。こうして上品な果実の種の筋状の模様が写り、それはキツネの顔に似ていた——クルミの中には二匹のキツネが住んでいて、キスをしている、二つに割って向かい合わせよう——部落じゅうで二人の子どもだけがこんな歌を歌っていた。

「潔子に届けるのを忘れるなよ」。ハイヌナンは手紙を振って、印肉が早く乾くようにしている。

「お前、はちみつ石鹼を使ってるのか、においがする」

「うん！　そうかもな」

「まあいいけど、ただね、はちみつのにおいはしないみたいだ」

「こうしたらにおう？」凝視は危険な誘惑だ。ハルムトが少し体を近づけた。「僕にはずっとはちみつのにおいがするんだけどな」

「お前がミツバチに似てるんだ」

布団の中に隠れていると、小さな薄明かりが心もとなく、すべての光度は秋色の葦のように柔らかで薄い。ハルムトはハイヌナンを見つめた。沼沢のあふれる淡い光の中で、たっぷり五秒間——これは彼の三〇八回目の凝視で、その一々の時間と場所をしっかり覚えている——しかし、さらにそっと近づいて何を考えているのかと訊いたとき、ハイヌナンはキツネの顔の印がついた封筒を取り出して遮った。そのあと灯りが消え、布団をめくりあげて、果てのない夜が集まってきた。ハイヌナンは横に二回転がって、幾重にも取り巻いている沼沢の光をすべて消し去ると、背を向けて寝てしまった。ハルムトは体を横たえて天井を見ている。いつもは疲れて横になるとすぐに眠ってしまうのに、また眠れなくなった。横を向いてハイヌナンを見て、彼の耳たぶの穴が少しはよくなっているかどうか知りたかった。こんなに近いのに、永遠にこんなに真っ暗だ。なんと厳しく残酷な闇夜と容赦ない責めだろう。荒々しいいびきの音が聞こえてきてようやく目を閉じた。これもまた互いの人生の中の一夜なのだ。

翌日の土曜日の午後は授業がないので、ハルムトは手紙を届けに出かけた。自転車は紅毛渓に沿って進んでいるが、彼の心はこの件に抵抗していたので、手紙を郵便受けに投函するとすぐUターンしてそこを離れた。せわしげなチェーンがギーギーと音を立て、今回の行動に不平をこぼしている。突然ハルムトは川辺で止まった。蠟質の葉の反射光と鞍褐色（サドルブラウン）の棒状のものに引き付けられたのだ。それはいつもより早く咲いたヒメガマだった。風に揺られて幽かに震え、清らかな水の光が塗装されてとても愛らしい。ハルムトは持ち帰りたくなり、竹に引っかけて取る月並みの方法は断念して、自ら摘みにいくことにした。

靴を脱いで、一歩一歩慎重に歩を進めていると、柔らかい泥が足の指の間に入り込んでぬるぬるした感触がする。このとき町の空襲警報が鳴り出した。鋭く吠える音に、アカエリヒレアシシギの群れが水沢から驚いて飛び立ったあと、何を警告しているのか、空を何周か回った。ハルムトはしばらくじっとして、そっと頭を上げて見ると、空にひんやりとした荒涼感が漂い、いく筋かの流れ雲がその場を取り繕っている。小川は町と防空壕から遠く離れており、爆撃を受ける可能性はほぼあり得ないとハルムトは考え、引き続き川を渡った。空襲警報の伴奏の下で五本のヒメガマを手に入れた。

その年の春風は延々と続く挽歌を運んできた。ハルムトはこのとき奇妙な音を聞いた。遠くで何かが爆発して、ダダダダと、一連の慌ただしい単発の破裂音がした。数秒後、挽歌の演奏者が現れた。アメリカ軍の戦闘機が高速で彼の頭上をかすめていき、砂糖工場に向けて機関銃を発射し、再度ダダダダと慌ただしい単発の音を立てた。ハルムトは急いで小川から離れた。南方の飛行場が小さなキノコ状の黒煙を上げているのが見え、続いてB25爆撃機ミッチェルが飛んできて、その爆音のすさまじさに彼は震え上がった。それは町に向かって飛んでいき、尾翼部分から数個、白い落下傘が付いたものを撒いた。こんな物を易々と人に投げてよこすのはからかっているとしか思えない。しかし、そのゆっくりと降下する爆弾は地表に触れたとたん、爆発して濃い火の光を噴き出し、そのあとすぐにゴーッという巨大な音を立てた。

ハルムトは自転車に飛び乗り、町へまっしぐらに戻っていった。途中で何度か消防隊員と混乱した群衆であふれかえっているところに遭遇した。何軒かの家は悪魔に強烈な一撃をくらったように空中から打ち砕かれて、破片が散乱していた。まだ消えていない火がくすぶり続け、空気中に水蒸気と木炭の湿ったにおいが充満している。広場には三体の遺体が布を掛けられていたが、脚が布からはみ出ていた。ハルムトは旅館に行ってみたが誰もいないので、こんどは料理屋に行って探した。割れた皿と落ちた油絵を片付けている雄日さんの脇を突き抜けて、屋根裏部屋に行ってみたが、ハイヌナンの姿は見えない。木の机の上にあった写真立てが爆撃の振動で倒れている。それはハイヌナンが休学する前に誘われて写真館に行って撮ったもので、二人はナポレオンをまねて、右手を胸ボタンを留めた前立ての隙間に差し込んでいる。気取ってカメラのレンズを見ないのが最高のモダンだ。ハルムトが写真立てを起こすと、その下に書きあげたばかりの潔子宛ての手紙が置かれていた。午後の日光はどこにもいかずに、目障りにもその封筒の上に居座っている。彼がぼうっとたたずんだまま、いつまでもいつまでもそうしていたとき、誰かが呼ぶ声がしてようやく封印が解かれた。

「ハルムト……」誰かが外で呼んでいる。

ハルムトは涙が込み上げてきた。よく知っている呼び声だ、彼に何事もなくてほんとうによかった。しかし呼び声に応えるために窓際へは行きたくない、自分の泣きざまを見せなくてすむように。死ぬほどみっともないので、しばらく呼ばせておこう。その親しみのある呼び声が恋しかった。

「もう一度呼んで」。彼は心の中でつぶやいた。

「ハ…ル…ムト…」

「もっと長く呼んで」

「ハ……ル……ムト……」

「呼び方を換えてみて」。ハルムトは心の中で返事をした。

「高田二郎、出てこい！」

「もっと他ので」

「ドナ（Donna）、出てこい！」ハイヌナンは続けて小声で次の言葉を言った。「ドーナツ[*1]、この小麦粉ボールのお前、転がり出てこい」

「おう！　もっと」ハルムトは心の中で雄たけびを上げた。

「砂糖天麩羅（さとうてんぷら）[*2]、早く！」彼が大声で吠えた。

粉砂糖（パウダーシュガー）に包まれたあだ名が、耳の中に入ると溶けて甘いシロップになった。ハルムトが頭をのぞかせてあたりを窺うと、空は明るく、人々は慌てふためいて動き回り、さらにいくつか主のいない靴がころがっている。爆撃によって引き起こされた大火はまだ勢いよく燃えているが、それでもこの混乱した世界が愛すべきものに思われた、なぜならハイヌナンが道の中央に立っているのが見えたからだ。体は陽光に包まれて光っている。

「ミホミサン（生きていて本当によかった）」。ハルムトが言った。

「ミホミサン、おいお前どうしたんだよ！　爆撃を恐れないなんて、ここはとても危険なんだぞ、この次は警報をやり過ごして家にいちゃいけないよ」

「僕は……」ハルムトは言いたいことが山ほどあったが、言いかけてやめ、いっそ言わないことにした。こうやって屋根裏部屋から静かに彼を見ていられればそれでいい。

「手伝いに行くぞ、黒熊が逃げた」

二人は花崗山の近くまで走って行った。そこには一〇人ほど人が集まっていて、手には防御用の棒を持っている。ハイヌナンの説明によれば、アメリカ機はひたすら港口めがけて爆撃を続け、数千トンの戦艦がもくもくと黒煙を上げはじめたとき、爆弾の一つが花崗山動物園付近に落ち、はずみで黒熊を閉じ込めていた檻が開いてしまった。熊が逃げ出したのだ。その後、空襲警報で避難していた人が家に戻ると、なんと柔らかくてもっこりした黒い不発弾が客間に横たわっていた。その人は大声を上げ、爆弾も大声を上げ、爆弾のほうは厨房へ向かって逃げた。集まった人々は逃げた黒熊の包囲討伐を開始した。この熊は攻撃性はなく、ただ逃げているだけだったが、人間の思惑通りに山林区に逃げることも、鉄の檻に戻ることもできないでいた。最後にみんなはわかったのだが、この熊は小さいときから鉄の檻に閉じ込められ、森林に近づいたことがなく、街路樹でさえ見慣れなかったので、どこにも行けずに町にとどまり人間を困らせる運命にあったのだ。人々は熊を殺すことに決め、竹竿の先に鋏(はさみ)や鋭利なものを結び付けて、熊を突いた。熊は驚いて狂ったように逃げ回り、噴き出した血があたりに飛び散った。何軒かの民家は殺人事件の現場さながらの惨状を呈した。

熊は塀の傍まで逃げ、その場をぐるぐる回って、鳴き声混じりの悲鳴を上げた。

誰もが熱い血を燃えたぎらせている。熊がこれほど怯えているのを見ると、それを殺すのは当然だと感じて、先の尖った竹竿で突き刺しにかかった。熊を軍事訓練でやっているアメリカ兵の藁人形に見立てて。

ハルムトはいちばん真ん前から、じりじり後ろにさがった。少し怖くて手が出せないのもあるが、同時にこの熊の運命はすでに尽きたのがわかったからだ。熊は檻に戻らず、山に戻らず、都会は熊

＊1　原注：日本語のドーナツのこと。英語の Donut と発音が似ており、ハルムトの英語名 Donna に近い。（なお注が付いた原文は日本語で「ドーナツ」と表記されている。）

＊2　原注：ドーナツのこと。第二次世界大戦時、日本は英語を敵性語とみなし、使用を禁止した。ドーナツは「砂糖天麩羅」と表記された。

の命を奪おうとしている。果たして、熊は攻撃されて怒って立ち上がったが、数本の竹竿で突かれ、塀に縛り付けられた。黒熊は体じゅうに血の穴を開けてあがき、死神が降りてくるまであがき続けている。一方のハルムトは、再び前に押し出され、手にした武器でとっさに黒熊を突き刺した。黒熊は消滅した、血と涙が流れて乾く間もなく。

ブヌンの文化によれば、黒熊は殺してはならなかった。殺したときは粟祭りが終わるまで家に帰ることができない。

ハルムトは血を拭きとると、この件を忘れようと努めた。

その日から、ハルムトはしょっちゅう手紙を届けにいった。

封筒は、種類が豊富でなんでも揃っている並木学生堂〔花蓮中山路にあった書店。文具も販売していた〕で購入したもので、それに少し日に焼けた白い便箋を合わせれば、二軟の鉛筆であろうと中庸の万年筆であろうと、ペン先がその上を滑るときのビロードの感触が手に伝わってくる。春の日差しが明るく、梅雨の季節が来る前のかすかに潤いのある空気の中で、ハイヌナンは机に向かって手紙を書いている。ずいぶん時間をかけてまだ何も書けずにいるのに、興味が尽きることはない。彼はハルムトに、何かあいまいな詩を適当に読んでみてくれと頼んだ。それがいちばんはっきり自分の気持ちを伝えることができるから。ハルムトは嫌がったが、断り切れずに適当にこう言った。

朝七時、君は何を考えてるの？

硝煙の付いた足跡が、窓の下に来て

そっと言った、山の小川は眠らない……

「君は何を考えてるの？」ハイヌナンはペンを人中（にんちゅう）〔鼻と上唇の間の溝〕にはさみ、タタミに横になってその句を復唱すると、なかなか情緒にあふれていると思い、起き上がってまじめに書きはじめた。要らなくなった紙に何度も書いて字を整え、仕上げに日に焼けた白い便箋に清書して、封をしっかりしてから、仕事に出る前にハルムトに届けるようことづけた。ハルムトが体を起こして見にいってみると、封筒に入った手紙が、同じ詩を何度も書き写した紙のうえに置かれている。風が吹いてくると、窓の縁に掛かっている風鈴がまずおしゃべりをはじめ、紙がそれにつれてぱらぱらと音を立てた。**山の小川は眠らない、涙はその上を流れ、よろめく光の痕を残していく。**ハルムトの気持ちが紙いっぱいに書き写されている。どれひとつ彼の思いでないものはない。ハルムトは自転車に乗って手紙を届けに行ったが、手がふさがっているので、口にくわえて歯でしっかり噛んだ。手紙にはハルムトが思いつくままに口にした詩がはいっている、それを考えれば考えるほど歯をきつく噛んだ。やりきれない気持ちに、さらに怒りも加わり、ときには数秒間目を閉じて、自分の詩に第三者が勝手に入り込んでくるのを想像して涙を流した。彼にはハイヌナンがなぜこうするのかわからなかったし、自分がそれでも黙って手紙を届けているのも理解できなかった。手紙を届け終えると半日は気分が悪かった。

＊原注：暫定的に敵性語を避ける言い方。万年筆の「中庸」はペン先がF（やや硬めの細字）を指し、「二軟」は2B鉛筆を指す。

季節の変わり目に、春雨がしきりに舞っている。だが人々は天気がもっと悪くなるのを期待した。そうすればアメリカ軍が爆弾を投下しにこないからだ。ハルムトはここ数日、先に手紙を届けてから、部落に魚を買いにいっていた。小雨に濡れながら、数台の牛車とすれ違った。空襲を避けるため町の人を乗せて田舎に向かっているのだが、誰もがうら寂しい表情をしている。噂では、アメリカ軍機が何度か汽車をめがけて攻撃してきたので、汽車は安全な選択ではなくなっているらしい。牛車も安全ではないが、空に飛行機の騒音が聞こえれば、ただちに溝に飛び込んで隠れることができる。誰も空に何が出現するかなど永遠にわからないが、天気がひどくなればなるだけ、アメリカ軍機は出動しないはずだった。

天気が好転した日々、陽光は軒（ひさし）を照らし、水滴に穿たれて小さなくぼみができた床板にはコケが生えている。若者が数人、布のれんをくぐって料理屋に入ってきて、小さな声で「ごめんください」と言った。彼らは同じテーブルでおしゃべりをしているが、声は小さくて、ゆっくりと煙草を吸い、ゆっくりと煙を吐いて、やり場のない思いもいっしょに吐き出している。ハルムトが魚を届けに店に入ると、彼らは振り向いてほほ笑んだ。料理を運んだときも、彼らは微笑んだ。握りずしを食べるときは、付け合わせの薄切り生姜に醤油をつけて寿司に塗ってから食べ、がさつに寿司を直接醤油につけたりしない。戦争のためワサビは品切れで、刺身にはシソか辛みがきついラッキョウを添えているが、彼らは生姜の味がとてもいいと褒めた。ハルムトは彼らが神風特攻隊だと知っていた。ポケットにはいつも白い手袋を入れて、一定の期間ごとに店に食べにくるのはみんな新しい顔ぶれだった。

食事が終わると、雄日さんがまず首にかけているタオルで額の汗をきれいに拭いてから、店に出て挨拶をした。「十分お構いもできず、すみません」

「とてもおいしかったです、ありがとうございます」。若者はうなずいて、水差しのヒメガマを指して言った。「ところで僕らどうしてもわからないのですが、この植物は何ですか？　どんな作用があるんでしょうか、誰も答えられないんですよ」

「ガマです、それは飾りです」とハルムトが言った。

「このガマの穂は、醤油のたれをつけて焼くウナギによく似ていますでしょう。聞くところによれば、ウナギのかば焼きと呼ばれるようになったのは、ガマの穂の色にとても似ているからだそうですよ」。雄日さんはもう一度身をかがめて、「いや、申し訳ないです、当店の配給が少なく、お出しできる料理が十分ではございませんのに、うっかり口を滑らせて美味いウナギのかば焼きの話などして思いをかき立ててしまいました、どうかお許しください」

「ということは、このガマの穂は花なんですね」

「そういうことになりますね」

「この世には本当にたくさん神秘的で美しいものがありますね、いくら見ても尽きることがない」。

「一本いただけませんか？　気に入りました」と若者が言った。

「この花をここに置いているのは理由があるんです、すでに人にあげたものでして」。雄日さんは言ってしまってから、ハルムトを見て、ようやく自分の失言に気づき、またこう言った。「ですが持って行かれて何の問題もないですよ」

ハルムトは愕然とした。この花は確かにハイヌナンにあげたものだったからだ。彼はよく外から適当に花を摘んできたが、それはただどこかに色の集まりを見つけると、その美しいものを連れ帰っていただけのことだ。スカーレット、サーモンピンク、琥珀色からブリリアントオレンジまで、いつでも色とりどりの美しいものが大地に姿を現すので、ハルムトはそれらを摘んで、無地の瓶に飾り、決まったテーブルに置いて、それに淡い太陽の光、淡い壁の色と淡い気持ちを添えていた。こんな静かで落ち着いた気持ちになるのは、いつもハイヌナンが旅館の仕事を終えて姿を見せるときだ。

　夜の九時、厨房の掃除が終わったハルムトはどんぶりを取り出して、意麺（イーミエン）と油葱酥（揚げネギ）を入れ、熱湯を注いでふやかした。戦時中は夜に明るい火は使用禁止なので、日没前にお湯を沸かして、魔法瓶に保存している。漏れ出る熱気がコルク栓の隙間からジージーと音を立て、あたかも生きてハイヌナンの帰りを待っているみたいだ。意麺というこの漢人の食べ物は油で揚げた卵入りの麺のことだ。保存に便利で、インスタント麺の前身のようなもので、その時代の中学生はみんなこうして食べていた。ハイヌナンは特にこのお湯を注いで食べる意麺が好きで、麺がふやける前に、二人はあれこれ話の種を探しておしゃべりをした。どれも大した話ではないけれど、そのどれにも小さな防空電球の下のしっとり温かい時間があり、溢れる野草の花の色と、立ち上る碗の縁の湯気があった。雄日さんは何度もそれを目にしていたのに、今日初めて口にしたのだった。

「いいえ、そんなことありません、どうぞ全部持って行ってください」。ハルムトは慌てて首を横に振り、雄日さんの前言をきっぱり否定した。

青年たちはしきりにうなずいて、ガマの穂を持ち帰ったので、残った一本がぽつんと瓶の口に立っている。ハルムトはその一本を見てまた摘みに行って足せばいいと思ったが、しかしまた孤独な一本の方が、水沢の一面のガマの穂を無理やり持ってきていっしょにするより勝っているとも感じた。この考えは正しかった。夜九時、ハイヌナンがどんぶりの蓋を開けたとき、ガマの穂が何本あるかなどまったく気づかない。ずるずると音を立てて麺をすっかり食べ終えてから、顔を上げて深遠なまなざしをハルムトに向け、目の縁に幽かな湿った光を浮かべてこう言った。「チワンさんがおいでになる、お前の手伝いが必要なんだ」

「いつ?」

「今週の主日礼拝のとき、来てくれよ!」

「日曜は店が結構忙しいから、行けないと思う」。ハルムトは頰杖をついて、もう一方の手の指でテーブルをほじくっている。「それに警察は信者を片っ端から捕まえて、あちこちで難癖をつけているだろ」

「ディクソン牧師は気が狂ってしまった、僕らは彼を助けないといけない」

「僕は長いこと教会には行っていないし……」ハルムトは言葉を続けようとして、ハイヌナンが涙を流しているのが目に入った。ハイヌナンが涙を流すのを見るのはめったにない。それは胸が痛むサインであり、情に訴えてすがる姿であり、拒絶できない頼みだった。ハルムトは情に流された。

「この機会に教会に行ってみるのもいいかな」

日曜日の追悼礼拝のために、信徒たちが続々と教会にやってきた。爆撃で死亡した受難者のために祈りを捧げるのだ。集まりは昼間ではなく夕方だったので、警察の注意を引き、なおかつ彼らはとっくにチワンが来ることを耳にしていたので、人員を増やして取り締まりを強化した。樋口隊長は弱い光の懐中電灯で、入り口に来たハルムトを照らした。彼はまぶしくて目を細め、明かりに十秒間照らされて、敵意を感じた。供述調書を取るぞと威嚇されているみたいだ。最後に樋口隊長はハルムトが作った十字架のツツジのリースを没収してからこう言った。「入れ、キリシタンめ」。没収されなかったのはハルムトの胸元のリースの残り香だったが、それもすぐに教会の中で焚かれているヒノキ粉の別の香りにとって代わられた。目が暗闇に慣れてくると、二百人余りの信者が来ているのがわかった。多くの人は立ったまま、沈黙して厳かな静けさを保ち、灯火管制下にある教会の中で恐れずに待っている。礼拝が始まると、みんなは前もって練習していた『主よ御許に近づかん』を歌い始めた。歌声は木造建築に澄みわたってこだまし、どの音も一つに集合して、琥珀色の流動する柔らかな光になった。神の懐の中に生きて共鳴するひとときであり、神の抱擁を受けているように見えた。ハルムトの皮膚に鳥肌が立ち、産毛が立って揺れている。彼ら二人の腕は親密にぶつかりあいながら、人の群れを突き抜けた。

「そいつを捕まえろ、コソ泥だ」。誰かが叫び、数人がとびかかっていった。

そいつはシラクモ頭の、できものだらけの皮膚をした子どもで、いつも人が嫌がる征露丸*のにおいをさせ、しょっちゅう献金袋からお金をかすめ取っていたが、今回は袋ごと持って逃げたのだ。悪事をやる奴ははしっこくて、教会の中を監視している巡査の間を潜って逃げるときに、献金袋を開けてアリの巣を露出させ、神風特攻隊よろしく、さらに大勢の巡査が見張りに立っている正面の扉へ向かって自滅的に突っ込んでいった。「わが神よ、御許に近づかん、御許に近づかん、たとえ私を高く持ち上げるものが、十字架であったとしても」。教会の中ではこんな歌声が響いている。外では献金袋の中の万を超えるシリアゲアリが蟻酸〔蟻の毒線にある脂肪酸〕を生物化学兵器にして、その男の子と巡査どもを攻撃している。彼らがアリを振り払っているすきに、男の子はあたふたと逃げ去り、教会の扉が閉められた。警察は調虎離山の計〔虎を山からおびき出すように相手方を有利な場所からおびき出すこと〕にはまったのに気づいて、慌てて扉を蹴っている。

　正面の扉の外が騒々しく、怒鳴り声やぶつかる音が聞こえてきたが、すべては讃美歌の外に浮遊している。ハルムトはハイヌナンにきつく引っ張られて前に進んだ。振り向くと百人を超える信者たちが厳粛な表情で歌っている。「道をそこに現出せしめよ、天にとどく階段を、すべてはあなたが私に贈って下さったもの、憐れみの内に与えられたもの」。すべての人たちが近づいて行き、聖壇の前に頑丈な人の壁を作った。

　ハルムトはディクソン牧師が椅子に腰かけているのが見えた。とても広い空間に淡く細い、かすかな光があり、彼が静かに、そこに腰かけていたが、しかし彼は狂っていた。ナイフで警官を斬りつけようとするからか、それともナイフで自殺しようとするからか、両手はきつく縛られている。伝説のチワンがいつしか姿を現した。彼女はディクソン牧師の膝の前にしゃがんで、彼の枷を解き、

＊　日露戦争の二年前にロシアを征伐するための薬という意味で「征露丸」と命名された。一九四九年に「正露丸」に改名。

また鎖で抑えつけられた彼の腕の痕をそっとさすった。たった十分しかいっしょにいることができないのに、こうしてその半分の時間が過ぎ、彼らはただ見つめあうだけだ。

「あなたに会いにきました」。チワンが言った。

「私は失敗して、神を失望させました。私は無用な人間です」。ディクソン牧師は言った。「常に苦痛の中に生きています」

「きょうは神を讃えることも、井上伊之助*のような崇高な犠牲についても語るつもりはありません」

「なぜ神を讃えないのですか?」

「私は言いました、あなたに会いにきましたと。私はあなたのこの手を見にきたのです」

「その手はいつなんどきも人を殺そうとは思いません」

「わかっています。だから私はここに来てその手と話をしているのです」。七十歳を過ぎているチワンはディクソン牧師の手を捧げ上げると、彼女のあの顎から頬骨にかけてV字形の刺青がある顔を近づけて、こう言った。「私は二十年余り山地で伝道をしました。洞穴に隠れたり、警察に監禁されて『聖書』を踏むよう迫られたりしたこともあります。私が絶望してひざまづき、真理が降臨するよう祈ったとき、神が霊験あらたかであったことは一度もありませんでした。でも私はあなたのこの手を忘れることができません」

「それはそんなに偉大ではありません」

「私が五十歳で、ここの花蓮港教会で洗礼を受けたのは、まさにあなたのこの手によってでした。

ディクソン牧師、これは最も平凡な手です、でも私が迷い挫折したときも、祈るときも、私はいつもこの手を思い出すのです」

「この手はそんなに偉大ではありません」。ディクソン牧師が泣いた。

「この手は私一人にとってとても偉大です。この手でもう一度私に洗礼を授けることができますか？　あなたの涙で」。チワンは目を閉じ、しっとりした手が彼女の蒼白の頭髪にふれるのを感じ取った。「この手が私を導いて真理に向かわせてくださることに感謝します、神の道で転んで倒れても、起き上がりたいと思います。アーメン」

ハルムトはこのとき、彼自身が洗礼を受け、その後教会に行くのを拒んで以来、最も神が存在しない、だが最も神に近づいた瞬間だと思った。彼はまたハイヌナンがすぐ近くにいるのを感じた。腕をこすり合わせて、相手の汗ばんだ皮膚と自分の息吹を交換して、さらに深い鼓動を得た。しかし時が来た。警察は正面入り口の扉を突破できないので、ステンドグラスをたたき割って突入することに変更したのだ。信者たちはイスや机ではこれ以上抵抗しきれなくなり、すべてのドアを開けると、二百人の信者が突然散会して外へ湧き出した。警察は不意を突かれ、声を張り上げて怒鳴っている。ハルムトとハイヌナンは横のドアから出た。彼らは計画通りチワンの護衛をして、近くの民家で「蟹轎（かにかご）」という簡便な運搬道具を取り出した。一本の長い竹竿に籐椅子をぶら下げたもので、

＊原注：一八八二－一九六六年、日本人で、キリスト教徒。父親は花蓮で樟脳を取っているとき原住民に殺害されたが、そのことが彼を台湾の山地へ赴いて伝道するようかき立てた。

乗る人は横座りをする。チワンが座ると、一行は山地へ向けて疾走し、路地を九つ曲がって、町を出る一本の農道にやってきた。ここから景色は大きく開けて、田畑を縦横に交差する小道が通っている。田んぼの中でカエルの鳴き声がし、稲の苗が植わり、湿り気のある春の泥のにおいが地面からにじみ出ている。後ろから三人の巡査が自転車に乗って追いかけてきて、けたたましくホイッスルを吹いて人々を威圧した。月の光は弱々しく、それと見分けのつかない分かれ道のところで、ずっとカゴを担いできたハルムトとハイヌナンがチワンを下ろすと、二人の男物の半ズボンをはいたタロコ族の女性信者が彼女を引き受けた。

「チワンさん、どうか僕らのために祈ってください」。ハルムトが言った。

「時間が迫っているから、すみませんがこの件は後でまた……」傍にいる女性信者が言葉を続けようとして、チワンに遮られた。「二人の兄弟よ、私はもう道の途中であなたたちのために祈りました」とチワンは言った。

「ではけっこうです、ありがとうございました」

「でも私はもう一度祈りたいと思います。私は常に追われる恐怖のなかで生きていますが、でも本当に打ち負かされたことは一度もありません。私の武器は受難です」。彼女は両手をハルムトとハイヌナンの肩の上に置いて、目を閉じて言った。「主よ守りたまえ、今から永遠に、何も恐れるものはない、あなたたちは今や神の子になりました」

チワンは人目につかない小さな小道に入り、春草が茂る遠くへと消えていった。彼らは生涯二度と会うことはないだろう、それで別れの前に相手の幸福を祈ったのだ。ハルムトとハイヌナンは蟹輌を担ぎ続けて敵をおびき寄せるエサにし、小走りで前に進んで、故意に姿を見せて警察に追わせた。中央山脈の山麓に近い田畑で、彼らは蟹輌を捨てて、農業用の用水路に身を隠した。水の流れが急で、そのうえ強い風が稲に吹き付けガサガサと音を立てているので、警察が追いかけてきても聞き取れない。ハルムトとハイヌナンは水の中に縮こまっていたが、小川から引いた水はさらさらと流れ、とても冷たく感じられた。十分が過ぎた、時間の経過とともにやってくるのは耐え難い体のしびれで、二人はしっかり身を寄せ合って暖を取った。これまで一度もこれほど近づいたことはない。流水も二人の隙間を衝くことができないほどだ。暗く冷たい水の中で、彼らは水辺のトクサが顔をひっかくのに耐え、巡査が通り過ぎたのが聞こえてもまだ気を抜かずに、相手がいつ振り返って見ないか警戒した。

ハイヌナンは巡査の行方を偵察に行かないといけないので、水の中で時間をつぶすことができない。彼はしんどそうに用水路から這い上がり、ハルムトが肩で尻を押し上げてやった。野草がハイヌナンの匍匐前進する姿を覆い隠し、彼は豹のように遠方をうかがっている。ハルムトは小さな声であまり遠くへ行かないでと声をかけた。少し怖かった。彼はこれまで何度も自分が死んで、ハイヌナンが傍で泣き続けている夢を見た。今、夢が本当になろうとしている。冷水にどっぷりと浸かり、体が激しく震え、歯ががちがち鳴って、助けを呼ぶことさえできずに水に流されていく。

ハルムトは溺れて何度かあっぷあっぷして、しばらく冷水の中を浮き沈みしたあと、ハイヌナンに助け上げられた。彼を水から引き上げるだけで、ハイヌナンはもう力を使い果たしてしまった。二人は泥の中で喘いだ。それは座礁した小船であり、数ヘクタールの沸き立つ緑瑠璃（りょくるり）の稲の中の抱擁だった。月光はとても弱々しく、星はとても明るく、死を逃れたばかりの二人を照らしている。ハルムトは涙を流していた、ハイヌナンも同じだった。青春の涙はしっとりとしているのに、あいにく、ここから寂しさが混入してくる。

「たった今、君が泣いている夢を見た、今にも泣き崩れそうだった、なぜなら……」ハルムトは言った。「なぜなら君は僕が死んだのを見たからだ」

「俺たちは長生きするよ、ビンロウを食べながら、孫たちの腕白を叱ったりしてさ」

「夢はとても真実味があった、夢占いをするまでもないくらいに」。ハルムトは泣いた、ずいぶん長い時間、しゃくりあげながら泣いて、涙が頬を流れ落ちていく。「僕が死んだら、僕に会いに墓の前に来てくれる？」

稲の波と風の音が騒々しい。遠方から流れてきた水がここで流れを速め、渦巻く音を立てて、去っていく。二人だけが黙っている。ハイヌナンは沈黙し、ハルムトもそうしたが、ハルムトはもっとたくさんの涙と感傷を抱えていた。さあ、行くぞ！　とハイヌナンは言って、力が抜けてぐったりしているハルムトを背負って歩き出した。二人は小道に沿って進んだ。道の突き当たりには、都会のスカイラインが影絵のように夜間外出禁止令の夜の中を這いずっている。ハルムトはそこまで歩いていかないように願った。そこには何でもあった、悪意と敗れた夢も含めて。ただ寒い夜をハイヌナンと二人だけで歩きたかった。彼の首の産毛をしげしげ観察すると、潤いも柔らかさもまったくなくて、男の汗のジャコウジカのにおいがした。ハルムトが自分の顔の産毛をハイヌナンの首の産毛にくっつけると、ほんの少しの距離で、二つの森林は深く結ばれた。それはぎこちなく、それは断ち切ることのできない、それはもう二度と遠く離れ離れになるのが耐えられないものだ。この瞬間、ハイヌナンも暗夜も、ハルムトが独占した。

「この世にはあまりにたくさんの苦痛がある、そうじゃないか？」ハイヌナンがとうとう口を開いた。「俺たちのうち一人は必ず先に死ぬ、これは決まりだ」

「そうだね」

「もしいつかお前が死んだら、俺はお前を一人ぼっちにしない、ヒイラギをもって会いに行く」

「ありがとう」

「でも指切りはしない。嘘をついたら針千本飲ますとかもう言うなよな」

「わかった、でも一つ頼みがある。僕はとても疲れているんだ、もう少し長くおぶってくれないかな？」

「バカやろう、お前なあ」。ハイヌナンが笑い出した。「兄弟よ、もちろんかまわない、俺が動けなくなるまでおぶってやるさ」

土曜日の午後は授業がないので、屋根裏部屋に戻ったハルムトはまた一通の白い手紙が目に入った。そして机の前に座って手紙を凝視した。風鈴が揺れ、陽光があふれている。階下の掛け時計が二時の鐘を鳴らすまでそうして、彼はようやく普段着に着替え、手紙を口にくわえて、潔子の家に手紙を届けにいった。

普段着とはいえ、全体から見ると身なりはパリッとしていて、薄いグレーの詰襟の冬服はアイロンがかかっている。頭にかぶっている棕櫚の葉の帽子はまだ新しく、革靴にはワックスをかけている。普段は軍事訓練や作業に便利な地下足袋を履いているので、革靴を履くと足の指先が縛られているような感じがする。ハルムトが前回革靴を履いたのは二年前の新年に、ハイヌナンといっしょに神社に参拝にいったときで、棕櫚の帽子もそのとき露店で買ったものだ。

　ハルムトは黒金通りを進んでいた。この通りには比較的裕福な日本の商店があり、そこの華麗なガラス製の照明器具、濃い色のヒノキの簞笥、フェノール製の黒電話などの商品の中から、彼はいとも簡単に時計を見つけた。二時十五分、あと四十五分ぶらぶらできる。そこで筑紫橋通りを左折した。そこには台湾の風情と戦争がもたらした簡素さがあふれている。かつては鉄なべで湯気を上げていたブタの大骨の塩味スープは安価な野菜スープに取って代わり、鍛冶屋の主人は騎楼の下で暇そうに煙草を吸っている。鉄は戦争の武器をつくるのに供出させられたのだ。ハルムトは自分のブヌン刀も寄付したことを思い出した。タタミ店の前に来ると、ハルムトは古い掛け時計に目をやった。あと十五分。大急ぎで道端のタンポポを摘んで出発したが、途中でしたり顔してもっと見た目が悪いムラサキカタバミに取り換えた。

　今回の手紙を届ける任務は彼の心臓をどきどきさせた。時間通り三時に潔子の家に到着すると、ハルムトは片足を地面につけたまま、花を欄干に置き、手紙を郵便受けに押し込んだ。確実に動作をゆっくりにして、花を握りしめていたときには小指を立ててさえしたし、手紙を投函する前にはそのにおいを嗅ぎもした。あたかも彼が心底潔子を愛しているかのように。というのもすべては人に見せるためだったからだ。果たして思った通り、校長が飛び出してきて「やめろ」と大声で言い、もう一人が片隅から駆け寄って止めに入った。ハルムトは郵便受けの中の手紙を取り出して口にくわえ、花を手に取り戻してから、慌てずゆっくりと包囲を突破し、その場を二周して捕まえに来た人を通り抜けた。そして悠々と大通りへ向かい、さらに自転車をこぎながら花をちぎって捨てた。筑紫橋通りを曲がると、また平坦なアスファルト道路の黒金通りに出たので、手をハンドルから離して横に大きく広げ、両手を振り動かしながら、道の両側の金持ちの家のラジオから流れてくる軍歌『ラバウル小唄』を聞いた。「船は出てゆく　港の沖へ　愛しあの娘の　うちふるハンカチ」。ハルムトがその恋歌を口ずさんでいると、陽光が顔の上を揺れ動いた。悲しい別れのために主人公が「くわえ煙草も　ほろにがい」という歌詞まできたとき、ハルムトは愉快になって手の中の手紙を引きちぎり、八つ裂きにして、追いかけてきた人に向かって撒き散らした。

最後にハルムトは巡査に押し倒された。彼が両手を離してわざと人目を惹くように自転車に乗り、人が後ろから追いかけている様子は、通りかかった樋口隊長が彼を逮捕するに十分値するものだった。ハルムトは逮捕されるその瞬間、ずっと追いかけてきた校長と教官に追いつかれてしまったが彼らは巡査を取り巻いて、しきりにハルムトが何も罪を犯していないのだと説明している。

「あなたたちは必死にこいつを追いかけていたじゃないか」。樋口隊長は言った。「こいつが犯人でなくて何なんだ」

「私らは確かに彼を追いかけていました、ずいぶん長いこと、しかし何も罪を犯してはおりませんよ」。校長は振り返って隣の教官に言った。「私らはただ追いかけていただけ、そうだろ！」

「奴は何を盗んだ？　見るからにコソ泥だ」

「僕は手紙を届けにいった」。地面に押さえつけられているハルムトが言った。

「本当に手紙を届けにきていました」。教官が言った。「私たちはこの目で見ました、彼はコソ泥ではありませんよ」

「でたらめ言うな、もし手紙を届けるだけなら、あんたたちはどうしてこいつを追いかけるのだ？」樋口隊長が怒鳴った。

「僕はただ女生徒に手紙を届けにいっただけです、校則に違反しました」。ハルムトは大声で言った。「僕を捕まえろ！　僕はとんでもない罪を犯した」

ハルムトは警務課で一時間こっぴどくしぼられた。この間ずっと樋口隊長はハルムトがただ恋文を届けにいっただけだとは信じておらず、学校がほかに何か隠し事をしているのではないかと疑った。とくに現場に残された証拠——めったやたらにちぎられた手紙——をおおよそ集めてつなぎ合わせると、さらに疑いを強めたのだった。「この手紙には一文字も書かれていない、これは計画的な陰謀だ」。樋口隊長はさもうれしそうな顔をしたが、この顔色も十分後には暗く沈んでしまった。というのも潔子が今しがた持参した十数通の手紙を、彼は一つ一つチェックして、大声でこう言ったからだ、「バカもん、どうしてどの手紙もみんな真っ白なんだ」。潔子も不思議そうに答えた。「一日おきに手紙を受け取っていて、宛名は私になっていますが、空白の内容が何を伝えようとしているのかわからないんです」。手紙には、ハルムトがくわえた歯の跡以外、何もついていない。樋口隊長はこれにかこつけて自分の見解を述べた。「この接吻の痕がすなわち恋の詩だ、罪状は明白だ」

「山の小川は眠らない、涙はその上を流れ、よろめく光の痕を残していく」。ハルムトはちょっとばかり詩の雰囲気を醸し出して、いわくありげに言った。

「なんだと?」

「春は去り秋が来た、落葉は蝶の衣に着替えて、ひらひら舞いながら枝先に帰って行く」

「ここは俳句を披露するところじゃないぞ」

「どの手紙にも詩が書かれていましたが、蒸発してしまったんです」

「バカもん、こんなときにたわごとを言うな」。樋口隊長が大声で怒鳴り、それから校長にぶっちょう面をして言った。「あんたはどう思う?」

「密告がありましてね、恋文を届けている者がいるというので捕まえにきただけですよ、あなたもこう居丈高に私らに話をすることはないでしょう」。校長は大声で反駁した。

「あんたのところの学生には問題がある、キリシタンだ」

「だから、あなたは彼らがスパイだというしっぽをつかまえたってわけですか?」

「前回こいつが教会で怪しいことをやったのに、あとちょっとのところで取り逃がしてしまった」。

樋口隊長は腹の虫がおさまらないとばかり、続けて入り口のところに二分間立っているハイヌナンを指さして言った。「それにあいつも教会で怪しいことをしていた。ここは警務課だ、うちを野蛮きわまりない理蕃課に変えないでくれ」

「では私もまじめに言っておきますが、私は二年間これら山から来た学生をずっと見てきましたが、結局二年の時間を無駄にしましたよ。彼らは学校のチョーク一本だってポケットに入れたりしませんでしたからね」。校長は籐椅子から立ち上がり、そこを離れる前に、手で眼鏡を支えて言った。「私どもを疑うのはバカバカしい限り、あなたの時間を無駄にするだけです」

警務課を出ると、みんなは道の入り口で別れた。潔子は余計なことは何も言わず、うつむいて真っ先にそこを離れ、校長と教官はハルムトを叱りつけて、あまりにも軽率な行為により、謹慎処分は免れないとみなした。そのあとの十分間、ハルムトとハイヌナンはいっしょに歩いて料理屋に戻っていったが、ハルムトは自転車のベルを鳴らしてゆっくりリズムをとりながら『ラバウル小唄』を奏でていた。これは彼が考えつく限りの苦肉の策だった。ハイヌナンが電話を受けて警務課に助けに駆けつけたとき、もめ事は彼に起因しているのを知ったので、気まずい空気をやわらげ、ハイヌナンの罪悪感を軽くしたかったのだ。二人は黒金通りを歩いていた。雲の影が涼しい日陰をもたらし、体の不快感を払いのけて心地よくしてくれる。ハイヌナンの脇の下の湿った服からじゃ香のにおいがした。それは机代わりにしている青森りんごの箱に残っている果実の熟した香りで、小百歩蛇渓の野生のリンゴの渋味も混じっている。緊張して分泌している証拠だ。ハルムトはこのにおいを拒絶しないで、自分が蝶になり、彼の脇の下のあの汗の痕を追慕している気がした。

大通りを二本通りすぎて、交差点に来たところでハルムトはベルを鳴らすのをやめた。空気は梅雨に入る前の湿り気を帯びている。そこでこう言った。「今度の卒業式の後、野球の親善試合をやるんだけど、君も来る?」

「俺はまったく学校に行かなくなったんだよ、参加して何になる?」

「まだ兵隊に行っていない野球部の卒業生も招待しているし、君もおいでよ!」

「もういいよ！　俺の野球道具はみんな壊れてしまった、俺が参加してどうするんだ。この世界にはほかにもいいことはたくさんある、俺を野球の試合に誘わないでくれ」

「じゃあ僕が投げるのを見にくるというのは、どう？」

「お前が投げる球は、俺しか受け止められない」。ハイヌナンはちょっと自慢気に言った。「だから俺を野球に誘うのはそう簡単じゃないってことさ。俺は心配してるんだ、俺たち二人の組み合わせは天下無敵で、嫉妬されるんじゃないかってね」

「よく言うよ」

二人は賑やかに笑いながら料理屋に戻った。重苦しい雰囲気がずいぶん軽くなり、ハイヌナンは旅館の仕事に行き、ハルムトはそのまま店の入り口から入った。まだ営業時間になっていないのに、店の中にはもう男女一組の客がいた。ハルムトは微笑んで中腰で通りすぎ、店の奥に回った。雄日さんが言った、座っているのは久保田夫妻で、久保田さんは昨日緊急の特攻隊の任務に就いたが、飛行機の故障で折り返し、その結果今日ちょうど台東から訪ねてきた奥さんと会えたのだ。部隊の人は彼がわざと飛行機を故障させて、妻と最後の面会に間に合わせようとしたとデマを飛ばしているらしい。ハルムトが見てみると、どうりで久保田さんとは少し面識がある気がしたわけだ。それに、目が合ったとき、職業柄ほほ笑んでしまった。

「何か御用ですか？」ハルムトは久保田さんが手招きをしたのが見えたので、前に出ていった。

「いっしょに座って、おしゃべりでもしよう！」

「とんでもないです、仕事中なもので、今は手を休めるわけにはいかないんです」

「君は『桜吹雪の球』を耳にしたことがあるかい？」久保田さんは壁に掛かった野球チームの写真の中にハルムトがいるのを見て、この話題がいちばん興味を引くと思ったようだ。「野球のボールを桜の花が舞い落ちるように投げる投球法だ」

「それは違反ボールではありませんか？」

「いや本当に、桜の花びらがひらひらと散るようにボールがゆっくり落ちていくんだ。ぼくが大学生のときにこのボールを投げたのさ、そうだろ、春子？」

久保田さんの奥さんは微笑むばかりで、ちょっと頷いた。

「いつか君にこの球の投げ方を教えてやろう、どうだ？　座って話そう」。久保田さんは顔を上げ、店の奥に向かって言った。「雄日さん、あんたもこっちに来なさいよ！」

ハルムトは雄日さんが同意する手真似をするのが見えたので、ようやく腰掛けてこう言った。

「幸いまだ営業時間じゃありませんから、こうして融通が利かせられます」

料理屋は神風特攻隊、将校、警察などを少し優遇しているので、彼らの集まりの場となっていて、その代わりに戦時中でも比較的豊かな食物の配給を受けていた。久保田さんが席に着くよう招待したなら、ハルムトに断る理由はない。彼はかしこまって腰掛けると、手を膝の上に置いて、模範的な笑みを保ち、頭を低くしてテーブルの面を見つめていた。だが雄日さんは豪快に盃を挙げて久保田さんと飲み交わしている。みんなは雑談をしているが、話の内容はどれもよもやま話だ。ハルムトはときどき顔を上げて久保田夫人を見た。彼女の笑顔は寒々として、五月のどんな花もこんなに物悲しく咲いたりはしない。明らかに彼女は人生の中で最も切なく痛ましい冷たい雨に濡れているのだ。今、時間が離れていき、春の太陽がゆったりと注いでいる。壁の上の光の痕は、まるで猫が這いおりてきて、音もたてずにそっとテーブルの上に這いつくばり、杯と皿の縁をきれいになめているようだ。ハルムトも微笑んで光を見つめながら、頭の中では自分が校長に匿名の手紙を書いて、恋文を届けている自分を捕まえるようしむけたことがぐるぐる渦巻いていた。この計画はずいぶん長く我慢して、ついに今日やってのけ、この一か月にわたる手紙を届ける役目を終わらせたのだった。

「春子、お前も皆さんにちょっとご挨拶しなさい！」久保田さんが言った。

「わかりました、皆さんには大変お世話になり感謝しております」。久保田夫人は首を横に振ってから、続けた。「実は私がこのお店を選びましたのは、こちらに美しい物語があると聞いたからなのですよ」

「この店が営業停止になっていないことこそいい話です」。雄日さんが言った。

久保田夫人は明るく笑って、こう言った。「こちらに『百夜通い（ももよがよい）』の物語があるって聞きましたので、わざわざ来ましたの。それに、その物語はこのテーブルで起こっているのですよ」

「百夜通い？」ハルムトが顔を上げて目を見開いた。

「平安時代に、深草少将（ふかくさのしょうしょう）が絶世の美女の小野小町を愛してしまった。小町は深草にこう言った、百夜続けて自分のもとに通ってきてくれたなら、御心に従いましょうと。深草少将は毎夜通いつめたが、百夜目の途中で大雪に見舞われ死んでしまった。このときすでに深草を愛するようになっていた小町は、大変なショックを受けた。これが伝説の百夜通いだ。だがまさか、私の店でも似たような話があるとはなあ」

「それは部隊の中での噂で、隊員がこの店で起こったと言っているにすぎません。僕が春子に話したら、何が何でもこのテーブルと、テーブルの上の花が見たいと言うんです」。久保田さんが言った。

「花が何か問題でも?」ハルムトが慌てて尋ねた。

なんと、瓶に挿した花が勝手に伝説を紡ぎだしていたのだ。その伝説とはこういう内容らしい。ある青年がたびたび店に来て食事をしていると、近くの少女が強く好意を寄せるようになった。少女はこのテーブルに野の花を飾った。それは自分が花に変わり、青年といっしょに食事をする恋心を表したもので、ついには青年を感動させた。彼らは夫婦となり、幸せに過ごしていた。ある日青年は南洋に戦争に行くことになり、妻にこう言いつけた。彼女が百種類の異なる花を摘んで供えてくれれば、そのとき彼は帰ってきて、またいっしょになれるだろうと。妻は毎回一種類の野の花を摘んで帰り、それが枯れると、また探しに出かけた。これは彼女の寂しさを紛らわせ、美しい夢を増やした。だがその挑戦はだんだん難しくなってきた。四年目になったとき、付近の花はどれもみな摘んでしまったからだ。彼女はさらに遠くまで探しに行かなければなくなり、往々にして二、三日かかることもあった。やっとのことで九十九種類の花を摘み終えて、百種類目の花を摘もうとすると、どうしても花が見つからない。まるである限りの花を摘み終えたかのようだった。彼女は悲しくてテーブルの前に行き、九十九種類目の花が枯れないように祈った。その後、彼女がテーブルに突っ伏して死んでいるのが発見された。切った手首のあたりは血の海になっていて、そこには目を奪わんばかりに美しい曼珠沙華が咲き誇っていた。

「まったく知りませんでした、この店が話に出てくるとは……」雄日さんはこらえきれずに大笑いした。「いやはや、悲しい出来事なのに、笑い声を立てたりしてすみません」

「これはタダのお話です、まったくもって荒唐無稽だ、隊員たちも聞いたら笑っていました」。久保田さんは大笑いした。

「私はもっと現実味のある話を聞いたことがありますよ。その奥さんは死んでいなかった」。雄日さんは盃の酒をぐいと飲んで、こう言った。「彼女は最後の一本が見つからなくて、頭がおかしくなった。それからというもの燃えるような真っ赤な服を着て、空襲警報が鳴り出して大通りに誰もいなくなると、大胆にも踊り出すのだそうです。スカートが広がって花のようになり、天国にいる夫に見せているんでしょうな」

「不思議だなあ！　僕はその狂った人を見たことがあります」。ハルムトさえ笑い出した。

「そうですわね」。言うなり、久保田夫人は泣き出した。深くうなだれて、手で顔を覆って悲しそうに泣いている。

その場の空気が凍りついて、誰も話を継ぐ者がなく、久保田夫人の泣き声だけが響いている。ハルムトはそんな話は聞いたことがなかった。確かに荒唐無稽だが、久保田夫人の泣き声は、悲話を笑い話に変えてしまった自分たちのほうがおかしいのだと思わせた。そのうえ、RCAのネームプレートをはぎ取って警察から罵倒されないようにしているアメリカ製のラジオが、このときちょうど映画の挿入歌『蘇州夜曲』〔映画『支那の夜』の劇中歌の一つ。主演の李香蘭が歌った〕を流していた。歌声は幽遠であいまいで、美人スターの李香蘭が映画の中で、恋人に桃の花を送り、最後は愛のために命を絶ったストーリーを思い起こさせた。この世にもし愛情がなかったら、別れは味気ない。愛情がなければ、別れは何の意味もなくなる、ハルムトはそう思った。

「すみません、テーブルの花は僕が置いたのです、まさか騒ぎを引き起こすなんて思ってもいなくて」。ハルムトは言った。「こんなに大きな誤解を引き起こしているとは知りませんでした」

「そんなことありません」

「今後はテーブルに花は飾らないことにします」

「それはいけませんわ」。久保田夫人は涙をきれいに拭いて言った。「無味乾燥なテーブルに、もし花が添えられたら、それはもうテーブルではなくて、また会いたいと願う素敵な場所になりますもの」

「会いたいと願う素敵な場所ができる……」ハルムトは物思いに沈んだ。

「実際のところ、店の名前が誤解を生んだのでしょう。『雄日芝』は風変わりな感じがしますから、それで悲しい伝説が生まれたのですよ。でももし物語の中の若い妻が優れた見識をもっていたなら、雄日芝というこの雑草が目立たないけれども花をつけるのに気づいたかもしれない」。雄日さんは立ち上がって裏通りのセメントの隙間のところに行き、何本か雑草を摘んで戻ってきた。果たして細い茎の両側に、ゴマ粒くらいの小さな紫の花が咲いている。とても小さく、上品な美しさがあり、よく見ないとなかなかそのかすかな花に気づかない。「どうです、この雑草の花はこんなに細くて小さいので、腰をかがめて頭を下げてようやく見つけることができるのです」

「なんとこれが雄日芝だったのですね」。ハルムトが言った。

「いや、実はこれは雌日芝だ。この名前の意味はおそらく『月明かりの下の芝生』というのかもしれない。裏通りでその姿を発見したから、摘んできたんだよ」。雄日さんは言った。「中には苦心して探しに行ってもかえって見つからないものがある、本当に悩ましい」

「これは雄日芝の対の雌株ですか？」

「植物でさえみんなロマンティックな物語があるんだなあ」

「また誤解されましたね、ここはただの料理屋です、何もロマンティックな物語なんてありませんよ、そうだろ！」雄日さんはハルムトが強く頷くのを見て、ようやく言った。「雄日芝と雌日芝は、ただ非常によく似た雑草に過ぎません。この二種類の雑草の名前は聞くとロミオとジュリエットの組み合わせ、あるいは小野小町と深草少将の関係のようですが、しかし何もないし、人が愛情を込めて歌い上げる値打ちのある雑草でもありません」

「じゃあどうしてこんな美しい名前がついてるんだろう？」

「これは繁殖範囲が重なる二種類の雑草で、すぐ近くで育っているのに、どっちが開花しても相手に受粉させることはない。そのため、こんなロマンティックな名前をつけて懲らしめたんです」。

雄日さんは雑草の長い茎を揃えて、瓶に挿した。窓の外の落陽が名残惜しそうに居座り続けている。

「よく見ると、この種の雑草の花は目を奪わんばかりの力と美しさに満ちているのに、私らは気づくことがない。雄日芝と雌日芝には愛情があるかもしれない、ロミオとジュリエットの関係のように。とは言っても最後が悲劇で終わるかどうかはわかりませんが」

こう言われて、その場の人は哀傷に沈んだ。どんな溜息もこの物語への敬意にはなりそうにない。久保田夫人は和服の青紫の袖を握りしめ、久保田さんは物思いに沈み、雄日さんは清酒を勝手に三杯つづけて飲んでいる。このとき空襲警報が町中に鳴り響き、鋭い音がどの路地をも突き抜けた。みんなが体を起こして避難しようとしたとき警報が止んだ。テーブルの上のまだらな光だけがとてもしとやかに、雌日芝の花束にとどまっている。ハルムトは視線を上げて、雄日さんが故意にその話を彼に話して聞かせた気がしたが、あるいは彼が気を回しすぎているだけかもしれない。最後にある考えがまとまり、もう花は摘まないことに決めた。摘めば荒野に傷口を一つ増やしてしまう、摘んで帰ってもテーブルの上に物語の傷口を増やしてしまう。花にとっては荒野が最適な花瓶なのだ。

「つまりだ、この店の伝説をつくった人が、もし雑草の美を理解していたら、新妻に頃合いの花を摘ませて、夫はすぐに戻ってきて、みんなめでたしめでたしだったろうに」。久保田さんはこの上なく悲しい物語を挽回しようと考えて、こんなアイデアを出した。「あるいは、僕のようなパイロットなら、空から地面を俯瞰して、どんな小さな花でも探せるのだがなあ」

「地面の小さな花が見えるわけないでしょうに」。久保田夫人が言った。

「一体となった、雄大な姿を見ることができる」

「それも普通の花なのですか?」

「違う。それはまたとない虞美人草(ぐびじんそう)だ、僕は飛行機から虞美人草が海のように広がって原野一面に花を咲かせているのを見たことがある。物語の中の妻がもし摘むことができたら、悲劇は喜劇に変わっていたんじゃないかな」

「虞美人草？　それはどんな植物ですか」

「ケシだよ」

「どうしてそんなのが生えているんでしょうか？」ハルムトはこう尋ねて、麻薬のアヘンを想起した。

「それでヒロポンを作るのさ*、煙草に混入する一種の栄養剤だ。煙草を吸うと確かに飛行時の精神状態を高揚させることができると僕は思うね」

「どうして虞美人草と呼ぶのですか？　とても変わった名前ですね」。ハルムトはまた尋ねた。

久保田さんは指先を水に濡らして、テーブルの上にこの風変わりな漢字を書いた。彼はこう説明した。虞美人は中国古代の武将項羽（こうう）の妻の虞姫（ぐき）のことだ。項羽は当初は中国を統一する勢いだったが、のちに山が崩れるように大敗を喫し、六〇万の敵に垓下（がいか）で四方から包囲された。そのうえさらに敵の戦術で楚の望郷の歌が歌われているのを聞いて、食糧も兵も尽きたのを知った。大勢はすでに決したと悟った項羽は帳の中で酒を酌み、虞姫に向かって悲壮な歌を歌って、自分はかつて一大勢力を誇ったが、今は無力で力を発揮できなくなり、絹織物のように真っ黒な毛並みの愛馬の騅（すい）でさえ動かなくなった、と訴えた。虞姫も悲しく唱和して、剣を手に舞を献上し、最後は自害して果

＊　原注：成分はメタンフェタミン。現在は俗に氷毒（英語ではアイス、日本語ではヒロポン）と呼ばれている。第二次世界大戦時は合法の覚せい剤で、戦意を向上させ、少量で覚醒度と集中力を高めることができた。

てた。夜が明けた後に、夫の包囲突破戦の足手まといになりたくなかったのだ。その翌年から、虞美人草は彼女の墓の上にあでやかな赤い花を咲かせ、戦死した項羽が一縷の風になってやってくると、彼女は赤いスカートを軽やかにひろげて舞い、まるで決別の夜のようだという。

「じゃああなた、ぜひ虞美人草を見に私を連れていってくださいませね」。久保田夫人は言った。明らかにこの古い愛情物語に感動している。

「もちろんさ、明日行こう」。久保田さんは快く返事をして、夫人の微笑みを手にいれた。

ちょうどこのとき営業時間になり、入り口で誰かがノックして中をうかがった。ハルムトが客を案内に行くと、雄日さんが急いで前に出て今日は営業していません、すみません、と言った。久保田夫妻はとても恐縮して、立ち上がって出ようとした。雄日さんは慌てて引きとめ、今日は他の客には営業しない、二人の賓客に対してだけサービスいたしますと言った。そしてさらに続けてこう言った、今朝がた市場に行ったときアミ族が細くて白いジンジャーリリーの花を山菜として食べているのを見かけて、とてもいい香りがしたので、それを天婦羅にできないかと思いましてね。こう言うと少し興ざめに聞こえるでしょうが、でも本当においしい食べ物なんですよ。久保田夫妻はうれしそうな顔をして、食べてみることに決めた。

「ハルムト、手伝ってくれ！　雄日芝の店の名に恥じないように、俺たちには創作料理があるんだからな」。雄日さんが言った。

「すぐ行きます」

「いつか雄日芝の料理法を開発して、雄日芝をメニューに加える日が来るかもしれないな、そうだろ！」

「何ですって？」ハルムトはちょっと意味がわからなかったが、すぐに理解して言った。「もちろんです、僕はそのえも言われぬおいしいおかずが楽しみです」

それは卒業式が終わって間もなくのことだ。美しい思い出にあるべき背景がすべてそろった。五月が来て、太陽の光は柔らかく、とりどりの花が満開だ。清風は乾ききっておらず、風鈴が窓辺で風に揺られながら愛らしく笑っている。階下に行ったハルムトは虞美人草が水差しに飾られているのが見えた。真っ赤な花びらはスカートのように軽やかに揺れて、緑色の萼に寄りかかっている。一本はあでやかで、二本はほろ酔い加減で、水差しの中で三本がちょうどよく淡い優雅さと飄逸さを醸し出している。ずいぶん長く挿したままになっていたガマの穂を移し替えて、久保田夫妻が贈ってくれた虞美人草をこうして飾ったのは価値があるように思われた。ハルムトはそれをじっくり眺めていると、日々がますます良くなってくるような幸福な気分にさせられた。そこで長らく履いていなかった革靴をハサミで切り開いて、革を何枚か切り取り、ハイヌナンがたった三年しか使わなかった亀裂の入ったグローブを補修した。それに顔を埋めて太陽に向くと、光はしっとり柔らかく、四年前に本塁ベースでタックルしてできた顔の傷跡を照らす神の光になった。グローブにはさらに強烈なカビのにおいと淡いじゃ香のにおいがしみついていて、かつてグラウンドに響きわたった叫び声と、勇敢に戦ったシーンが浮かんできた。ハルムトは野球道具を網袋に入れ、店を出る前に、虞美人草の花を破損した母子受難の絵の前に移した。彼はますますその絵が聖母マリアの受難の絵のような気がしていた。とりわけ雨が降る窓の前では、しとしと雨音が言いようのない悲しみを訴えていた。

ハルムトは旅館の窓の下まで訪ねていくと、階上に人影が見えたので、何のためらいもなく呼びかけた。三音節のその名前を呼ぶと、ハルムトの額に共鳴の喜びが溢れた。「海・努・南、野球に行くぞ」

「すぐ行く、あと少しで支度ができる」。ハイヌナンが二階の窓から顔を出した。頭を白い布で縛っている。彼は言った。「お前の帽子、ものすごくおかしいぞ」

「特製の戦闘帽だ、野球のために戦うんだ」。ハルムトはグローブを帽子代わりにかぶっている。

「あと十分待ってくれ」

「先に受け取れ」。ハルムトはユニフォームとシューズを上に放り投げたが、ハイヌナンは二回とも取り損ねた。体を窓の外に大きく乗り出してようやく受け止めることができたのを見て、ハルムトは叫んだ。「こりゃあひどい、君の野球の腕はイノシシと同じくらいひどくなった」

「お前の投げ方が悪いんだ」

「いい捕手は暴投でも受け止められるはずだ」

「いや、さっきのは乱投だろうが」

「いい加減でたらめ言うのはやめろ、野球はのろのろやるもんじゃない。君に三分やるからそれまでに下りてこい」。ハルムトは道行く人の視線を気にせずに、大声で叫んだ。「カウントダウンだ、百八十秒、百七十九……」

ハルムトは大声で逆から数えはじめた。厳粛な顔をして、だんだん警告の意味合いをもたせていく。ハイヌナンがだしぬけに旅館の横の細い路地から飛び出してきて、ハルムトの頭に拳骨を浴びせてから、後ろ向きに走りながら叫んだ。「お前、ひどくのろいなあ、相手は盗塁して二塁に向かっているぞ」。見ると、ハイヌナンが日晒しの白い運動着を着て、赤いラインの入った靴下で脛を覆い、履いているスパイクシューズでカツカツと音を立てている。それは美しい思い出だった。彼らは長らく野球をしていなかったし、あえてその話題を避けていた。今、ハルムトの記憶が猛烈にかき立てられたのだ。ずいぶん前、彼らは甲子園に行けると信じていた。球場の黒い土を力いっぱいつかむ、指の爪の間にも土が入り込むくらいに。だが今は、自分がアマチュアの選手になれればいいと思うようになった。週末にボールを手にして思う存分楽しめさえすればいい。今日はなかなか得難い週末だ、空襲も梅雨もなく、すべてが誕生したばかりのように人をうきうきさせる。ハルムトは神様が野球、空、ハイヌナンをお作りになったことを心から感謝した。これらはみなきらきら輝いている。二人は走りながらふざけあって学校へ向かい、道すがらベートーベンの『交響曲第九番』第四楽章を口ずさんだり、大声でドイツ語の Freude（喜びよ）！ Freude！ と叫んだりした。それは彼らが音楽の授業で学んだいちばん素晴らしいシラーの呼びかけで、*野球部のメンバーが全員集合するまで続いた。

学校の敷地は軍用地に変わっていた。グラウンドには二基の高射砲が配置され、教室には兵士が

＊ 第四楽章の歌詞であるシラーの詩「歓喜に寄せて」（An die Freude）より。

住み、講堂は軍用物資の倉庫になっている。プールに貯められた二メートルの深さの水には、緑苔が生え、木の葉が浮いている。野球部員は校内をあらまし片づけることから始めた。学生寮は神風特攻隊に提供されていた。誰かが窓からのぞいてみると、板壁に彼らが出征前に書き残した思いが綴られ、みんなに見に来るよう手招きしている。そこはハルムトがかつて住んだ場所でもあった。夏に蚊取り線香で焦がした板壁や、ユゴーの詩を翻訳した窓に面した座卓にも、特攻隊の遺言が残されていた。「すべてが名残惜しいが、出征しなくてはならない」「生きたい、生きて冬の太陽の下に横になり思いきり息をしたい」「僕は蒸発して、雨水になって故郷に戻る。敏子よ、西側の窓の下で僕の雨音を待っていておくれ」。ある板にはこう書かれていた、「春子、もし僕らが来世で虞美人草になれなかったら、雑草になって静かに生きていこう」。ハルムトだけがそこに込められた意味を知っている。それに、あの午後の談話に加わったことで、彼の眼の中に何か悲しみのようなものがぐるぐる回り出し、ハイヌナンと顔を合わせたとき、今にも相手をその渦の中に巻き込みそうになった。

「久保田さんの奥さんがこれからどんな日々を過ごすのかを考えるだけで、つらくなってくる」。彼がこう言ったのは、ちょうど裏山のゴルフ場に移動しているときで、手には野球道具を持っている。

「お前はいつも悪いほうにばかり考えるなあ」

「つい先の先まで考えてしまうんだ」

「ずっと先まで考えるのは悪いほうに考えるってことだ、お前の性格だな」

「でも僕は万能の宝を持って来たからよかった」。ハルムトはポケットからめったにお目にかかれない煙草をひと箱取り出した。「こいつは気晴らしにはうってつけだ、あとで試してみよう」

「お前がどうして持ってるの?」

「久保田さんがくれたのさ。久保田さんがね、僕の体にたばこのにおいがするって言うんだ。僕は、あまり煙草は吸わない、このにおいは友達のがうつったんだって言ったのに、やっぱり僕にこれをくれた」

「何のろのろしてんだ、早く走れ!」ひょっとこコーチが遠くで怒鳴っている。久しぶりに聞く怒鳴り声だ。野球部員が頭を上げると、コーチがゴルフ場のグリーンに立っているのが見えた。そこには工業用の潤滑油であるひまし油を抽出するトウゴマがたくさん植わっている。

「はい!」野球部員は大声で答えると、一気にそこへ駆けて行き、双方が出会ったとき、顔は光り輝いて、まるでパンの木のエナメル質の葉鞘(ようしょう)〔葉柄の下部が茎を抱いて鞘状になっているもの〕のような光を反射した。なんと誰かがコーチを野球に招いていたのだ。彼は早めに来て地形を調べていたのだが、今、三番目のグリーンを遠く指さして、そこを野球に適したグラウンドに選んだ。みんなは出発し、起伏した地形と樹林をいくつか通り過ぎていった。途中の話題はどれもいかに野球部を強くするかだ。目下、学業の時間はすべて軍事訓練に回され、部活の時間はすべて削られている。銃剣を刺し終え、行軍が終わったあとの休憩のとき、ボールをまったく手にすることのできない野球部員はいっしょに座って遠くを眺めながら、球場は青空にあるのだと贅沢な想像をしていたのだった。

戦争の影響で、娯楽事業は停止し、使用されなくなったゴルフ場は荒涼としている。第三グリーンには他所のようにトウゴマやマラリアの治療薬キニーネがとれるキナノキは植わっておらず、もともと生息していたバミューダ芝が一面を覆っていて、野球場にするのにもってこいだ。とはいえ雑草もたくさん生えているので、少し除草する必要があった。ハルムトは地面にしっかり張り付いているチカラグサを引き抜いて、ハイヌナンにこれってまさかオヒシバじゃないよねと言った。まさにこういうのが雄日さんの言っていた雑草というもので、強靱に根を張って生命力がある。彼があたりを見ると、オガサワラスズメノヒエ、キュウシュウスズメノヒエ、コヒメビエなどの雑草が生えていて、どれもオヒシバによく似ており、無理やり抜き取ると、グリーンのあちこちに傷口が残りそうだ。結局、雑草が勝利し、野球部員たちはそれらと共存することに決めた。

　ラインを引く石灰は湿って固まっているので、まずほぐして粉にしてから、ライン引きの中に入れてラインを引き、ゴルフ場の池から汲んできた水を白線の上に撒いて粉末を固めた。倉庫から持ってきたベースはネズミに食われて破れているので、中に過去十期の野球部員のユニフォームを詰めた。名前はもう誰も知らなかったが、ユニフォームに書かれた「野球魂」は彼らの魂を招き寄せる十分な力があった。汗が付着したグローブは長らく放っておかれたためにカビが生え、布で拭きとらなければならなかった。ハイヌナンが捕手のヘルメットをかぶると、固定する革ベルトがちぎれたので、ハルムトは気前よく自分のベルトをはずして代わりに使わせた。試合が始まった。だがプレーは惨憺たるもので、球を打てない、追えない、拾えないというざまだ。ある部員などは外野のラフ〔芝の丈の長いところ〕からボールを拾って、ロングスローで返球したのはなんとゴルフボールだった。また、一人がシングルヒットを打ったとき、守備が送球ミスをしたうえに取り損ねたため、打者をランニングホームランにして得点されてしまった。一人ひょっとこコーチだけが本来の面目を失わずしきりに怒鳴り声を上げている。彼は、これは自分の人生で見た最も大味な試合だ、お前たちはサッカーの試合のように球を追いかけ、得点はバスケットボールの試合のように多い、と叱りつけた。みんなは笑った。

数人が遠く離れた木の下に隠れて煙草を吸っていた。二〇本あまりの黄杞（コウキ）の木に花が咲いて、花のつぼみがかすかに揺れているが、数が多いのでその重みで枝が低く垂れている。ここが風の又三郎の大本営であり、都会の風の起源となる場所だ。夏の終わりには風に乗って旅をする三本足の飛膜のついた種子になる。ハルムトは例の伝説の煙草を振り出して分け合った。みんなはついに「天皇陛下から下賜された恩賜の煙草」を吸うことができるとわいわい大騒ぎをしている。この言葉は日ごろ人を罵って言う「死ね」と同じ意味を持ち、結局のところ特攻隊だけに下賜されるこの煙草は、吸うとすぐに命を落とさなければならない。みんなはそれぞれ口に一本くわえて、一本のマッチを回して火をつけていたが、ハイヌナンのところに回ってきたとき、火が消えた。彼は煙草をハルムトの煙草につけて火を借り、一口強く吸った。すると何かが体の周りをぐるぐる回っている感じがして、煙をゆっくりと吐き出した。「やっぱり、ちょっと特別だ」。これはみんなの結論だったが、どこが特別なのか道理をひねり出せず、黙々と煙草を吸っている。青春は退屈なもので、答えの出ない時間を浪費しなければならない。煙草を吸うのもそのためだ。ハイヌナンは煙草を吸い終えると、さっとハルムトの手の中のをかすめ取って吸った。ハルムトが煙草は好きではなく、指に挟んだまま彼が引き継ぐのを待っているのを知っていたからだ。ハイヌナンはまた知っていた、ハルムトは彼が煙草を吸うのをにこにこ笑って見ているのが好きなことも。

「俺はすでに召集令状を受け取った、ここでみんなに別れを言うよ」。ハイヌナンが言った。

「いつ受け取ったの、僕がどうして知らないんだ」。ハルムトはとても驚き、それに少し腹を立てた。ハイヌナンはどうしてこの秘密をこんなに長く胸に秘めていたんだ？

「今朝受け取った、家の者が人に頼んで電話をかけてきて、召集令状がきたと言った」。ハイヌナンは淡々と話した。これはつまり彼は間もなく部落に帰るということを意味する。

「僕にもきた」

「僕もだ」

「僕も受け取った、じゃあ煙草を酒の代わりにして、乾杯だ」

みんなは酒杯のつもりで煙草を持ち上げ、軽く当て合ってから強く吸った。頭と肺の中に濃いニコチンが充満し、互いに無言で微笑み合っていると、また一組の特攻隊の飛行機が頭上をかすめていく音がした。頭を上げて見ると空に痕跡は何もない。これは自分の運命を描いた映画の予告編だ。誰の目の縁にも涙がたまり、無様に涙が流れ落ちないよう上を向き続けるしかなかった。ハルムトはどうしても気持ちが落ち込んでしまい、このとき本当の別れの悲しみを知った。彼は謹慎処分を受け、その間に休んだ分の補講を受けなければならないので、半年長く在学してようやく卒業証書を手にすることができる。それよりもハイヌナンが部落に帰ることに、自分でも説明できないもやもやした気持ちになった。この都会から何かが欠け、兵隊になるハイヌナンは、またどこに駐屯するのだろう？　ハルムトは頭の中に解けない問題をたくさん詰め込んで、早急に解かないといけないのに、面と向かって尋ねるには人の目がある。仕方なく自分のために煙草に火をつけると、吐き出した煙はどれもねじ曲がり、何回かよろよろと転げ回ってから消えた。

このときグラウンドから騒がしい声が聞こえてきた。ぶつかりあう音も混じっている。ハルムトが樹林の外に目をやると、まだ体を起こさないうちに答えが向こうからやってきた。警官が二人、煙草を吸っている者たちの中に猛スピードで突進してきて、「立て」と命令したのだ。従わなければ警告として後頭部を殴られる。ハルムトは激しく後頭部を殴られて、煙草を落とした。警官が踏んでもみ消した後、拾い上げて、彼の口に押し込んで言った。「ちゃんとくわえろ、これが証拠だ、全員出ろ」。列の先頭を歩いているハルムトは、後ろの部員たちがしきりに軽い咳をしているのが聞こえてきた。それは暗示だった。彼らはくわえた煙草を噛んで呑み込んで、証拠隠滅を図っている。一人ぐずぐずと振り返らなかったハルムトだけがまだ口にくわえていた。

野球部員はグリーンに四列に並び、罰として立たされて樋口隊長の訓話を聞いた。犯罪の道具が並べられた。バットが五本、ボールが六個、グローブが一六個、それにベースが三つと三〇人の野球部員だ。樋口隊長は、今や国を挙げて必死に鬼畜英米に対抗し、娯楽禁止の命令が出ているのに、隠れてボール遊びをやるとは何ごとか、と口汚く罵った。そして続けざまに罵倒するか、黙って匕首（あいくち）のような鋭い視線で人を見るかしたあと、冷ややかに言った。「俺が到着したばかりのとき、あの位置で審判をやって Safe と叫んだのは誰だ」

「僕です」

「出てこい」。樋口隊長は部員が列から出るのを見ると、前に出て尋ねた。「お前はそのときどう言った?」

「Safeです」

バシッ！　樋口隊長がビンタを一発お見舞いした。「鬼畜の下品極まりない言葉*を、どうして口にできる」

「ありがとうございました」。殴られた部員は礼を言わざるを得ない。

「本田先生、あなたにお伺いしなければなりませんな」。樋口隊長はひょっとこコーチのほうを向いて言った。「今回野球をしに来た学生だが、誰が呼びかけて引率したのですか?」

「すべてが誤解です」

「身柄も、盗品も、ぜんぶ取り押さえられている。何が誤解だ、誰が引率した?」

あくまでこう言い張られて、双方は数秒間沈黙し、ひょっとこコーチがようやく微笑んで身をかがめて、こう言った。「いやはや誠に申し訳ございません、私が引率しました」

樋口隊長が前に出て、ひょっとこコーチの胸ぐらをつかむと、往復ビンタをお見舞いし、完全に相手のメンツをつぶした。それから部員のほうを振り向いて、誰が引率したのかと大声で訊いた。

彼の毎度の怒鳴り声は鳴り響く拍手のようで、みんなは肝をつぶした。ハルムトはうつむいて、反戦の自由派だった太郎先生を思い出していた。彼もまた樋口隊長からビンタをされ、当時廊下に響き渡った雷鳴は非常に威嚇的だった。今、樋口隊長の怒鳴り声は、まったく制御の利かない太平洋の荒波さながら、次々に部員に襲いかかっていった。

「もう一度聞くぞ、誰が引率した?」樋口隊長が吠えた。

「私です」。ひょっとこコーチが言った。

樋口隊長は振り返ると、前に出てコーチの腕をつかみ、体をかがめて背負い投げをした。ひょっとこコーチはたちどころに頭がふらついて、地面に倒れ、顔の看板（トレードマーク）である歪んだ口が元の位置に戻り、うめき声を上げた。彼はとことん追い詰められて、地面に正座し、右手で雑草を必死につかんでやり場のない怒りを表わした。この一幕は野球部員を憤慨させたが、しかし彼らとて抵抗できず、歯を食いしばって耐えるしかない。

「おい、お前だ、バカやろう、煙草をくわえやがって」。樋口隊長がわめき、列に突っ込んでハルムトを外に引きずり出した。「お前は国民精神を煙草を吸うことに使ってるのか」

「隊長、たった今、林の中に集まって煙草を吸っておりました」。一人の巡査が報告した。

「ほかに誰が吸った？」

「僕だけです」。ハルムトが煙草を噛んで答えた。

「俺はお前が誰か知ってるぞ、耳に穴を開けている陰間（かげま）（おとこおんな）だな、目障りな奴だ、国民精神はすっかりお前に踏みにじられてしまった、そうだろうが！　教会にいたこのキリシタンめ」。樋口隊長は鼻の穴から息を噴き出して、「校長はお前がチョーク一本たりとも盗んだことがないと保証したが、今、口に煙草をくわえている、いや、俺にはチョークをくわえているように見える、いい度胸だ」

＊　原注：英語は敵性語で、全面使用禁止だった。野球用語のsafeは日本語の「よし」に変えられた。

「その煙草は僕が吸ったものです」。誰かが言った。

「出ろ」。樋口隊長が言った。「ほう、この高砂族は男気があるじゃないか」

自ら名乗り出たハイヌナンは列の前まで行くと、両手を合わせ、まっすぐ相手を見て言った。

「僕は学生ではありません、学校には行かなくなりました、煙草は僕が吸っています」

「学生かどうかなんてどうでもいい。言ってみろ、煙草はどうしてお前の口にないんだ」。樋口隊長はハイヌナンを蹴飛ばした。

「ハルムトはいつも煙草をくわえて飾りにしていて、僕がそれを取って吸うのを待っているんです」

「バカ言うな、男が男の唾のついた煙草を吸うか」

「だから煙草を吸っているのは僕だけです」。ハルムトは言った。

樋口隊長がだしぬけにビンタをくらわした。乾いた音がして、煙草をハルムトの口から叩き落とした。樋口隊長は煙草を拾い上げて、部員に向かってこう言った、学生の精神は戦争に立ち向かうことだ、野球をしたり煙草を吸ったりすることではない、さもないと犠牲となった靖国神社の英霊に申し訳が立たないだろうが。樋口隊長は罵りながら、手の煙草をひねって、証拠を示したが、突然、煙草の巻き紙に皇室専用の金箔を押した十六葉八重(じゅうろくようやえ)の菊花紋章があるのが目に入り、ひどく驚いて、ハルムトに言った。「この煙草はどこから盗んだ?」

「特攻隊の久保田さんにいただきました」

「ありえない」

「久保田さんは言いました、野球は自分の学生時代の夢だったと」。ハルムトが煙草の箱を差し出すと、その上に金箔の「恩賜」の二文字が入っている。「久保田さんはこうも言いました、自分が飛び立つとき、空から僕たちが楽しく野球をしているのが見たい、どんなことがあっても野球の楽しさを忘れないようにと」

「でたらめ言うな」。樋口隊長が手を出して殴ろうとした。

「天皇陛下万歳」。ハルムトは煙草の箱を胸の前において、懸命に叫んだ。

樋口隊長は直立して、両足をそろえないわけにはいかなくなった。彼は歯ぎしりして、ぐっと怒りを抑えて黙りこみ、矛を収めて五人の巡査を率いて行ってしまった。日本では第二次世界大戦時期、天皇は国家宗教と政治の最高の信仰であり、日本の神様だったので、永遠に侵犯は許されなかった。ハルムトが「天皇陛下万歳」と叫んで、恩賜の煙草が皇室精神を証明するものだと強調したため、樋口隊長は服従せざるを得なかったのだ。

ハルムトに勝利の味はなく、野球部員も同じだった。それは悲しい午後で、彼らは殴られてけがをしたひょっとこコーチを地面から助け起こして、許しを請い、みんなの代わりに殴られてくれたことに感謝した。彼らが学校に戻ろうとして、あるグリーンに来たとき、やりきれなくなった部員がとうとう泣き出して涙で目を曇らせた。かつて過酷なトレーニングや辛かったことはぜんぶ我慢して涙を流したことはなかったのに、今回だけは泣き崩れてしまった。ひょっとこコーチはみんなに言った、傷の痛みは数日後には消える、だが記憶はいつまでも保存される。その記憶とは殴られて辛かったことではなく、仲間たちといっしょに一つの素晴らしい野球の試合ができたことだ。コーチは続けて言った、お前たちはもうすぐ戦場へ行き、国家を守ることになる。桜のように散ってしまうかもしれない、しかし忘れるな、野球はかつて我々に美しい夢と情熱をもたらしてくれたことを。それはいつまでも消えることのない光だ……

「まさに久保田さんのように楽しく、そうじゃないか?」ひょっとこコーチは言った。

この都会の記憶は、籐で編んだ旅行カバンがもうじき満杯になりそうなのに似ている。来たときはこんなに多くなかったのに、離れるときは捨てるに忍びないものがたくさん増えている。ハルムトは雄日さんがくれた望遠鏡をカバンの底に置いた。なんでもそれはかつて霧社事件や数えきれないほどの山林活動で使われたそうだ。ハルムトは自分とハイヌナンの冬着を交互に重ね、ぐるぐる巻きにして入れた。窓辺に掛けていたあの割れやすい風鈴は下着のシャツ三枚でしっかり包み、二組の湯呑茶碗は綺麗に洗濯した靴下を三枚重ねた中に入れて保護した。数冊の英語と日本語の詩集を入れた。二本の万年筆と便箋を入れ、文具を入れ、一組のかつて耳たぶに穴を開けた針や糸を入れた。さらにハイヌナンのあの修理したキャッチャーミットを押し込むと、もう残りの空間はいくらもない。自分の野球道具を入れるかどうか迷って十分も時間を使い、壊れそうになっているイノシシ革のボールは持っていかないことにして窓台に置いたが、球芯にした樹皮が露出しているのを見ると、やはり直して持ち帰ることに決めた。ハルムトはハイヌナンといっしょに部落に帰り、学業をしばらく休むことにしたのだ。

階下で誰かが彼を呼んでいる。名前は何度も入れ替わり、「砂糖天麩羅」と呼ばれたのを耳にするや、舌が砂糖缶の中でつまずいた気分になった。相手はもうここ数日、断続的に彼を呼んでいた。ハルムトが網袋を背負い、手に大きな旅行カバンを持って下りていくと、ハイヌナンがぷんぷん怒ってこう言うのが見えた。「兄弟よ、行くぞ！」

「そう急かすなよ」

「もちろん急いでるのさ、お前は荷物の整理に七日もかけたのにまだ終わらない、俺たちはいつ家に帰れるやら」

「すぐ出発できるよ」

「だが、もうちょっとしてからにしよう、画家が見つかったんだ」

料理屋に掛かっていたあの油絵は、爆弾が落ちた際に振動で落下して破損していた。その絵も雄日さんがハルムトにくれた惜別の品になっている。ハルムトが修理したいと言うので、ハイヌナンは絵描きをまめに探してくれて、今日ようやく見つかったのだ。二人は縦二メートル、幅六〇センチの油絵を頭の上に載せて、棺の担ぎ人が秘密の宗教活動を行っているみたいに、大通りを横切り、二〇本先の小さな路地で、隠居した絵描きを探し当てた。だが隠居というのは実態にそぐわない。というのも、この画家の生活の一部始終が剝き出しになっているからだ。彼は狭苦しい屋根裏部屋に住み、絵具まみれのエプロンをかけていた。三日前のアメリカ軍の爆撃の際、爆弾が大火事を引き起こして延焼し、消防隊は火勢を食い止めるために、画家の隣室の火のついた部屋をすべて取り壊したので、彼の生活空間が丸裸にされている。

二人は家の梁が地面に横たわっている火災現場の廃墟に入って行った。炭化した木材が黒い宝石のように陽光の下で光を反射し、割れた茶碗も光を反射している。消防水に浸かって乾いた衣類が地面に貼りつき、空気中に炭火が消えたばかりのむっとくるにおいが残っている。まるで怪獣の腐乱死体の体内にいるようで、彼らは気をつけて歩きながら、その絵を高く持ち上げて、大きな声で呼んだ。「油絵を持って来ました」

画家は眼鏡をもちあげて、壁のない二階から下を見た。「おう、お前来たのか」

画家が言った「お前」とはその絵のことだ。彼は絵の破損箇所の裏側に麻布を貼って補強してから、絵筆で線や色を描き足した。接着剤が乾くのを待つ時間は思いのほか長く、その間、画家は絵を観察して、画風がとても野性的で混沌としている、これはまさに奇跡だ、彼の師匠の塩月桃甫[1]が描いたものだと言った。その師匠という人は変わり者で、禿げ頭に帽子をかぶり、服装も変わっていて、社会に対する反骨精神にあふれていた。まったくもう蛮カラ[2]（ストーム）学生そっくりで、さらに煙草を口にくわえ、下駄をはいたアナーキストだったが、高砂族の文化に魅せられてからは、幾つも山を越えた深山の部落で原住民の生活を観察し、彼らに溶け込んだ。

「だがね、わしが説明できないのは、この絵がどうして花蓮にやってきたのかということなんだ」。画家が言った。

「料理屋の主人が言うには、彼が若いとき、その画家をつれて山奥の部落に行ったことがあるそうです」。ハルムトは修復を終えた絵を手に取って言った。「二人は友人でした」

油絵を持っての帰り道、二人の話題は青年の反逆と関係の深い言葉「蛮カラ」を巡るものになった。例えば、ミカンの中にこっそり顔料を注ぎこんだとか、人を掛布団に包んでプールに投げこんだとか、フンドシ一つで、頭に水桶を載せて、剣客をまねて校内を走ったとか、爆竹の火薬を使って蚊取り線香をつくったとか。あるいは夜中に水のないプールでバスケットボールをしたり、夜中に水の張ってあるプールで自転車をこいだりしたとか、強風の中を一〇〇メートルの防波堤を歩いて花蓮港の灯台まで願掛けをしにいき、手に持った蠟燭が途中で消えなかったとか、台風の前の荒波の中を泳いで防波堤の外の突き出た岩礁まで行ったとか。これらの学校伝説に、ハルムトもハイヌナンも加わったことはなかったが、ただ野球の伝説には参加したことがあった。台風が上陸した花崗山で野球の試合をやったこと、連続三日三晩、試合を中断なしで続けたこと、ウルトラ級のトレーニングが、みんなの服から二〇キロの汗が搾り出せるまで続いてようやく止めになったこと。そのあと、先輩の呼びかけで駅に行き喧嘩をして捕まったこと。もしひょっとこコーチが保証してくれなかったら、野球部は解散になるところだった。

このことを思い出したとき、二人は帰郷を前に一つ気晴らしがしたくなった。なんだかまだ羽目を外した記憶を残していない気がして、左右を見渡すと、一軒の小さな麵の店が目に留まった。数年前、彼らがこの町に来たばかりのとき、店に入って注文しようとしたところ、黒い皮膚のせいで、本島人なのに台湾語が話せないのをすぐに見抜かれ、主人にひどく侮辱されたことがあった。当時

＊1　原注：一八八六－一九五四年、日本の画家。原住民を愛し、作品《母》（本作中の大きなサイズの絵）を描いて、日本軍の霧社事件や強大な力でセディック族を鎮圧したことに抗議した。

＊2　ストームとは旧制高校や大学などの学生が寮などで行う蛮行のこと。ハイカラのアンチテーゼである蛮カラの一種。

ハルムトは二度とその店には行かないと誓ったのだが、今自分の台湾語が上達したので、主人にお披露目してやろうと思ったのだ。

「ちょっと利口にやろうぜ、蛮カラが門前払いされないように」。二人は特大の絵を頭に載せたまま店に入り、ハルムトが日本語で大声で言った。「麺を頼む」

「あんたたちは本島人か？」主人が言った。

「そうだ」

「じゃあ河洛語（ホーロー）〔台湾語のこと〕で話したら売ってやる」

「それなら得意だ、すらすらと話せる」。ハルムトは口をちょっと舐めて、台湾語で言った。「主があなたがたを赦してくださったように、あなたがたも同じようにしなさい」

「何言ってんだ？」

「たといあなたがたの罪が緋のようであっても、雪のように白くなる。紅のように赤くても、羊の毛のようになる」。ハルムトとハイヌナンはいっしょに叫んでいたが、もう以前のようにぎこちないがちがちの口調ではなく、流暢で柔らかだ。

「この野郎、吃教（チージャオ）の蛮人めが、わしをからかいやがって」

主人は怒りを爆発させ、柄の長いフライ返しを振りまわした。二人が大笑いしたので、怒った主人が追いかけてきて、何が何でもつかまえようとした。怒れる者は容易に新しい粗野な言葉を発明するものだが、ハルムトの言葉も絶対に負けてはいない。店の主人がどんな罵詈雑言を浴びせようと、彼はこだまする壁さながら残さず弾き返した。漢人の最大の武芸は粗野な言葉で淫靡なことを妄想することだ。どれも女性を強姦することか、生殖器の交合や精液のことばかり。漢人が大通りで下品な言葉をわめいていても、誰も彼の怒りの内容に理解を示す者はおらず、反対に嘲笑した。その春が終わろうとしていた日々に、タンポポの綿毛が風に乗って飛んでいた。下品な言葉と綿毛は思い出には値しないが、しかしハルムトは美しいと感じた。みんなに笑いの種をもたらすからだ。彼はハイヌナンと二人で大きな絵を頭に載せて、大通りを逃げ回り、後ろのその笑いの渦を十分間引きずった。ある路地の入り口で、二人は二手に別れ、ハルムトが追いかけてくる主人を引きつけているうちに、ハイヌナンが絵を店に持ち帰った。ハルムトは汗を流しながらゆっくり走った。路地を通り抜けると川があり、川に沿ってまた路地に戻った。あるときは急に加速して姿を隠し、もう一度道をぐるりと回ってその笑いの後ろに追いつき、またあるときは急に振り向いて折り返し、その笑い声と交差した。

ついにハルムトはその男を振り切って、料理屋に戻った。ハイヌナンの姿はないが、絵は元の位置に掛けられている。ハルムトは絵の位置を直してから、ハイヌナンはどこに行ったのかと尋ねた。料理の準備をしている雄日さんが、彼は絵を掛けるとまた外出してお前を捜しにいったと言った。ハルムトは椅子に腰掛けて彼が帰ってくるのを待った。ラジオの受信具合を調整してから、いくつかチャンネルを飛び越して「ゼロ・アワー」に合わせた。これは彼が二年来いつもこっそり聞いている英語の番組だ。女性のアナウンサーは「アン」と言い、孤児で、緋鯉（ひごい）が牛乳の中で泳いでいるような舌で、流暢に「大東亜共栄圏の聴衆の皆さん、こんにちは、また旭日旗が昇る時間になりました」と言って番組は始まるのだった。彼女はよくアメリカの文化を語り、しょっちゅうアメリカ人をからかって、アメリカの兵隊さんは急いで家に帰って隣家のベッドに裸のガールフレンドを捜しにいきなさい、これ以上遅れると、ガールフレンドは隣村に行って三番目の恋人を見つけるわよと言った。ハルムトはテーブルに覆いかぶさるように伏せていたが、放送を聞いて英語を学ぶ秘密の時間になったので、片方の手を枕代わりに顔をのせ、片方の手はテーブルの表面の細い傷跡をさすっていた。番組はちょうどジュディ・ガーランドの『虹の彼方に』*を流している。はるか遠くまで伸びる歌声に浸っていると、ふと涙がテーブルの上に落ちた。ハルムトは歌詞の「虹の向こうのどこかに青い鳥は飛ぶ」を聞いたとき何かを思い出して尋ねた。「ハイヌナンは帰ってきましたか?」

「いいや」。雄日さんが言った。

「行きますよ!」ハルムトがおっくうそうに言った。「さあ火を消して、防空壕へ、行きましょう、空襲が始まる予感がします」

「そう思った通りにはいかないよ。空襲が始まると言えばすぐその通りになるわけがない」

ハルムトは両手で体を支えて、窓の外を見た。都会の空は太平洋の暗い青色をして、虹も、青い鳥も、爆撃機もいない。おそらく彼の思い過ごしだろう。けれども「アン」の番組をこっそり聞くたびに、聞いたらその分の代償を払わなければならない予感がするのだった。だがハルムトのもっと大きな心配は、ハイヌナンが彼を探しにいったきりまだ戻らないことだ。彼は誰かが入り口ののれんをめくって入ってくるのをただぼうっと待っていた。

半月前に摘んできたガマの穂は、戸口に面したテーブルの上にひっそりと置かれている。ハルムトは何かを見つけた。その濃い褐色のホットドックの形をした花穂にカビが生えているのだ。カビの糸はとても変わっていて、やや銀色の透き通った細い糸だ。手を伸ばして引きはがしたところ、意外にもそれは種子の綿毛だった。成熟したガマから、手榴弾を起爆する雷管の導火線のように、密集して生えた綿毛が湧き出ている。風が吹いてきた。風は窓と入り口を通り抜け、料理屋でヒューヒュー音を立てながら、盛んに噴き出ている綿毛を吹き飛ばした。

空襲警報がとうとう鳴り出して、町全体が悲鳴を上げた。

ハイヌナンはどこに行った？　ハルムトはそう思ったが、警報はびっくりするような長くて高い唸り声を上げている。

「急いで防空壕に行きなさい」。雄日さんは反対にのんびりと煙草を取り出すと、味噌汁を作っているカマドで火をつけて、ふうーと一口煙を吐き出した。「俺は残って味噌汁を作る」

「行かないのですか？」

「ちょうど作っているところだから、先にやってしまうよ」。雄日さんがやってきて、ラジオの音量を上げた。ラジオの中の「アン」が、アメリカの牛肉がなくなったので、肉色のペンキを石に塗って苦境を解決した人がいると言った。ハルムトは笑った。雄日さんが彼に通訳してくれと言ったが、ハルムトは笑い話の通訳ができない。それは口の中に入れたばかりの味噌汁を、吐き出して人に飲ませるようなものだから、と答えた。

＊『Over the Rainbow』、映画『オズの魔法使い』（一九三九年）の主題歌。

「味噌汁も途中で作るのを止められない、お前は先に隠れなさい」。雄日さんはこう言うと、うつむいて柴犬に言った。「マルはここに残れ！」

ハルムトが大通りに出ると、避難する人の波の最後尾に出くわした。ときどき大通りの真ん中を猛スピードで駆けていく人がいて、街角に駐屯している自警団員がみんなに避難するようせかしている。ハルムトは一番近い防空壕に駆けこんだ。中は人と赤ん坊の泣き声でいっぱいだったので、外側の防爆壁（ぼうばくへき）の傍にしゃがんだ。また続々と防空頭巾をかぶりブルマーをはいた女性たちがやってきたので、ハルムトは場所を彼女たちに譲って、防空壕の外に出た。それから走って避難しながら、通りを横切ってもう一つの防空壕に向かっていると、通りの真ん中で赤い服を着た女に遮られた。赤い服の女はげらげら笑って、裸足で、つま先で立って、水鳥をまねてしなやかに飛んだり跳ねたりした。汚れた赤い袖がひらひらと揺れている。彼女は空襲警報が鳴っているときに走り出てきてワルツを踊るのがいちばん好きなのだ。大通りはすべて彼女の舞台だ、彼女は頭が狂っているので、死は怖くない。

ハルムトは通りで行く手を阻まれ、赤い服の女は彼の手を取って踊った。彼女はエクトル・ベルリオーズの名曲を口ずさみながら、町中に響き渡る警報に合わせて踊っている。この女を一発殴れば、そこを抜け出すことができるのを誰もが知っている。狂った女の顔に流れている鮮血を見ればすぐに彼女がどんなに勇敢に人を踊りに誘っているかがわかる。ハルムトは彼女を殴ることができず、固まってじっとしたまま、彼女が周りをしなやかに舞うのを見ていた。それは夢の世界でしか見られない場面だった。大通りは閑散として、布看板が風になびき、床屋の三色のサインポールが回り、映画『姿三四郎』のポスターがその上を飛んでいる。このときハルムトはハイヌナンを見かけた。その遠いところにいる小さな人影が料理屋の前に立って、大声で叫んでいる。「ドーナツ、この小麦粉ボールやい、転がり出てこい」

「僕はここだ」。ハルムトは狂った女を押しのけて、走りながら息を切らせて叫んだが、声はとても小さかった。

「砂糖天麩羅、さあ行くぞ！」ハイヌナンは二回叫んでから、料理屋の中に飛びこんだ。ラジオからちょうどユージェニー・ベアードが歌う『マイハート・テルズ・ミー』が、切なくうら悲しく流れている。店には誰もおらず、音楽は悲嘆にくれる家具を慰めるかのように、この世の最も哀愁に満ちた静寂のために歌っている。このとき太陽の光がほんのかすかに移動し、優雅で落ちつきのある虞美人草の花に落ちた。ハルムトが五分前に落とした涙の粒が、テーブルの上に集まって光る痣（あざ）に変わっている。ハイヌナンは誰が残したものかわかった。ブヌン人は道の途中で物を残すことがあり、それはごく身近な人だけが識別できる一種の印だった。涙は人生の途上で最も哀愁に満ちた落とし物だ。ハイヌナンは指先で涙を拭きとって、何かを思いついたように厨房に突き進んだ。床板をはがすと、ふわっと新鮮なにおいが漂ってきた。彼は腹ばいになってその下の小型の防空壕を覗き込み、叫んだ。「ハルムト、お前か？」雄日さんが小さな灯りの下で味噌汁を啜っている。彼はできたばかりの魚の味噌汁の碗を両手で持って、返事をした。「彼はここにはいないよ。こっちに来て味噌汁を飲まないか」

「スペースがない、あれも入れなくちゃならないんです」

「あれって?」

「あの油絵です」

「じゃあマルも連れていってくれ、こいつはここの穴が嫌いなんだ」

ハイヌナンは体を元に戻し、起き上がって店の中に戻ると、椅子の上に立ってその油絵を下ろした。こんなに手間暇かけて修復したのだ、置いていけるはずがない。油絵を頭に載せ、足で戸を開けてそこを離れた。マルが先に飛び出していき、空中に低いブーンという音が鳴っていた。絵がすっかり空を覆い隠し、ハイヌナンはしっかりとそれをつかんでいた。飛行機の群れは見えなかったが、悪魔の口笛と呼ばれるシューシューという音が地面をめがけて猛スピードで落ちているのが聞こえた。爆弾だ。空気を突き破って鋭いいななき声を放出し、人を戦慄させた。

説明のしようがない運命の交差によって、ハイヌナンはハルムトが見え、マルが迎えに走っていった。空っぽの大通りで、太陽の光がまぶしくて、どうしても目を細めてしまう。紙があちこちに吹き飛び、料理屋から湧き出たガマの綿毛が四方八方に逃げている。彼に向かってハルムトが走ってくるのが見えたので、早く逃げろと叫ばずにはいられなかった。彼はただこうして、相手がこの災難から逃げ切るのを願うことしかできなかった。脳裏をかすめたこうした思いは至極平凡なものだ。春の日にキュウリの柔らかくて若いとげをほじり取り、両端を噛み捨てて、二人で橋の傍に座って川をながめながらかぶりつくくらいに平凡なものだ。しかし平凡な思いが運命づけられる前に、爆弾が都会に落下し、その中の一つが前方の建物に落ちた。五百ポンドの爆弾が地面を直撃し、通りを走っているハルムトを吹き倒すほど激しかった。それはハイヌナンが見た最も鮮明な一幕だった。

同時に、ハイヌナンからそう遠くないところに一つの重い物体が空高いところから転がり落ちた。焼夷弾だ。地面に落ちるとどろどろの油を噴き出し、瞬時に燃え出して、地獄の火を放った。膨張した空気はあたりのガラスを打ち割り、板は弓なりに反り返って裂け、釘が板の中から飛び出した。もう最初の美しさには二度と戻れなくなり、すべてが余すところなく熱い炎に呑みこまれた。

ハイヌナンは知った、彼の側の世界は滅びたのだと。

彼はただ、向こう側の世界で、ハルムトがいつまでも平穏無事であることを……

訳者略歴
一九五三年、福岡県生まれ。東京大学大学院人文科学研究科中国文学専攻修了。専門は中国近現代文学、台湾現代文学、ジェンダー研究。横浜国立大学教授を経て、横浜国立大学名誉教授、放送大学客員教授。北京日本学研究センター主任教授、台湾大学客員教授を歴任。
著書『中国女性の20世紀——近現代家父長制研究』（明石書店）ほか。台湾文学の訳書に、甘耀明『神秘列車』『鬼殺し 上・下』『冬将軍が来た夏』（以上、白水社）、陳玉慧『女神の島』（人文書院）、陳雪『橋の上の子ども』（現代企画室）、『台湾セクシュアル・マイノリティ文学［2］ 紀大偉作品集「膜」』、『台湾文学ブックカフェ1 女性作家集 蝶のしるし』（以上、作品社）、編訳に、『台湾セクシュアル・マイノリティ文学［3］小説集——新郎新「夫」』（作品社）、『我的日本 台湾作家が旅した日本』（白水社）などがある。

〈エクス・リブリス〉
真（しん）の人間になる 上

二〇二三年 七 月二五日 印刷
二〇二三年 八 月一五日 発行

著 者　甘 耀 明
訳 者 ©　白（しろ）水（うず）紀（の）子（り）（こ）
発行者　岩 堀 雅 己
印刷所　株式会社 三 陽 社
発行所　株式会社 白 水 社

東京都千代田区神田小川町三の二四
電話 営業部〇三（三二九一）七八一一
　　 編集部〇三（三二九一）七八二一
振替 〇〇一九〇-五-三三二二八
郵便番号 一〇一-〇〇五二
www.hakusuisha.co.jp

乱丁・落丁本は、送料小社負担にてお取り替えいたします。

誠製本株式会社

ISBN978-4-560-09086-2

Printed in Japan